OS SEGREDOS DE WINTERCRAFT

VÉU DA MORTE

Jenna Burtenshaw

tradução de
DILMA MACHADO

Título original
WINTERCRAFT
LEGACY

Copyright © 2012 *by* Jenna Burtenshaw

O direito de Jenna Burtenshaw de ser identificada
como autora desta obra foi assegurado por ela em
conformidade com o Copyright, Designs and Patents Act 1988.

Primeira publicação na Grã-Bretanha em 2012 pela
Headline Publishing Group

Todos os direitos reservados. Nenhuma parte desta obra
pode ser reproduzida, ou transmitida por qualquer forma ou
meio eletrônico ou mecânico, inclusive fotocópia, gravação ou sistema
de armazenagem e recuperação de informação, sem a permissão escrita do editor.

Todos os personagens neste livro são fictícios e qualquer
semelhança com pessoas reais, vivas ou não, é mera coincidência.

Direitos para a língua portuguesa reservados
com exclusividade para o Brasil à
EDITORA ROCCO LTDA.
Av. Presidente Wilson, 231 – 8º andar
20030-021 – Rio de Janeiro – RJ
Tel.: (21) 3525-2000 – Fax: (21) 3525-2001
rocco@rocco.com.br | www.rocco.com.br

Printed in Brazil/Impresso no Brasil

preparação de originais
TÁRSIO ABRANCHES

CIP-Brasil. Catalogação na fonte.
Sindicato Nacional dos Editores de Livros, RJ

Burtenshaw, Jenna
B98v   Véu da morte / Jenna Burtenshaw; tradução Dilma Machado.
Primeira Edição - Rio de Janeiro: Rocco Jovens Leitores, 2015.
(Os segredos de Wintercraft; 3)

Tradução de: Legacy
ISBN 978-85-7980-226-3

1. Ficção infantojuvenil americana. I. Machado, Dilma.
II. Título. III. Série.

14-17112   CDD: 028.5
                                                                       CDU: 087.5

O texto deste livro obedece às normas do
Acordo Ortográfico da Língua Portuguesa.

Para a linda Belle.
Minha companheira canina enquanto eu escrevia, que explorou Albion ao meu lado desde o início.
Campeã em balançar a cauda e rainha do uivo.
2001-2011

Sumário

1. O Coveiro 9
2. A tempestade iminente 19
3. Um rosto no escuro 34
4. Os portões 48
5. Prata e poeira 62
6. Traidor 77
7. Revelação 93
8. Lâmina manchada de sangue 106
9. Traição 116
10. Libertação 131
11. Feldeep 142
12. Herança 155
13. Mensageiros da guerra 168

14	Alma prateada	180
15	A Torre Viva	192
16	Coração e pedra	205
17	Recordação	216
18	Redemoinho	229
19	Do negro	240
20	Ruína	251
21	Um novo caminho	261

1
O Coveiro

Muito acima das águas frias de um mar iluminado pelo sol, uma torre escura se erguia como um polegar decrépito sobre os penhascos enegrecidos. Ela projetava uma sombra interrompida na terra sarapintada de pedregulhos atrás de si, permanecendo deformada, mas sólida na luz do amanhecer enquanto mantinha sua antiga vigília sobre as ondas abaixo.

As ondas batiam contra a base do penhasco, sua explosão rítmica ecoava ao longo da costa leste de Albion, mas poucos humanos estavam presentes para ouvir. Ali, naquele lugar isolado, surgiu um homem pelo postigo no telhado da torre, carregando um pequeno caixote de madeira coberto por um tecido, no meio do céu aberto. Deixou o caixote perto do postigo e caminhou até a beirada, onde uma luneta apontava para o mar. Seu rosto de barba cerrada estava meio escondido debaixo de um chapéu de abas largas, e seus cabelos maltratados, soltos sobre os ombros enquanto limpava as lentes e encostava o olho no visor da luneta.

Tarak havia passado meses congelando naquela torre, observando o gelo sendo levado lentamente pela correnteza no horizonte. Aquela paisagem marítima gélida tornara-se seu mundo, mas não por muito tempo, assim ele esperava. Afastou o chapéu para trás, deixando à mostra seus olhos verdes e profundos. A espada que mantinha escorada ao lado da luneta tirara a vida do homem que um dia guardou aquele lugar, e um montículo de terra perto da base da torre marcava o local onde o corpo agora jazia.

Aquele era o dia pelo qual havia esperado. Tudo seguia conforme o plano.

Enquanto o sol se elevava, uma figura distante na água chamou sua atenção. Ele ajustou as lentes até poder distinguir cada onda na superfície do mar, ergueu a luneta, apontando-a para o horizonte, e finalmente enxergou algo escuro e bem-vindo. Um navio em direção à costa, com um aglomerado de velas negras içadas por completo.

– O *Coveiro* – sussurrou Tarak, abrandando a expressão com um sorriso satisfeito. Finalmente, seu tempo naquele lugar infestado de vermes estava chegando ao fim. Abotoou o casaco e começou a trabalhar.

Atravessou o telhado da torre e retirou o pano que cobria o caixote. Asas poderosas batiam com força nas laterais de treliça, e quatro olhos pequenos e brilhantes piscaram para ele enquanto carregava o caixote até o muro. Arrulhou de forma gentil para acalmar os pássaros e cuidadosamente abriu o ferrolho antes de estender o braço e retirar um pombo. Colocou a ave debaixo do braço e enfiou uma mensagem já preparada na argola presa em sua pata rosada.

– Está na hora de executar o que viemos fazer aqui – disse ele.

O pássaro sacudiu-se animado, sentindo a liberdade do céu aberto. Tarak abriu as mãos, fazendo com que ele batesse suas asas no ar congelante, e depois partisse flutuando tranquilamente sobre a água em direção às terras continentais que se estendiam além do mar glacial.

Tarak observou-o mergulhando por entre as velas negras do navio que se aproximava. Ele passara muitos meses de sua vida naquele convés desgastado pelo clima. O casco escuro trazia as cicatrizes e queimaduras de inúmeras batalhas, e só o fato de revê-lo trazia de volta as lembranças de combate, guerra e morte. Os inimigos geralmente subestimavam os poderes mortais carregados debaixo daquelas velas, mas o *Coveiro* era a embarcação mais forte da frota continental. Fizera por merecer seu nome muitas e muitas vezes.

Ele preparou uma segunda mensagem e prendeu-a na perna do pássaro remanescente, que pousava tranquilamente em suas mãos enquanto era segurado de lado. O pombo bateu as asas no ar assim que foi solto, circulou uma vez, e partiu para o lado oposto do primeiro pássaro, em direção ao território de Albion, diretamente para a distante cidade-cemitério de Fume.

Tarak fechou o caixote. Com o navio à vista e suas mensagens enviadas, seu trabalho naquela torre havia terminado. Esperou até que os dois pássaros não passassem de dois pontos escuros no céu, então pegou sua espada, caminhou em direção ao postigo do telhado e desceu os degraus espiralados da torre, dois de cada vez, até chegar a um trecho do solo com vegetação enterrada até a metade na neve.

Seu cavalo estava onde ele havia deixado, dentro do único estábulo dilapidado da torre. Retirou o cobertor das costas dele, colocou a sela rapidamente e o conduziu até o lado de fora. O vento salgado assobiava por entre as pedras da torre enquanto ele montava o animal, dava-lhe uma pancada de leve e cavalgava ao longo de um caminho coberto de cascalhos, seguindo por uma trilha estreita que margeava o topo do penhasco em direção ao sul.

O inverno ainda dominava firmemente Albion, e o céu claro da manhã já sofria as ameaças de nuvens carregadas no horizonte. Tarak olhou para o mar e viu a luz piscante de uma lanterna fazendo sinais do navio para a costa. Acelerou o cavalo, obrigando seus cascos a baterem com força sobre o penhasco que se desintegrava, passando por prédios há muito tempo abandonados que, perigosamente, permaneciam perto da beirada. A torre de vigília nem sempre esteve abandonada. No passado, servia de guarda da cidade costeira que desmoronara quase que por completo no mar. Agora, restavam somente algumas casas esquecidas para delimitar as bordas internas do povoado desaparecido. O solo era permeado de túneis antigos, enfraquecendo o penhasco e tornando-o um lugar perigoso.

Tarak conduziu seu cavalo para dentro de um lugar coberto entre dois prédios, amarrou as rédeas em uma árvore desfolhada e continuou seu caminho a pé por entre o que restara da cidade. Seguiu em direção a um pequeno pedaço de terra exposto, perigosamente perto da beira do penhasco, e andou devagar até sentir o chão oco debaixo de seus pés. Ali ele se abaixou, afastou com a mão uma pequena camada de terra e levantou um alçapão escondido, revelando uma escada íngreme penhasco abaixo.

Dois fios presos com pinos atravessando a entrada estavam intactos. Ninguém passava por aquela porta havia dias.

Tarak desceu os degraus entrando em um emaranhado de túneis com depósitos antigos, o brilho do sol baixo o ofuscava no ponto onde a base do penhasco se encontrava com o mar.

A boca do túnel se abria para uma pequena enseada, com o penhasco da torre de vigília de um lado e a face curva de uma rocha denteada do outro. Um barco pesqueiro pequeno e destruído estava abandonado dentro de uma caverna baixa ali perto. Às vezes, os contrabandistas usavam o local, e não era incomum deixarem coisas para trás.

Tarak atravessou a caverna rapidamente, puxando um cordão de couro pendurado no pescoço. Um disco circular de cristal polido deslizou pelo colarinho e cintilou na luz do sol enquanto ele o pressionava na mão. A lanterna do navio piscou outra vez. Ele ergueu a lente para pegar a luz do sol e lançou um sinal ao mar, avisando a tripulação que o local de desembarque estava seguro.

A tripulação do *Coveiro* baixou as velas. Cordas foram lançadas a estibordo do navio, e um barco com uma cobertura curva foi baixado devagar até chegar na água. Era difícil para Tarak ver nitidamente qualquer um, mas ele sabia por quem esperar. Uma mulher e uma garota pisariam em terra firme naquele dia, acompanhadas por oficiais armados vestindo inconfundíveis uniformes de cor vermelha e preta. Tarak endireitou seu casaco surrado. Ficaria feliz em tomar um banho, cortar os cabelos e usar as cores de seu verdadeiro posto outra vez. Aqueles homens eram seus camaradas, seus irmãos: cada um deles tinha a honra de fazer parte da força de elite do exército continental conhecida como a Guarda Sombria.

Tarak estava orgulhosamente parado à beira da água, esperando para dar as boas-vindas ao barco, quando o som de um assobio ressoou do topo do penhasco. Olhou para cima e viu um homem se inclinando sem medo na beira do rochedo, sinalizando. Tarak ergueu a mão em resposta. Os cavalos tinham chegado.

Virou-se de frente para o mar e observou o navio avançar vagarosamente em direção à praia, até que nuvens densas cobriram o sol e uma chuva de granizo penetrante começou a cair. O vento soprava forte e o ar logo fervilhou de gelo pungente, enquanto as nuvens de tempestade se dilatavam como um hematoma, tomando conta do céu do norte. Tarak ficou parado, enfrentando a chuva, até que o granizo tornou-se pesado demais para ele suportar. Sua esperança era oferecer uma recepção digna, mas, se ficasse ali por mais tempo, pareceria um tolo.

Praguejando contra o tempo em um suspiro, procurou abrigo na caverna. Levantou o colarinho e seguiu em direção ao buraco onde a proa do barco pesqueiro projetava-se sobre a areia. Sua mão acabara de tocar a parede fria e úmida da caverna, quando hesitou. Algo no barco parecia diferente. Havia uma rede vermelha cobrindo a lateral, que ele tinha certeza de não ter visto ali antes. Aproximou-se, até que sua bota pisou em algo firme sob a areia.

Um grito exausto surgiu do chão, como o lamento de um animal ferido. Ele ergueu o pé e viu o que pareciam ser quatro longos dedos se dobrando, mas, assim que os viu, eles desapareceram.

Tarak sacou a espada, sem saber ao certo o que acabara de ver. Verificou o chão outra vez, localizando com precisão o som abafado, depois se abaixou e afundou o punho firmemente na areia. Seus dedos tocaram em algo que parecia ser tecido. Ele o segurou e puxou. O tecido era um agasalho sujo vestido por um jovem que balbuciava enquanto seu rosto coberto de areia e seus cabelos negros eram revelados.

– Quem é você? – interrogou Tarak.

O garoto estava ocupado demais tossindo para responder. Tarak estava prestes a perguntar outra vez, quando sentiu algo frio e afiado contra a garganta, e uma voz sombria falou ao seu ouvido:

– Solte o garoto.

Uma corrente fria de medo percorreu as veias de Tarak. Ele já havia sido ameaçado, estivera perto da morte mais vezes do que podia se lembrar. Seu medo não tinha nada a ver com a lâmina em sua garganta, mas tudo com a pessoa que a empunhava. Ele hesitou durante alguns segundos antes de soltar o garoto, que se arrastou para bem longe dele.

– Largue sua arma – ordenou a voz. – E vire-se. Devagar.

Tarak obedeceu, deixando a espada cair deitada na areia. A lâmina do punhal passeava gentilmente ao redor de seu pescoço quando se virou para encarar um par de olhos cinza e mortos.

Estava na presença de um homem cuja altura era bem maior que a sua. Aqueles olhos sem vida acima dele o fitavam com nenhum pingo de emoção. O rosto austero do homem que o atacara não passava sentimento algum além de indiferença enquanto segurava um punhal rústico em uma das mãos e uma espada feita de aço preto-azulado na outra.

– Silas Dane.

O medo arrancou inconscientemente dos pulmões de Tarak aquele nome, fazendo-o pairar no ar. A reputação daquele homem havia se espalhado muito além do que ele podia imaginar. As pessoas no Continente o chamavam de homem sem alma: um guerreiro perfeito. O soldado que não podia morrer. Tarak estava preso na sombra de um predador que não podia ser derrotado, enganado ou ultrapassado, no entanto não escaparia e morreria com uma punhalada nas costas. O orgulho o fez permanecer firme, sabendo que tudo pelo que podia esperar era a piedade de uma morte rápida.

– O navio – disse Silas. – Quantos tripulantes pisarão em terra firme?

Tarak permaneceu em silêncio. Não trairia seus homens entregando-os ao inimigo.

– Quantos estão acima de nós com os cavalos?

A lâmina de Silas deixou uma marca de sangue na pele de Tarak, mesmo assim ele nada disse. Como não havia notado o casco do barco pesqueiro molhado, indicando uso recente? Por que ele não ficou perto da água, enfrentando o tempo, em vez de se aventurar perto do penhasco?

Não importava o que acontecesse com ele, seus pássaros já estavam a caminho. Nem mesmo Silas Dane poderia impedir o que estava por vir. Ele jogou os ombros para trás, obrigando-se a olhar o inimigo nos olhos. Se fosse para ele morrer, já havia cumprido seu dever. Não havia desonra naquilo.

Silas deu-lhe tempo para responder, deixando o silêncio prolongar-se.

– Se não vai falar – disse finalmente –, não tenho tempo a perder com você.

Com um movimento rápido, a lâmina afundou, cortando a veia que pulsava no pescoço de Tarak. O sangue quente jorrou na pele fria. Tarak sentiu o peso do corpo se espatifando no chão: sua vida sendo levada com um único corte. A escuridão e a dor chegaram. A corrente quente da morte tomou conta do corpo, e então seu espírito partiu.

Silas olhou para baixo, para o corpo caído na areia ensanguentada, depois passou por cima dele e observou o mar através do turbilhão de granizo. O jovem que o acompanhava era um garoto maltrapilho de 17 anos chamado Edgar Rill, que ficou olhando para o morto, sem saber ao certo o que Silas pretendia a seguir.

– Enterre-o – ordenou Silas, limpando seu punhal em um montinho de capim-da-areia. – E fique escondido.

– Mais Guardiões Sombrios estão vindo naquele navio – disse Edgar. – Não temos tempo. Viu o quanto estão perto?

– Tenho olhos. Cave.

Edgar pegou um remo do barco pesqueiro. Seu estômago roncava de fome, mas logo se contorceu de desconforto por estar tão perto de um cadáver. Usou o remo para cavar um buraco na areia ao lado do corpo, trabalhando o mais rápido que conseguia.

– Você vai ajudar?

Silas havia colocado o punhal de volta no cinto e estava calado, ouvindo o vento gélido.

– Pelo jeito isso é um não. – As mãos de Edgar tremiam. Se de medo ou frio, impossível saber. No dia anterior ele havia sido apunhalado, arrancado das mãos ansiosas da morte e transportado de barco pelo mar congelado. Sua única companhia fora um homem cuja conversa se resumia em dar ordens. A presença de Silas ainda fazia os pelos da nuca de Edgar arrepiarem, apesar de ele ter salvado a vida do garoto.

– Na próxima vez, você pode ser a isca – disse Edgar, cavando rapidamente. – E se ele tivesse decidido me matar assim que me pegou? Como seria?

– Eu o teria impedido.

– Por que eu não podia ter me escondido dentro do barco?

– Puxar alguém de um barco o torna um inimigo – observou Silas. – Puxá-lo de dentro da areia o torna uma curiosidade.

– Bem, fico feliz que essa lógica funcione para você. Sinta-se à vontade para agir um pouco mais rápido da próxima vez.

Edgar sabia que a cova temporária ainda não estava profunda o suficiente para esconder completamente um homem, mas a Guarda Sombria estava cada vez mais perto. Ele precisava terminar rápido aquele serviço repulsivo. Cravou o remo na areia e decidiu improvisar. Duas puxadas, uma pelos ombros do homem e a outra pelos joelhos, o fizeram rolar para dentro da vala rasa, e naquele momento ele viu o brilho de uma lente de cristal pendurada no pescoço do morto. Um objeto daqueles era muito útil para deixar para trás; com um puxão, arrancou-a do cadáver e a enfiou no bolso.

– O casaco também – disse Silas, sem se virar. – Não tem mais utilidade para ele.

Edgar vestia um casaco rasgado, sujo e ensopado. Ficou surpreso por ter sobrevivido durante tanto tempo naquele estado. Podia não gostar de roubar roupas dos mortos, mas Silas tinha razão. O garoto tirou o agasalho remendado do homem e o vestiu. Deslizando os braços nas mangas largas, percebeu que elas ainda estavam quentes e sentiu um calafrio cruel. Sussurrou um pedido de desculpas, cobriu o rosto do morto com seu chapéu e continuou trabalhando.

Levou menos de um minuto para Edgar jogar um monte de areia sobre a cova, enquanto Silas permanecia de olho no oceano, ignorando totalmente o esforço do jovem.

– Suponho que tenha algum plano.

Silas nada respondeu, e o garoto achou melhor não interpelá-lo outra vez.

Assim que Edgar terminou, juntou-se a Silas, escondido à sombra da parede da caverna, observando o navio se aproximar da praia. Qualquer que fosse o plano de Silas, Edgar estaria preparado quando chegasse a hora. Até lá, tudo o que os dois podiam fazer era esperar.

2
A tempestade iminente

Kate Winters estava parada no convés da proa do navio da Guarda Sombria quando a costa oriental de Albion surgiu à vista. Ela mal dormira durante a viagem. Sua única visão do mundo exterior fora pela janela minúscula voltada para o Continente e havia passado horas olhando por ela, fitando a escuridão, observando as estrelas cintilantes contrastando com o veludo negro do céu. Estar ao ar livre novamente era uma sensação boa.

A brisa do mar soprava vida em suas bochechas enquanto a tripulação do navio trabalhava no convés inferior e uma mulher de casaco longo e cinza caminhava com passos largos entre todos, observando com olhar crítico o trabalho que faziam. Kate não conseguia se lembrar de muita coisa, exceto do pouco tempo que passara no navio, e, sempre que tentava se lembrar, achava difícil concentrar-se por muito tempo. Lembrava-se de viajar em uma carruagem e chegar a um porto, mas detalhes além disso não faziam sentido. Era como tentar se recordar de um sonho quando a maior parte dele já desapareceu.

O vento esvoaçou os cabelos longos e negros de Kate quando ela se inclinou sobre o parapeito que a separava do mar. A costa de Albion emergia devagar; ao longe os penhascos pareciam um borrão de tinta, e à medida que o navio se aproximava da costa a delicada energia do véu começava a pairar sobre ela. A influência poderosa da mulher no convés impedia que seus pensamentos se aventurassem muito longe dentro do mundo que se estendia entre os vivos e os mortos, mas aquilo, como lhe disseram, era para sua própria proteção.

Dalliah Grey alegou ser professora e que Kate era sua aluna; prometera que a memória de Kate com o tempo voltaria aos poucos. Quando Kate olhava para a mulher, esperava sentir uma centelha de reconhecimento, ou ao menos um pingo de confiança, no entanto tudo que sentia era um sinistro arrepio de desconforto.

Dalliah saiu do lado do capitão e subiu a escada para se unir a Kate, que estava parada, olhando em direção à costa.

– O véu alcança sua força máxima nestas terras – disse Dalliah. – Experimentará mudanças enquanto nos aproximamos da costa. Isso é natural. Certifique-se de que está preparada.

O frio passou pelos dedos de Dalliah e foi se juntando em seus cílios conforme a influência do véu movimentava-se rapidamente pela água. Kate lembrou-se do que lhe disseram. Inspirou profundamente e agarrou o parapeito o mais forte que conseguiu. O ar frio em seus pulmões e a dor em seus dedos prendiam com mais firmeza seus sentidos físicos ao mundo dos vivos, mas nada poderia impedir que sua pele se enregelasse brevemente enquanto o véu sussurrava ao seu redor.

Kate queria deixar a alma estender-se e conectar-se outra vez com seu país, seu lar, mas podia sentir Dalliah observando-a em silêncio, estudando sua reação à atmosfera peculiar da terra. Só a proximidade a Albion fazia o sangue de Kate pulsar com uma energia constante. Se ela se esforçasse, sabia que poderia quebrar a restrição que Dalliah lhe impusera, mas havia a sensação perturbadora de estar sendo testada. Fosse verdade o que lhe disseram sobre sua vida, não perderia nada em ser cautelosa. Caso algo mais estivesse acontecendo e ela se esforçasse demais, Dalliah simplesmente fortaleceria seu controle. Era melhor parecer fraca do que arriscar mostrar resistência demais, pelo menos até descobrir a verdade sobre aquela jornada.

Kate tentou fechar sua mente para o véu, mas não o deixou por completo. Permitiu sua presença perdurar como um gentil sussurro no fundo dos pensamentos e observou as almas dentro dele flutuarem como se fossem um indício de nevoeiro cinza circundando a visão. Enfiou as mãos nas mangas de sua roupa, escondendo o gelo que se espalhava em seus dedos, depois fechou os olhos para se proteger do vento frio e ouviu secretamente o som que poucas pessoas podiam ouvir. Era um som oco, vago e sutil como o eco de uma voz sumindo gradualmente em uma sala vazia. Era o tipo de barulho que a maioria das pessoas esqueceria assim que o ouvisse, mas, para aqueles que reconheciam o que estavam ouvindo, era o som mais incrível do mundo.

Kate era uma dos Dotados: os poucos e raros que podiam ouvir as vozes das almas que ainda não completaram a jornada para a morte. Era capaz de ouvir milhares de sussurros, pensamentos e gritos ecoando das praias de Albion, mais altos à medida que o navio navegava em direção à pequena enseada. Não conseguia distinguir palavra alguma, mas, quanto mais ouvia, mais claro se tornava seu conjunto de lembranças dispersas. Lembrou-se de fogo e fumaça e de um círculo feito de símbolos entalhados em um piso antigo de pedras. Tentou manter a lembrança e desenvolvê-la, até que a fria mão de Dalliah tocou a sua, obrigando-a a abrir os olhos.

O rosto de Dalliah estava a centímetros do de Kate, seus olhos aguçados de curiosidade. Quando Kate tentou se afastar, a mulher a segurou firme.

– O que você consegue ver? – perguntou ela.

Kate não queria admitir o quão fortemente o véu a chamava, então se concentrou em algo sólido e físico.

– Os penhascos – respondeu. – Eles são lindos vistos daqui.

A mulher deu um leve sorriso de satisfação, fazendo Kate acreditar que seu segredo estava a salvo. Ela podia não saber por que era importante guardá-lo, mas, enquanto tivesse uma ligeira dúvida sobre sua situação, confiaria nos próprios instintos muito mais do que em qualquer alma viva naquele navio.

Devolveu o sorriso mais caloroso que conseguiu para a mulher que alegava ser sua protetora. Dalliah era uma mulher alta que parecia não ter mais que sessenta anos, de cabelos curtos e grisalhos e corpo robusto. Suas roupas eram velhas e gastas, usava tranças de flores e folhas secas nos pulsos, marcando-a como alguém que sempre trabalhou com os mortos. Quando seu olhar cruzou com o de Kate, ele era crítico e frio: pertencia a alguém que havia vivido demais, visto demais, com muitos segredos a esconder.

Dalliah não era uma mulher comum. Vivera muito mais do que qualquer um. Sua extraordinária conexão com o véu permitia que seu corpo se curasse quase instantaneamente, prolongando sua existência anormal, e agora estava prestes a completar quinhentos anos de idade. Ela havia passado a maior parte desses anos exilada no Continente. Neste instante estava retornando a Albion pela primeira vez em dois séculos, levando Kate de volta para a antiga cidade de Fume.

– Sua memória está voltando? – a pergunta de Dalliah era simples o suficiente, mas o olhar que a acompanhava era cheio de ameaça.

– Não – respondeu Kate rapidamente.

– Da'ru também tentou mentir para mim – comentou Dalliah. – Quando era menina, não muito mais velha que você. Seria uma tola se fizesse o mesmo que ela.

O nome era familiar, mas Kate não sabia de onde.

– Da'ru foi sua antecessora – explicou Dalliah. – Ela podia não ter seu nível de habilidade natural, mas eu teria preferido que as duas trabalhassem juntas no que precisamos fazer. Infelizmente, isso não é possível.

– Por que não? – perguntou Kate.

– Porque ela está morta. – Dalliah disse essas palavras tão friamente quanto se estivesse comentando sobre o tempo. Era uma declaração, feita sem um pingo de interesse real ou emoção.

– O que aconteceu com ela?

– Uma aluna que não consegue defender a própria vida não é útil para mim – respondeu Dalliah. – Os detalhes não são importantes. Da'ru teve sua chance. Levei quinze anos para ensinar o que ela sabia. Você só tem alguns dias. Não desperdice seu tempo mentindo para mim outra vez.

Ela virou as costas para o mar e falou com um oficial parado no topo da escada que dava no convés principal. O oficial olhou para Kate e afirmou firmemente com a cabeça antes de se juntar a um grupo de homens. Kate olhou para baixo pelo convés e observou o trabalho dos Guardiões Sombrios.

Alguns estavam descendo um pequeno barco pela lateral do navio enquanto outros arriavam as velas, fazendo com que a enorme embarcação parasse.

Diante deles, uma torre surgia no meio das pedras como um fantasma envolvido pelo ar gélido. A pequena enseada mais próxima do navio parecia deserta, porém o olhar de Kate foi atraído imediatamente para uma caverna rasa e corroída na lateral do rochedo. Alguma coisa na escuridão a atraiu. Havia uma presença lá dentro: algo que não estava nem morto nem vivo por completo, esperando no escuro.

– Iremos para a enseada juntas – disse Dalliah. – Você está com o livro?

Kate pousou a mão sobre um pequeno volume debaixo do bolso de seu casaco. Mesmo sem suas lembranças, ela se sentia protetora do livro escondido ali dentro. Dalliah havia lhe avisado para não abri-lo até que chegassem à capital de Albion, mas Kate a desobedeceu e, em segredo, deu uma olhada nas páginas durante o tempo em que estava sozinha na cabine. O conteúdo parecia familiar, e ela descobriu que não precisava ler tudo para saber o que estava escrito; a mínima lembrança foi tudo de que precisou para sua mente preencher as lacunas. Ela já havia lido aquele livro. Sentia como se ele fosse uma parte vital dela e que tinha de guardá-lo a todo custo.

– Não permita que ninguém o tire de você – ordenou Dalliah. – Mantenha-o seguro.

Kate concordou com a cabeça. Ela o manteria seguro... até mesmo de Dalliah. Ela seguiu a mulher pela pequena escada até o convés principal, onde a Guarda Sombria já estava baixando o barco.

– Agradeço por sua ajuda – disse Dalliah ao homem no comando, enquanto desprendia uma bolsa de viagem da lateral do convés. – Não tenho dúvidas de que seus planos militares correrão sem percalços quando chegar a hora.

– Estamos preparados – avisou o oficial. – Três de meus homens vão levá-las de barco até a enseada e já mandei avisar que preparassem os cavalos para sua chegada. A senhora e a garota serão escoltadas até Fume, como combinado.

– E os portões da cidade?

– A entrada já foi providenciada – respondeu o oficial. – Meus homens as levarão para dentro. Eles adquiriram o item que pediu. Do outro lado daqueles portões, a cidade é sua.

Dalliah abaixou a cabeça em agradecimento e o oficial afastou-se.

– Desça rápido – ordenou a Kate. – Levaremos dois dias para chegar a Fume a cavalo. Precisaremos de tempo para trabalhar antes que o exército continental comece a agitar suas espadas do lado de fora da capital.

Kate desceu por uma longa escada de corda até o barco que as aguardava. Na minúscula embarcação mal cabia um grupo de pessoas, e sua metade traseira era coberta por um teto de madeira erguido sobre estacas, permitindo que os passageiros vissem o exterior e que o vento se movimentasse dentro dele. Dois oficiais já estavam sentados perto do centro, cada um com um remo. Kate sentou-se em um pequeno banco sob a cobertura e Dalliah ao seu lado, seguida por outro homem que se ajoelhou na parte da frente do barco, olhando a enseada com uma luneta, à procura de algum sinal de vida. Assim que deu sinal de caminho livre, a corda do barco foi liberada, e os oficiais começaram a remar firmemente em direção à enseada.

O som rítmico da madeira sobre a água os acompanhou pelo mar agitado. O pequeno grupo viajava em silêncio, deixando o grande navio negro para trás, mas, antes que remassem para muito longe, Kate ouviu um som farfalhante ali perto. Olhou para trás e viu uma sombra movendo-se junto com as velas do navio: algo pequeno demais para ser um dos tripulantes e grande demais para ser um dos ratos residentes.

Um corvo molhado havia pousado no cordame com suas asas abaixadas, olhando diretamente para ela. Suas penas escuras absorviam completamente a luz do sol nascente, fazendo com que parecesse uma sombra, com exceção da listra brilhante de penas brancas que recortava seu peito.

– Kate.

A voz de Dalliah a fez desviar o olhar, sem querer atrair a atenção para o pássaro.

– Você carregará isto – Dalliah tirou a bolsa de viagem do ombro e jogou-a nos pés de Kate. A aba de cima se abriu, revelando uma coleção de livros velhos e pergaminhos frouxamente enrolados e bem organizados juntos. A maioria estava escrita em uma língua que Kate não conhecia, mas alguns dos símbolos que viu eram familiares: um olho aberto, um lobo, uma espada... Enquanto concordava em cuidar da maleta, o corvo moveu-se de maneira suave e rápida sumindo atrás das velas do navio. Quando olhou para cima de novo, o pássaro havia sumido.

Os oficiais remavam juntos, conduzindo o barco até a enseada. O trecho de terra da torre de vigília bloqueava a visão da parte norte do litoral, enquanto os rochedos voltavam-se para o sul, não deixando nada além de uma vasta expansão de mar. Penhascos de rochas negras agigantavam-se acima dos viajantes, com suas extremidades superiores resplandecendo com o gelo.

A mão de Dalliah repousou sobre a de Kate, que sentiu uma onda de tranquilidade deslizar sobre ela. Seus pensamentos ameaçaram recuar de novo para uma parte distante de sua memória, prontos para serem trancados, quase inacessíveis à recordação, enquanto Dalliah continuava a manter sua mente sob controle, mas Kate não tinha intenção de permitir que fosse subjugada feito uma criança. Minúsculas centelhas de lembranças começaram a surgir. Não queria esquecê-las de novo. E, dessa vez, ela resistiu.

Uma pancada de granizo fazia um estrondo na cobertura do barco e batia na água ao redor deles. Kate mal sentia o frio do gelo que a serpenteava. Em vez de enfraquecer seus sentidos, a interferência de Dalliah somente a fizera ficar mais determinada a se ater a tudo que não queria que a velha soubesse. Concentrou-se na luz suave e cinza que se juntava na periferia de sua visão e teve certeza de que viu um movimento ali, perto do barco, sendo levado pela água. As sombras da morte não estavam restritas a se moverem sobre a terra. Podiam movimentar-se livremente dentro dos limites do véu; separadas do mundo dos vivos, porém refletidas dentro dele para aqueles cujos olhos podiam vê-las, como névoas cintilantes e pontos suaves de luz branca.

Dalliah soltou a mão de Kate quando o véu se aproximou delas com mais força. Ela estivera fora por muito tempo. A influência do véu não se espalhava muito além do solo de Albion, e Dalliah tinha sido obrigada a lutar e experimentar conectar-se com ele enquanto estava morando longe dali. Agora que estava chegando ao ponto central da energia, seu rosto encheu-se de alívio.

Fascinada ao ficar perto do véu, logo mostrou não estar mais a par de ninguém no barco. Kate sentiu-se aliviada. A última coisa que queria era prender a atenção de Dalliah por muito tempo. Quanto mais seus pensamentos se tornavam claros, mais seus instintos gritavam para ela se afastar daquela mulher o mais rápido possível.

Os remadores pararam o barco na areia com uma pancada leve e um rangido. O barulho do casco arranhando distraiu Dalliah. Os dois remadores desceram e puxaram o barco para cima da areia da enseada, e Dalliah levantou-se e pisou em terra firme, deixando seu vestido longo se arrastar na areia molhada.

– O primeiro passo em direção a um novo mundo – disse ela. – O véu está cedendo, Kate. Você pode senti-lo aqui. A terra o sente. Vamos mostrar ao nosso povo a verdade que se recusa a ver. Vamos instruí-lo, e não terá escolha, a não ser nos ouvir.

Um dos oficiais da Guarda Sombria estendeu a mão sobre a lateral do barco, mas Kate ignorou-o, preferindo descer sozinha.

– Onde estão os cavalos? – a voz de Dalliah era penetrante e impaciente enquanto caminhava no meio do granizo.

Uma luz minúscula brilhou no topo do rochedo.

– Eles estão aqui. Esperando acima de nós – disse um dos oficiais.

Uma pequena sombra passou por cima do barco quando o corvo do navio voou diretamente sobre eles, indo em direção ao penhasco. Pousou sobre uma rocha, olhando para as pessoas embaixo.

– Kate – disse Dalliah. – Venha comigo.

Kate pegou a bolsa e olhou para a caverna escurecida. Os oficiais da Guarda Sombria a ladeavam, e um terceiro ficou perto do barco enquanto ela seguia Dalliah em direção à boca do túnel, até o centro do penhasco.

* * *

– Vamos – disse Edgar, espiando do lado de fora da caverna assim que o grupo ficou fora de vista. – Você pode cuidar de três Guardas Sombrios. Vamos pegar Kate e dar o fora daqui.

Silas ignorou-o.

– Ela está bem ali! – insistiu Edgar.

– Há oficiais da Guarda Sombria acima de nós, dois ao lado de Kate e um na posição de sentinela – disse Silas. – Assim que atacarmos, aquela sentinela enviará um sinal para a tripulação. Você estaria morto em instantes e eu não poderia garantir a segurança de Kate. Desperdiçaríamos nossa única vantagem.

Silas ficou de olho na sentinela, enquanto rajadas de gelo sopravam ao redor do barco. Não demorou muito para os dois oficiais que acompanharam Kate e Dalliah voltarem para a enseada sem elas. Os três homens empurraram o barco de volta na água e embarcaram rapidamente, remando para o navio que cortava as águas cinzentas como se formasse uma cicatriz.

Silas saiu a céu aberto com Edgar seguindo-o logo atrás. O granizo fornecia certa cobertura contra qualquer um que observasse do navio, tornando difícil distinguir as duas formas que se moviam do pano de fundo das rochas. Não tinha como saber quantos Guardas Sombrios estavam acima deles, mas, com o navio em movimento, ao menos não teriam reforço. Ele poderia eliminá-los à vontade.

Silas caminhou em direção à escada escondida e ficou esperando qualquer sinal de movimento de cima. Subiu os degraus até chegar ao alçapão, mas não havia som de cavalos. Nenhuma conversa. Nenhum movimento. Puxou o trinco e empurrou a porta do alçapão, abrindo-a. Os prédios desmoronados no topo do penhasco pareciam totalmente desertos. Dalliah Grey não tinha nenhum motivo para permanecer ali mais do que o necessário. Levar Kate para a capital era tudo o que lhe interessava.

Edgar chegou ao topo da escada e se enrolou com o casaco roubado para se proteger do vento gélido.

– Para onde eles foram?

Silas saiu e avaliou os arredores. O tempo turbulento tornava difícil dizer quantos animais haviam sido levados para lá recentemente. Duvidava de que Dalliah arriscasse transportar Kate sozinha, mas a Guarda Sombria não teria oferecido muitos homens para honrar um acordo com a mulher quando tinham planos mais importantes sendo executados em Albion. Dois, talvez três oficiais fossem suficientes. Viajariam depressa, descansando o mínimo possível e evitando qualquer povoado pelo caminho, preferido as regiões selvagens, em vez de qualquer lugar onde poderiam ser identificados como inimigos. O clima estaria contra eles. Isso os obrigaria a ficar em áreas abertas, evitando riscos. Silas, no entanto, não tinha tais restrições.

– Precisamos chegar à cidade antes deles – disse ele para Edgar ao seu lado.

– Não pode simplesmente voltar para Fume. Os guardas ainda estão lhe procurando. Acham que você é um traidor.

– Estão enganados.

– Eu sei disso, mas se o pegarem, vão enterrá-lo.

Silas encarou-o.

Pedaços de granizo enchiam os cabelos de Edgar, deixando-o grisalho.

– Ainda acho que devíamos ter nos arriscado lá na enseada – disse ele baixinho.

Silas viu movimento ao longo do penhasco ao norte, e localizou um corvo flutuando na direção dos dois, levado pela brisa do mar. O pássaro circulou sobre um conjunto de casas abandonadas e bateu as asas, descendo para pousar no pulso de Silas. Suas penas estavam úmidas e ele se sacudiu para secar-se antes de subir para o ombro de seu dono, sobre o qual ficou bicando as garras.

Silas permitiu que seus sentidos se deslocassem brevemente para dentro do véu, procurando as lembranças do corvo que estariam esperando por ele ali. A meia-vida preencheu sua consciência como fumaça à medida que fechava sua mente para tudo, exceto para o que procurava. Não podia correr o risco de alertar Dalliah de sua presença alcançando Kate diretamente, mas o espírito do corvo brilhou gloriosamente, e os pensamentos de Silas se conectaram com ele, permitindo que visse o que o pássaro havia visto.

– Kate está começando a se lembrar – comentou ele, testemunhando as lembranças como um único pensamento.

– O corvo disse isso a você? – perguntou Edgar.

– Ele merece seu lugar ao meu lado. Ao contrário de alguém.

Durante o tempo que passou no Continente, Silas descobrira que o único objetivo de Dalliah Grey era descer o véu sobre Albion, permitindo que as almas da meia-vida vagassem livremente no mundo dos vivos. Kate era a chave que a ajudaria a completar séculos de trabalho, contanto que pudesse manter a garota sob controle. Fosse lá o que fosse preciso, Silas não podia deixá-la ter êxito.

– Eles não querem ser vistos – disse Edgar, ignorando o comentário de Silas. – Evitarão povoados, talvez até os contornem. Isso irá atrasá-los. Não ajuda muito, já que estamos a pé e eles estão... – Olhou fixamente para Silas, determinado a provar que era mais útil que o pássaro. – Aquele homem que você matou? Não caminhou aqui, caminhou?

E se ele tivesse um cavalo? A Guarda Sombria não o teria pegado. Eles mesmos trouxeram vários. Tem de haver um cavalo em algum lugar!

O corpo congelado de Edgar se aqueceu com uma corrente repentina de esperança. Posicionou-se entre os prédios abandonados e logo identificou algo se movendo no meio do granizo.

– Ali! – caminhou em direção ao que havia visto, feliz por fazer algo que não envolvesse ficar parado, congelando até a morte. Encontrou um cavalo cinza abrigado debaixo de um telhado destruído pela metade, amarrado a uma árvore. – Eu estava certo! – gritou para Silas. – Olhe! – Estendeu a mão para acariciar o focinho do cavalo, mas o animal esquivou-se dele, relinchando e sacudindo as orelhas.

– Afaste-se – pediu Silas, caminhando em direção ao animal. – Este é um velho cavalo de guerra. Pode sentir o cheiro de sangue em você.

Edgar viu a marca escura em espiral no flanco do animal, que o distinguia como cavalo de guerra de um soldado, e afastou-se imediatamente. Eles eram fortes e bem-treinados, mas perigosos em mãos erradas.

O cavalo sapateou quando Silas aproximou-se.

– Poucos destes são encontrados fora de serviço – comentou Silas. Ele sussurrou algo para o cavalo, que lentamente começou a se acalmar. – Pode não ser o animal mais rápido, mas é robusto o suficiente.

Silas montou na sela e Edgar manteve-se a distância, tentando não pensar no sangue do homem morto ainda manchando seu casaco. Na última vez que estivera sobre um cavalo, também estivera perto da morte e não sentia muito entusiasmo em reviver a experiência.

– Suba – ordenou Silas. Edgar respirou fundo e aceitou pegar a mão de Silas, enganchando o pé no estribo e deixando que Silas o erguesse com facilidade atrás dele. A pele do animal era lisa e bem-tratada; não seria difícil para Edgar cair. Razão por que se agarrou ao casaco de Silas como se fosse para salvar a vida enquanto o cavalo virava e se afastava do despenhadeiro.

Silas conhecia muito bem aquele litoral: cada torre de vigia, cada trilha. Guiou o cavalo dentro da floresta emaranhada, bem longe de qualquer caminho que a Guarda Sombria pudesse ter tomado. Dalliah acreditava que havia pisado em Albion despercebida, mas Silas não deixaria que o resto do plano dela fosse concluído tão facilmente. Ele já sabia o destino de seu alvo. Pretendia alcançar a cidade-cemitério primeiro.

3
Um rosto no escuro

Naquela manhã congelante, duas jornadas bem diferentes começaram nas regiões abandonadas de Albion. Silas e Edgar cavalgavam pelos campos áridos, indo para o oeste, enquanto o grupo de Kate se comportava exatamente como Silas havia previsto, seguindo o caminho já perto do norte antes de se dirigir para as densas florestas esparramadas por toda a parte oriental de Albion.

Kate montava em um cavalo marrom guiado por um oficial da Guarda Sombria a sua frente. Outro oficial cavalgava a sua direita, com um terceiro atrás dela, e Dalliah completava a formação indo do lado esquerdo. A Guarda Sombria tinha chegado disfarçada com túnicas pretas iguais às usadas pelos guardas de Albion, garantindo assim que ninguém ousasse desafiá-los na estrada. Kate também recebera uma túnica e enrolou-se nela com força quando o granizo se transformou em uma chuva impiedosa que ferroava suas bochechas e golpeava seus olhos. Ninguém viu a sombra de um corvo voando constantemente acima de suas cabeças e das copas das árvores.

Cavalgaram a tarde toda, até o início da noite, até que a escuridão estendeu-se como um tecido pesado, cobrindo as regiões despovoadas, formando uma colcha de estrelas e luar. As árvores cintilavam no frio. Os cavalos soltavam baforadas brancas e pálidas, e a chuva que havia caído aos poucos se transformava em gelo, formando pingentes vítreos pendurados nas árvores. Kate tremia debaixo da túnica. Seus lábios estavam pálidos e os dedos agarravam as rédeas quase inconscientemente, como se o frio os tivesse congelado a elas.

Dalliah não sentia o frio. Seu corpo não precisava do conforto comum que sobrecarregava os outros seres humanos. Ela poderia facilmente cavalgar durante dias sem descanso, mas lembrou-se de que a garota não era tão resiliente. Os cavalos já cansados baixavam a cabeça enquanto seguiam em frente, e ao longe o brilho suave das luzes de um povoado surgia à vista.

– É melhor acamparmos esta noite – disse um dos oficiais. – Os cavalos precisam descansar.

– Você e seus homens podem dormir em qualquer trincheira lamacenta que desejarem – retrucou Dalliah. – A garota e eu vamos passar a noite no local mais próximo que tiver da civilização. – Apontou para as luzes. – Lá. Não tenho intenção alguma de me sujar nessa lama.

A Guarda Sombria podia não concordar com a decisão de Dalliah, mas tinha recebido ordens de obedecê-la.

– Um de nós acampará com os cavalos – disse o oficial líder. Os outros vão acompanhá-las.

– Discretamente – acrescentou Dalliah.

– É claro.

Dalliah e Kate desmontaram e caminharam em direção a uma cerca grosseira que delimitava um pequeno vilarejo de comércio. Algumas moedas de prata facilitaram sua passagem pela guarda do portão, e os olhares das poucas pessoas que ainda estavam fora, no frio, caíram imediatamente sobre as visitantes. Dalliah não era o tipo de mulher que passava despercebida. Só a sua presença já deixava as pessoas desconfortáveis. Ninguém ficava perto dela por muito tempo.

O único prédio de pedras no povoado era uma estalagem com uma rosa vermelha pintada em uma placa pendurada. Quando Dalliah entrou, todos que estavam reunidos ao redor do fogo se silenciaram. Ela pagou por um quarto e pegou sua bolsa de papéis com Kate.

– Os criados ficam no andar de baixo – disse ela. – Partiremos ao nascer do sol.

– Não sou sua criada. – A voz de Kate era alta o suficiente para ser ouvida pela maioria das pessoas presentes.

Dalliah segurou o braço de Kate de uma forma que poderia parecer delicada para os observadores, mas seus dedos agarraram o punho da garota e o torceram com força, o suficiente para estalar o osso e prender sua atenção.

– Você fará o que eu digo ou passará a noite na sarjeta – falou com um sorriso bem-desempenhado, mas seus olhos estavam cheios de um veneno que Kate não havia notado antes. – Sente-se e não fale com ninguém – continuou ela. – Ficará em silêncio. Você entendeu?

Quando Dalliah tirou a mão, um hematoma surgiu ao redor do pulso de Kate.

– Sim – respondeu a garota.

– Permaneça aqui. Se ficar perambulando, vai se arrepender por me decepcionar. – Dalliah virou-se para o dono da estalagem, que a fitava com cautela, caso fosse a próxima vítima do ódio daquela mulher. – A garota deve ser deixada sozinha – disse ela. – Quando eu voltar, ela estará à minha espera, ilesa e intacta. Você vai vigiá-la. – Jogou uma mão cheia de moedas no balcão, e os olhos do dono da estalagem arregalaram-se ao ver três reflexos dourados entre elas.

– S-Sim, senhora.

– Ótimo.

Dalliah subiu a escada sem olhar para trás, e o homem juntou as moedas de uma vez só, escondendo as de ouro em sua palma antes que as pessoas ao redor do fogo pudessem vê-las. Sorriu para Kate, reconhecendo-a como um caminho para o dinheiro rápido. Ela se afastou dele, procurando uma cadeira para se sentar bem longe de todos, e encontrou uma encostada no canto da sala.

A estalagem era cheia de correntes de ar, mas infinitamente mais confortável do que passar horas sobre o lombo de um cavalo. A lareira estava acesa e, quando as chamas ameaçavam diminuir, uma senhora ajoelhava-se para cuidar dela. As chamas atenuavam um pouco quando queimavam as beiradas de couro de livros antigos, agora rasgados, bons somente para atiçar o fogo. A senhora os jogou, um por um, e a visão das chamas devorando as beiradas dos papéis incitou uma sensação desconfortável em Kate. Algo se remexeu em sua memória. O cheiro do papel queimando... ajoelhar-se em um lugar pequeno... alguém ao seu lado, sussurrando no escuro.

– Está vindo de longe? – Kate não havia notado o dono da estalagem se aproximar, carregando uma bandeja com uma caneca e fatias de pão com manteiga. – Está com cara de que precisa disto. – Colocou a bandeja na sua frente e se recusou a ficar intimidado quando ela não respondeu. – Tivemos alguns como você por aqui. Vieram de Fume, suponho. Não é um lugar onde muitas pessoas querem estar agora.

Kate ergueu o olhar. Queria fazer perguntas, mas sabia que, pela moeda certa, o homem contaria tudo o que conversassem para Dalliah, por isso decidiu calar-se.

– Então coma – disse ele. – Não contarei para a mulher lá em cima.

Kate estava muito longe do fogo para sentir mais do que um calor suave, no entanto era o suficiente. O chá de ervas a aqueceu por dentro e a comida acalmou seu estômago enquanto as pessoas ao redor conversavam entre si, falando de suas vidas e especulando sobre a "criada" e sua patroa. Estavam tão absortas no novo assunto que nem prestaram atenção quando um dos Guardas Sombrios entrou na estalagem. Ele havia tirado a túnica de guarda e agora parecia com qualquer outro viajante. Misturou-se perfeitamente com os aldeões, rindo com eles e até aceitando uma oferta para tomar um drinque antes de se sentar no canto oposto a Kate. Ela tentou ignorá-lo, e preferiu a companhia do livro escondido em segredo debaixo do casaco. As pessoas a espiavam sempre que achavam que ela não estava olhando, mas o dono da estalagem certificou-se de que ela ficasse sozinha.

Kate abriu o livro em uma página quase no final, e uma pena preta enfiada na lombada escorregou. Estava velha e esfarrapada. O lugar que marcava possuía detalhes de uma técnica dos Dotados que poderia atar uma alma moribunda a uma pessoa viva para prolongar sua vida, mas o que havia começado com uma tentativa de salvar um moribundo tornara-se algo muito mais sinistro. Diferentes escritores complementaram o livro ao longo dos anos, e aqueles que haviam trabalhado na técnica relataram que ela não só prolongou a vida, como também impediu que a única mulher que havia passado pela experiência jamais conhecesse a paz da verdadeira morte.

Dalliah era essa mulher, viva havia séculos, mas não era sua história que atraíra Kate àquela parte em especial do livro. A garota sentia que havia algo mais ali, algo importante que não tinha visto, mas não importava quantas vezes lesse aquele trecho, sua memória interrompida não lhe diria o que era.

Kate permaneceu sozinha à mesa, às vezes lendo, às vezes dormindo na cadeira, até que uma pancada forte a acordou. Algo havia batido na janela perto da entrada principal da estalagem.

– Foi um pássaro? – A voz de uma mulher veio de uma cadeira próxima ao fogo, onde ela dormia com um bebê nos braços. – Tem mais lá fora?

Dois homens empurraram as cadeiras para trás e olharam pela janela.

– Não vejo nada – disse um deles.

– Onde há pássaros, há guardas – disse o outro. – Não vou deixar que me levem! – Passou os ferrolhos na porta da estalagem e afastou-se dela como se a morte em pessoa esperasse por ele do outro lado.

O dono da estalagem jogou uma colher nas costas do homem, fazendo-o pular desesperado.

– Pare de fazer alarde! Nenhum guarda jamais passou pela soleira daquela porta, então não fique assustando as pessoas com sua conversa. Está me ouvindo?

A mulher colocou o bebê em uma tipoia de pano amarrada em seu peito e foi verificar com os próprios olhos.

– Eu estava em Harrop da última vez que fizeram a convocação – contou ela. – Alguns fugiram por cima dos muros, muitos outros não. Os guardas levaram metade dos habitantes naquele dia. Ninguém voltou.

– Todos nós temos histórias – disse o dono da estalagem. – Há um momento certo para contá-las, e não é agora.

Kate e o Guarda Sombrio permaneceram calados enquanto aos poucos todos concordaram que o barulho não era motivo de preocupação e cautelosamente voltaram a cuidar de suas vidas. O dono da estalagem foi desaferrolhar a porta e, apesar da convicção, abriu-a só o suficiente para olhar com desconfiança para fora. Sua mão tremia e seus dedos repousavam sobre o ferrolho enquanto hesitava, ainda em dúvida se a trancava ou não. Ao ver a rua, ficou mais calmo, mas, pouco antes de ele fechar a porta, Kate teve certeza de ter visto algo que ele não viu. Alguém parado lá fora no escuro.

– Não há nada com o que se preocupar, senhorita – disse o dono da estalagem, voltando para o balcão. – Está muito segura aqui.

Kate não estava preparada para concordar com ele. Levou o livro até a janela e deslizou uma vela acesa para o lado para que pudesse ver lá fora. Assim que se aproximou o suficiente para enxergar através do vidro martelado, algo se moveu por trás dele. Um corvo estava pousado no peitoril da janela. Ficou ali durante alguns segundos, seus olhos negros voltaram-se para Kate, e depois ele saiu voando, mergulhando para pousar no ombro de alguém que o aguardava na chuva.

Um homem estava lá fora, parado do outro lado da rua lamacenta. Seus olhos refletiram um brilho branco com a luz do luar assim que ele saiu do escuro. A pena preta ainda estava na mão de Kate, e a jovem a colocou entre os dedos, lembrando-se de algo pequeno, porém significante.

– Silas – sussurrou ela.

* * *

Silas observava Kate com cautela. Tudo dependia de prender sua atenção. Ele sabia o quanto o elo da garota com o véu se fortalecera. Se ele pudesse usar aquele elo e lembrá-la, só por um momento, das memórias perdidas, poderia ver o quanto a influência de Dalliah havia se espalhado.

O corvo pousou em um muro atrás de seu dono, seu trabalho estava feito; Edgar continuava vigiando um dos guardas de Dalliah a poucos metros de distância. Silas não sabia se o que tentaria daria certo, mas precisava descobrir com o que lidava naquela situação. Se a mente de Kate pudesse ser salva, era motivo suficiente para poupar a vida dela. Caso contrário, acabaria com o plano de Dalliah ali mesmo, com sua espada.

O mundo ao redor de Silas caiu em tons de cinza. A vela no peitoril da janela da estalagem atenuou-se com uma chama azul-clara, e os olhos de Kate cintilaram quando deixou o véu possuí-la. Silas já havia olhado dentro da memória de Kate, mas aquilo era bem diferente. Desta vez, era ela que precisava ver a verdade. Ele não precisava dividir os pensamentos dela: bastava deixar que ela visse dentro dos pensamentos dele.

A placa da estalagem rangia de leve com o vento, seu balançar tornando-se cada vez mais lento, até que todo o movimento parou. As paredes da estalagem dissolveram-se numa cor cinza e ele pôde ver as almas das pessoas ali dentro como leves borrões de luz filtrados pela barreira opaca de pedras. A alma de Kate era a mais brilhante. O sangue de Silas esfriou até fluir como água gelada por suas veias. Então ele a sentiu. O espírito de Kate estava tão harmonizado com o véu que seu brilho era intensificado quando visto através dele, como a luz do sol em uma lupa. Dalliah havia reconhecido aquela força dentro da garota. Tudo o que Silas precisava fazer era lembrar Kate do que ela já possuía.

A consciência de Kate floresceu na mente dele como uma brasa ardente criando uma leve chama. O instinto a conduziu dentro da memória dele. Fragmentos de lembrança do passado dele se cristalizavam em um foco nítido durante breves momentos antes de se dissiparem novamente enquanto ela procurava algum sinal de sua antiga vida, qualquer indício que pudesse lhe dizer quem era e por que Silas estava ali.

Kate viu tudo o que Silas sabia: cada evento assustador que ele causou no passado e cada momento da época em que passaram juntos em Fume, ela como sua prisioneira, ele como seu captor. Sentiu a determinação que o fizera entrar em sua vida e reviveu o momento quando ele se voltou contra o Conselho Superior para salvá-la da atração sedutora da morte. Testemunhou o tratamento cruel que ele sofreu nas mãos da Guarda Sombria na perspectiva do próprio Silas, bem como a oferta que Dalliah fizera a ele antes de as duas partirem do Continente. A voz de Dalliah era clara dentro daquela lembrança:

– Podemos recuperar nossas almas e sermos completos outra vez. Com certeza vale o sacrifício da vida de uma jovem, Silas. Não concorda?

Kate desligou-se de uma vez. A conexão durou somente alguns minutos, mas sua ausência deixou uma sensação de vazio dentro de Silas assim que a deixou partir. Kate ficou olhando fixamente pela janela, seu rosto levemente embaçado pelo vidro, e houve ali um reconhecimento. Depois de tudo o que Silas havia lhe mostrado e tudo o que havia feito, ela se lembrou.

A placa da estalagem voltou a ranger em seu balanço, e o mundo dos vivos dominou os sentidos de Silas mais uma vez. Kate virou-se, olhando para a sala principal da estalagem, e afastou-se da janela, enquanto Edgar caminhava até Silas, atravessando a rua e mantendo-se perto da escuridão.

– Parece que aquele Guarda Sombrio ficará sentado ali por um tempo – comentou, ignorando totalmente o que acabara de acontecer. – Viu algum sinal de Kate?

– Ela está lá dentro – respondeu Silas. – Sob guarda.

– Então, por que você não entra lá?

– Dalliah não permaneceu livre todos esses anos sem ser perspicaz – disse Silas. – Se levarmos Kate agora, ela ainda poderá encontrar uma maneira de seguir em frente com seu plano. Ela caçaria Kate. Kate nunca ficaria segura.

– Mas ela voltaria ao normal. Conosco.

– Dalliah já afetou a mente dela uma vez – observou Silas. – Não seria difícil para ela fazer isso de novo.

Ele estudou a cena que Dalliah havia criado ao escolher parar naquele lugar. O vilarejo bem-habitado, o posicionamento dos guardas, até mesmo sua aparente separação de Kate, tinham todas as marcas de um plano sutil sendo posto em ação. A experiência o ensinara que Dalliah não fazia nada sem pensar muitos passos adiante. Ela era uma estrategista que servia à sua lógica pessoal, com quinhentos anos de perseguição e dor para ajudar a formar suas decisões. Não havia como prever seus métodos, ou como ela reagiria quando estivesse sob ataque. Com uma inimiga assim, as leis normais de combate não se aplicavam.

– Fizemos tudo o que podíamos aqui – disse Silas. – Pegue o cavalo.

Edgar olhou para a janela vazia.

– Não podemos deixá-la.

– Kate sabe se cuidar – disse Silas. – Ela é mais útil para nós onde está.

– Você disse que não podemos deixar que Dalliah e ela cheguem à cidade.

– Eu disse que nós temos de chegar primeiro.

Edgar teria continuado a argumentar, mas o comportamento de Silas o advertiu para que não questionasse as ordens dele.

Os dois deixaram o vilarejo da mesma forma que chegaram, pulando uma cerca quebrada, recostada em um depósito. Ninguém os viu chegar, mas todos no vilarejo sentiram os dois partirem. A frustração de Silas exalava dele como um veneno, contagiando o vilarejo com uma sensação de medo que fazia os adormecidos se revirarem em suas camas. O ar ficou parado. Sons de sussurros não causados pelo vento espalharam-se entre os prédios, e sombras moviam-se pelo chão como uma fumaça rastejante. Os guardas de repente ficaram mais alertas, erguendo suas lanternas para inspecionar as árvores ao redor, e as poucas pessoas que estavam nas ruas se paralisaram de medo, com a sensação arrepiante de olhos observando-as no escuro.

Quando Silas e Edgar viraram de costas para a estalagem, não viram Kate parada na entrada com seu capuz jogado sobre os ombros. Seu elo com Silas havia movimentado antigos fantasmas da terra, mas também havia clareado sua mente como uma brisa soprando em uma viela cheia de folhas.

O cavalo de guerra, a galope, conduzia para longe seus dois cavaleiros, enquanto os olhos prateados de Kate viam cada fantasma que vagava pelo vilarejo, cada um preso em um ciclo de repetição, suas essências ligadas aos prédios da região, revivendo aspectos de suas vidas que aconteceram naquele local. Kate não reconhecia mais a influência de Dalliah sobre ela e identificava sua "patroa" exatamente como ela era: uma inimiga, e a criatura mais perigosa a pôr os pés em Albion depois de Silas.

Kate deixou a ferroada fria do ar limpar seus pulmões do antes bem-vindo calor da estalagem. Queria ficar ao ar livre, reivindicar sua liberdade e deixar Dalliah bem distante. As lembranças que havia recuperado mesclavam-se e juntas revelavam milhares de outras, permitindo que visse toda a sua vida e a avaliasse com total clareza. Sua mão tocou direto o colar. Não o havia notado durante sua viagem até ali, no entanto agora não conseguia se imaginar sem ele. Seus dedos agarraram o formato familiar da pedra oval que um dia pertencera à sua mãe, e então lembrou-se de tudo.

Não deixaria Dalliah tirar isso dela outra vez.

Kate voltou para a estalagem ao ouvir os resmungos de um homem incomodado com o frio entrando pela porta. Ele estava prestes a reclamar diretamente com ela, mas bastou olhar para a figura vestida de preto para pensar duas vezes. A garota parada na porta não era mais a mesma. Estava com a cabeça um pouco mais erguida, os olhos mais afiados e um olhar foi suficiente para que as pessoas se sentissem expostas, como se Kate pudesse espiar a fonte de seus segredos mais profundos.

O homem baixou a cabeça e ergueu a gola para cobrir o pescoço, enquanto Kate sentia a presença de Dalliah descendo a escada antes mesmo de a mulher aparecer, sem dúvida para verificar como estava a garota cuja vida estava tão disposta a negociar para recuperar a própria. Os resquícios da influência de Silas ainda continuavam no ar, e ele deixara Kate com muito mais do que lembranças. Ele atiçara o fogo da rebelião dentro dela, mas Kate sabia o suficiente para tomar cuidado perto daquela mulher. Silas a deixara com uma advertência.

– O que está fazendo, Kate?

Olhar para Dalliah com os olhos tocados pelo véu era como olhar para um fantasma. Seu corpo mortal era forte, mas o pouco que havia restado de seu espírito estava debilitado e gasto, como uma árvore muitas vezes dobrada e torcida pelo vento. Sua alma estava corrompida, mas somente aquilo não deveria ter sido o bastante para alterar sua essência de maneira tão violenta. Ela havia causado aquele dano a si mesma durante décadas de experiências e desespero. O desejo de Dalliah de sobreviver a levara para muito mais longe do que seu corpo físico teria capacidade de aguentar, até mesmo com sua conexão com as energias restauradoras do véu. Kate ficou surpresa com a visão distorcida diante dela, mas não hesitou, focando-se em vez disso na forma viva de Dalliah.

– Alguém achou que tinha visto um guarda lá fora – disse Kate. Como Silas estivera no vilarejo, havia verdade suficiente para que suas palavras fossem convincentes.

– Os guardas não têm motivo para perderem tempo em um local como este – disse Dalliah. – Não se deixe influenciar pelas superstições dessas pessoas. Deixe-as com suas vidas inúteis e sente-se.

Kate cerrou os punhos, mas obedeceu.

– Alguma coisa mudou – observou Dalliah, olhando para a janela onde o corvo estivera. – Os mortos estão inquietos.

Alguns fregueses da estalagem olharam para ela, e a mulher com o bebê atreveu-se a falar:

– O que está dizendo sobre os mortos?

– Espere alguns dias – respondeu Dalliah, olhando friamente para a criança. – Você verá.

Ela se sentou ao lado de Kate, e as pessoas na sala aos poucos procuraram conforto em suas bebidas, seus sonhos e no leve crepitar do fogo.

Kate não podia mais se dar ao luxo de permanecer na ignorância. Silas e Edgar partiram e Dalliah Grey era uma força maior que tudo o que ela já havia encontrado. A advertência silenciosa de Silas pairava com força em seus pensamentos.

Enfrente Dalliah com cuidado. A desobediência evidente terminará em morte.

4
Os portões

O cavalo de guerra de Silas cavalgava disparado pela floresta, no meio de um labirinto de trilhas de contrabandistas, batendo contra as paredes infinitas de árvores. A paisagem passava correndo com o estalar dos galhos. A lua em quarto crescente iluminava o céu sem vida, que, no fim das contas, rendeu-se ao sol nascente de um novo dia, e o cavalo continuava cavalgando. Silas o guiava com uma das mãos nas rédeas e a outra repousada sobre o poderoso pescoço do animal, canalizando a energia do véu para dentro da besta. Se seus músculos se cansavam, a influência de Silas os mantinha ativos, concedendo ao cavalo a manifestação repentina de uma nova vida, reabastecendo seus ossos envelhecidos e devolvendo ao seu velho coração o forte pulsar de uma juventude esquecida.

Edgar aos poucos se acostumou ao ritmo dos cascos batendo na terra e ao movimento do corpo do cavalo até ele sair da floresta e entrar em uma área descoberta formada por uma miscelânea de campos antigos e cercas vivas. A natureza já reivindicava o que as pessoas haviam deixado para trás. As cercas vivas bem-cuidadas que limitavam o local há muito tempo não formavam mais linhas retas e agora se espalhavam para fora, formando teias de folhas perenes com um leve toque de branco.

As poucas vezes que pararam durante o segundo dia foram somente durante alguns minutos, para que o cavalo pudesse beber e para Edgar ter tempo de procurar comida, enquanto aliviava a dor das pernas causada pela longa cavalgada. Nuvens lentas apagavam o pouco de sol que o inverno tinha a oferecer durante o dia, e a chuva caía como uma névoa constante, grudando na pele deles.

Silas não falava. Todas as perguntas que Edgar fazia ficavam sem resposta, e eles seguiram em frente, até que o sol se pôs no horizonte e os muros altos de Fume surgiram como uma corrente de pérolas negras ao longe.

Com o sol brilhando ao fundo, a cidade parecia uma coroa escura sobre a paisagem. Suas muralhas curvas iam além do que os olhos podiam ver. Torres negras erguiam-se no céu, formando uma silhueta sobre nuvens flamejantes quando seus pináculos encobriam a luz do pôr do sol, e um rio largo rodeava tudo como uma mancha ardente refletindo as nuvens laranja.

A estrada era exposta o suficiente para ser perigosa para qualquer um que se atrevesse a cavalgar tão perto da cidade antiga. Postos de vigília destacavam-se das muralhas de Fume em intervalos iguais, e todas as sentinelas dos portões que estavam em serviço tinham ordens para não deixar ninguém entrar sem a permissão direta do próprio Conselho Superior. Os viajantes quase sempre eram obrigados a dar meia-volta, e aqueles que desafiavam as ordens geralmente encontravam seu fim na ponta da flecha de uma sentinela.

Depois que as pessoas se estabeleciam na capital, poucas tinham motivo para deixar a segurança de seus limites outra vez; mesmo assim, parecia que algumas fizeram isso havia pouco tempo. Silas fez o cavalo diminuir a velocidade, passando a trotar. Esperava ver uma ou duas pegadas, mas a estrada estava remexida com uma série de marcas de ferraduras, de rodas e pegadas de botas, todas elas partindo de Fume. Muitas das marcas eram recentes. Pessoas estiveram saindo da cidade, dessa vez às centenas.

Edgar estava cochilando de leve atrás de Silas, ficando alerta só o suficiente para não cair do cavalo. O corvo havia passado toda a viagem seguindo-os do alto e, quando Silas parou, bateu as asas e desceu, andando pomposo pelo chão, caçando comida na terra.

Silas virou-se.

– Acorde.

Edgar aprumou-se, meio adormecido.

– Por que paramos?

– Alguma coisa aconteceu em Fume.

Silas avançou alguns passos com o cavalo e inspecionou as muralhas à sua frente. Não conseguia ver ninguém nos postos de vigília. O sol estava se pondo. Devia ser a hora da troca da guarda, e as luzes de sentinela já deveriam estar acesas. Ele conhecia cada centímetro daquela cidade. Cada beco, cada rota da patrulha, cada ritmo. Algumas semanas antes, ele fora responsável pelo movimento de todos os guardas dentro daquelas muralhas. Para ele, qualquer mudança de rotina era significante, não importava o tamanho.

– Vamos caminhar o resto da estrada – disse ele. – Um cavalo como este será notado por aqui.

Edgar desceu, lembrando-se da última vez em que havia mirado a cidade de longe, quando ele e Kate foram levados contra a vontade. Vira demais durante os últimos dias. Apenas queria que tudo aquilo acabasse.

– Qual é o plano? – perguntou o rapaz, enquanto Silas desamarrava a sela e a soltava.

– Vamos achar uma entrada.

Silas tirou as rédeas da cabeça do cavalo e deu um tapinha em seu flanco. Lembrando-se de seu treinamento, o velho cavalo de guerra entendeu aquilo como um sinal para descansar e saiu perambulando no meio da noite.

Os portões de Fume postavam-se como teias majestosas de ferro antigo que iam até muito acima das altas muralhas. Além dos portões, a cidade era um lugar assombrado. As janelas das torres memoriais pareciam olhos fundos observando lá embaixo um labirinto de ruas de pedras. Lâmpadas de gás tremeluziam resplandecentes, iluminando as ruas que se enroscavam umas nas outras, entrelaçando-se entre os prédios que estavam ali desde os primórdios da cidade, passando pelas casas mais novas das famílias mais ricas de Albion e de seus criados. O novo penetrava profundamente no que restara do velho, mas a essência da cidade permanecia igual havia séculos. Imóvel. Eterna. Uma cidade de segredos.

Fume era um lugar construído para os mortos, não para os vivos. Era a capital do país, e Silas deveria estar lá, protegendo-a. No dia em que se afastou do Conselho Superior, ele foi obrigado a abandonar o lugar que jurara proteger. Os inimigos já haviam se espalhado pelas vias principais da cidade. Dalliah não estava longe, e as sentinelas cometiam erros. Era hora de corrigir as coisas.

Um a um, os postos de vigília ganharam vida. As guaritas enchiam-se de luz, e as silhuetas das sentinelas se moviam pelas vias no topo da muralha. Silas passou seu punhal para Edgar.

– Vamos nos infiltrar em um dos postos de vigília – disse ele. – Abrindo caminho para nós por cima das muralhas.

– *Por cima* delas? Seria mais fácil passar por baixo.

– Não temos tempo para ideias tolas – comentou Silas.

– Talvez você não saiba tanto sobre Fume como pensa.

Silas olhou com cuidado para Edgar.

– Confie em mim. Eu tenho uma maneira melhor de entrarmos – disse Edgar.

– Mostre-me.

Edgar começou a percorrer a curta distância até o rio que circunda a cidade. Quando as nuvens de chuva começaram a se estender, ficou escuro o suficiente para eles passarem despercebidos, contanto que não se movessem rápido demais.

Silas podia até saber como as sentinelas trabalhavam, mas Edgar tinha alguns truques próprios. Toda sentinela posicionada nas muralhas carregava uma lanterna o tempo todo. Se você conseguisse vê-la, a sentinela também veria você. Ele ficou de olho em duas lanternas brilhantes, esperou uma delas desaparecer dentro da guarita e seguiu o movimento da segunda até perdê-la de vista por trás de uma parte saliente das ameias da muralha.

– Siga-me.

Edgar rastejou até a margem do rio e deslizou por seu declive íngreme. Uma trilha estreita de tijolos havia se afundado na lama ao lado da água, e ele caminhou por ela, seguido de Silas. Pelo que Edgar sabia, havia pelo menos vinte caminhos secretos debaixo daquelas muralhas; tudo o que precisava fazer era encontrar um.

O rio estava limpo e coberto de gelo nas partes mais rasas. A água corria sobre as camadas submersas de pedras e batia nas botas de Edgar enquanto ele abria caminho em seu percurso escorregadio. O rapaz não tinha muita certeza do que estava procurando, mas, contanto que os tijolos permanecessem debaixo de seus pés, tinha certeza de que estava no caminho certo. Apoiava-se nas bordas lamacentas para equilibrar-se e logo seus dedos tocaram em alguma coisa que não era para estar ali. Prensada no mesmo nível da borda estava uma placa de pedra, empastada com uma camada de lama, e ao lado dela havia um pedaço de metal enferrujado.

– É aqui. – Edgar sentiu uma pontada repentina de culpa ao mostrar para Silas um caminho que as pessoas usavam para se esconder dele e de seus guardas. – Uh... não diga para ninguém que eu lhe falei isso – pediu.

Os ombros largos de Silas escondiam a luz do luar e seus olhos cintilavam com um leve brilho cinza.

– Seu segredo está seguro – respondeu ele, com um discreto indício de sorriso.

Edgar puxou a porta de metal, e um jato de ar estagnado soprou subitamente vindo da passagem do outro lado.

– Este solo está coberto de túmulos – disse ele. – As pessoas esvaziaram algumas das criptas maiores há séculos e as escavaram, criando túneis dentro delas.

– Sem dúvida lançando no rio qualquer osso que encontrassem – disse Silas com certa aversão. – Achei que tinha destruído a última dessas passagens.

– Sabia da existência delas?

– Não de todas, evidentemente. Eu teria encontrado esta no devido tempo.

Silas abaixou-se e entrou em um espaço baixo demais para ficar de pé, porém com altura suficiente para alguém andar rápido, mesmo com dificuldade, caso fosse preciso. A passagem fora construída com primor. As paredes eram perfeitas e retas, dando diretamente na cidade, facilitando assim atravessá-la sem iluminação. Edgar seguiu-o; suas botas chapinhavam na camada de lama onde a umidade havia penetrado pela terra acima.

Continuaram andando até o brilho suave de uma lanterna de rua refletir a silhueta de Silas adiante. Uma pequena porta dava para um beco estreito que mal tinha largura suficiente para duas pessoas ficarem lado a lado. O túnel atravessava direto as fundações externas e internas das muralhas, chegando às redondezas da cidade.

Silas havia passado a maior parte de sua vida adulta em Fume. Foi guarda da patrulha, voltou como soldado e fugiu como traidor. Apesar de tudo que lhe acontecera naquele lugar, sentiu-se como se estivesse voltando para casa.

– Esta entrada está mal escondida – disse ele enquanto Edgar se juntava a ele ao ar livre. – Os guardas deveriam ter encontrado este túnel.

– Ainda bem que não encontraram.

– Meus homens não cometem erros.

– Eles não são seus homens – Edgar lembrou-o. – Esse problema não é mais seu.

Silas desceu pelo beco, sussurrou algo para o corvo e o fez voar sobre os telhados antes de seguir em frente até uma rua iluminada por lanternas.

– Espere! – pediu Edgar. – Não pode ir ali.

Silas ficou parado no meio da rua, totalmente exposto para qualquer um que estivesse dentro das casas próximas olhando lá fora. Estava em um dos distritos mais antigos da cidade. As torres memoriais erguiam-se do chão ao seu redor como dedos abrindo caminho pela terra. Suas pedras antigas apoiavam-se umas nas outras, enquanto a parte superior aos poucos se deteriorava com o peso do tempo.

Na parte mais alta das torres, estátuas e gárgulas trincadas olhavam para as ruas. Silas sabia exatamente onde estava só pela linha do horizonte. Tudo parecia estar como deveria, com exceção de um detalhe.

– Onde estão todos? – perguntou Edgar.

– Há pessoas aqui – disse Silas, olhando os prédios ao redor da praça. À direita, uma cortina se moveu. Uma sombra passou pela janela branca logo adiante. – Estão se escondendo de alguma coisa.

– Talvez tenham visto você chegando.

– Não desta vez.

Com a cidade tão silenciosa, o som das rodas de uma carruagem ecoava livremente pelo ar. Silas logo se moveu e já estava na extremidade da praça antes que Edgar notasse que ele havia sumido. Uma patrulha da guarda deveria passar por aquela parte da cidade, mas, em vez de se esconder do veículo que se aproximava, Silas foi ao seu encontro. Não havia guardas à vista, somente uma carruagem de aluguel procurando, sem esperanças, um passageiro.

Passadas rápidas surgiram no beco à esquerda de Silas, e Edgar apareceu na luz com o semblante relaxado de alívio ao ver Silas de novo.

– Avise-me quando fizer isso outra vez – disse Edgar. – Eu quase o perdi.

O olhar de Silas se fixou além de Edgar, na entrada de um teatro que deveria estar cheio de pessoas naquela hora da noite. Suas portas estavam fechadas, suas janelas altas escurecidas, com exceção de um pequeno rosto espiando atrás do vidro.

– Continue... parado.

– Por quê? – Edgar congelou-se logo que Silas passou por ele.

A respiração da garota não embaçava a vidraça enquanto encostava o nariz nela. Ela piscou quando Silas a olhou e viu que os olhos dela haviam sido tocados pela luz dos espíritos. Ela estava ali, tão nítida quanto qualquer ser vivo, mas sua vida terminara havia muito tempo.

Não conseguindo mais resistir, Edgar virou-se para ver o que estava acontecendo.

– Tem uma pessoa ali! – exclamou ele. – Não deixe que ela o veja.

– Pode ver a garota?

– Claro que posso. – Edgar notou as correntes trancando a porta. Não havia ninguém com a garota, pelo que podia ver. – Você acha que ela está bem?

– Tão bem quanto poderia estar – respondeu Silas. – Ela está morta.

A garota afastou-se para dentro das paredes quando a presença sombria de Silas aproximou-se, até que a porta de vidro do teatro ficou vazia outra vez. Edgar arregalou os olhos, incapaz de acreditar no que tinha acabado de ver.

– Ela estava...

– Você não deveria ser capaz de vê-la – disse Silas. – Deve ser por isso que as pessoas estão saindo da cidade e se escondendo de medo. Não estão fugindo dos guardas. Estão fugindo dos mortos.

Edgar olhou de volta para o teatro e viu o rosto da garotinha, só por um instante, antes que ela se dissipasse outra vez.

Silas logo alcançou a carruagem de aluguel, parada numa encruzilhada vazia. Agarrou a lateral do banco do cocheiro, subiu e sentou-se ao lado dele. O rosto do homem enrugou-se de medo.

– Você sabe quem eu sou?

O homem assentiu em silêncio. Suas mãos, enroladas pelas rédeas, tremiam.

Silas fez sinal para que Edgar subisse atrás.

– Vai nos levar aonde eu mandar. Não pare, a menos que eu peça.

– Sim, senhor.

Silas deu um tapa forte no ombro do homem, fazendo com que ele recuasse de susto, depois desceu e entrou na carruagem, sentando-se de costas para o banco do cocheiro. Abriu a portinhola entre os dois e deu as ordens:

– Para o Museu de História – comandou ele.

O cocheiro manteve a cabeça baixa e atiçou o cavalo.

– Por que vamos até lá? – indagou Edgar.

– A preparação, senhor Rill, é tudo.

Enquanto passavam, as ruas aos poucos foram ficando mais povoadas. Nem todos estavam dispostos a abrir mão de tudo o que haviam conquistado por causa das histórias sobre mortos sem descanso. Edgar fechou as cortinas do seu lado da carruagem, não desejando ser visto por ninguém do lado de fora, mas Silas manteve a sua aberta. O povo de Fume não precisava vê-lo para saber que ele estava ali. Sua presença escoava daquela carruagem igual a óleo na água. Fazia tempo que não entrava na cidade. Agora estava de volta, e não demoraria muito para que a notícia se espalhasse.

– Os guardas vão nos encontrar – disse Edgar, sem conseguir se manter calmo com tantos olhos sobre a carruagem. Um maço de folhas de papel estava preso no painel atrás de seu banco, e ele pegou uma contendo um pequeno cartaz de procurados com o desenho dos rostos de Silas e de Kate impresso. – As pessoas não andam confiantes em Fume quando existe um preço pela cabeça delas.

Silas não olhou para o cartaz.

– Eu ando – disse ele.

Quando chegaram ao museu, Edgar ficou olhando o prédio antigo e alto com suas janelas compridas de vidro verde enquanto Silas falava com o cocheiro. Edgar ficou surpreso por ele e seu cavalo não terem saído correndo no meio da noite assim que eles desceram da carruagem. Fosse lá o que Silas tivesse dito a ele, o fez esperar ali em silêncio enquanto os dois entravam no museu.

A entrada principal era uma casca suja e rachada daquilo que um dia já tinha sido. As tábuas do assoalho foram arrancadas e encostadas nas paredes. Esqueletos de antigas exposições estavam espalhados pelo chão, entrelaçados em fios que outrora os sustentaram no teto e, no centro do piso, havia um círculo de escuta: um anel de símbolos entalhados na pedra, deixado pelos Dotados muito tempo antes de aquele lugar abandonado um dia ser usado como museu.

Edgar tinha lembranças ruins daquela entrada. Silas atravessou direto em direção aos corredores sinuosos e à escada que dava nos andares inferiores, enquanto Edgar permanecia perto das paredes, ainda cauteloso com o círculo que um dia tinha visto abrir e revelar seu verdadeiro propósito como um portal ativo para a meia-vida, deixando ele, Kate e Silas verem a fundo o reino dos mortos que não descansam.

A voz de Silas, chamando-o, ecoou pelo vasto prédio vazio, e Edgar não conseguiu afastar a sensação de que havia olhos observando-o nas galerias acima. Saiu correndo atrás de Silas, acendeu uma vela que pegou da parede e seguiu a voz pelos numerosos andares do porão, ao longo da parte profunda do museu, a qual Silas chamava de lar.

– Vá tomar um banho. – Silas saiu de um cômodo mais adiante e jogou uma toalha na mão de Edgar. – Tem água corrente ali dentro. E roupas limpas do outro lado daquela porta. Você tem dez minutos.

As roupas de Edgar estavam imundas. O casaco não estava dos piores, mas o resto quase precisava ser desgrudado de seu corpo de tão incrustados que estavam de lama, sangue e areia. Ele se lavou rapidamente e logo ficou limpo e seco. Passou a toalha nos cabelos para secá-los e entrou furtivamente no segundo cômodo.

A chama da vela balançou na entrada, e Edgar perdeu um pouco de tempo só olhando fixamente para a confusão de roupas penduradas nas grades de madeira. Podia escolher qualquer coisa, desde uniformes de soldados com listras em couro às túnicas que pertenciam a antigos homens do conselho. Por mais que fosse tentador escolher um dos uniformes, Edgar decidiu pegar um colete preto com a bainha azul-escuro que estava pendurado nos fundos. A calça escolhida serviu muito bem, mas ele avolumou o colete com outro por cima e duas camisas, vestidas uma sobre a outra. Demorou um pouco para achar um par de botas que servisse, e vestiu por cima de tudo um casaco azul-escuro que chegava até os joelhos. Quando ficou pronto, voltou para o corredor onde Silas já estava esperando.

As roupas de Silas manchadas de sangue e gastas com a viagem também haviam sumido. Seus cabelos escuros estavam lavados e soltos. Usava uma camisa cor de sangue, calça preta e botas polidas, além de um casaco preto e curto, com botões prateados que iam de seu ombro direito até a bainha que guardava sua espada de lâmina negra do lado esquerdo do quadril. Edgar poderia ter aproveitado a oportunidade para usar roupas adequadas para as classes superiores de Fume, mas Silas parecia que era realmente um deles.

– O cocheiro está esperando – disse Silas, passando direto por Edgar.

– Aonde vamos?

– Ajudar esta cidade.

Era verdade, o cocheiro ainda estava esperando na porta. Quando Silas apareceu no topo da escada do museu, o homem magro desceu de seu banco e abriu a porta para que os dois entrassem.

– Senhores – disse ele, acenando nervoso com a cabeça.

Edgar sorriu sem jeito, mas o cocheiro logo baixou os olhos.

Silas não precisou dar ordem alguma. O homem já sabia para onde iam e, assim que ele e Edgar se sentaram, a carruagem entrou em movimento outra vez. Edgar começou a se sentir preso e desconfortável com suas roupas estranhas. No entanto, a rota que a carruagem seguiu era bem conhecida. Enquanto passava rapidamente pelas ruas vigiadas por gárgulas, sentiu um nó de medo no estômago. Ele conhecia aquela rota. Já havia passado por ela.

– Sei para onde estamos indo – disse ele de repente. – Não podemos ir lá. Precisa parar a carruagem. – Inclinou-se para a frente e gritou para o cocheiro: – Pare a carruagem!

– Ele não vai ouvi-lo.

– Então *você* deveria ouvir. Isso não é um plano. É loucura!

– Sente-se.

Finalmente a carruagem parou no final de uma rua longa e reta que dava em um lugar que Edgar conhecia muito bem. O cocheiro abriu a portinhola atrás de Silas.

– Tem certeza disso, senhor?

– Perfeitamente.

A portinhola se fechou, a carruagem seguiu em frente, subindo uma pequena colina em direção a um grupo de grandes prédios antigos rodeados por uma velha grade de ferro. Edgar afundou-se em seu banco quando pararam na frente de um portão extremamente vigiado. Os guardas cercaram o veículo, e Silas abriu a janela quando o rosto de um homem encapuzado apareceu no vidro. O guarda olhou para os dois passageiros e seus olhos arregalaram-se de surpresa. Por um segundo, Edgar achou que ele fosse pedir aos seus homens que atacasse, mas, em vez disso, ele baixou de leve a cabeça para Silas.

– Oficial. Abra o portão – ordenou Silas.

O guarda afastou-se e imediatamente ergueu a mão para seus homens. Dois deles empurraram os portões para o lado, abrindo caminho para a parte mais protegida de Fume: os aposentos do Conselho Superior.

– Isso só pode ser uma armadilha – disse Edgar. – Eles não nos deixariam entrar assim.

O cavalo da carruagem avançou devagar, e Edgar viu três guardas parados por perto. A carruagem passou pelo posto deles, depois debaixo de uma arcada e atravessou um pátio, indo direto para a porta principal dos aposentos.

– Ainda há tempo de voltar – disse Edgar. – O Conselho vai colocar todos os guardas que tiverem atrás de nós assim que o virem.

– A verdadeira lealdade não morre quando ela se torna inconveniente – disse Silas. – Fume está sob ameaça. É aqui que devemos estar.

5

Prata e poeira

Quando Kate e Dalliah chegaram à cidade a cavalo, os oficiais disfarçados da Guarda Sombria se aproximaram dos portões primeiro e falaram com duas sentinelas paradas do outro lado. Dalliah havia ordenado que Kate mantivesse o capuz na cabeça assim que chegassem perto de Fume, e a garota espiou debaixo dele quando as sentinelas fizeram sinal para que as duas seguissem em frente. Um dos homens destrancou os grandes portões de ferro e os abriu enquanto o outro as cumprimentou com a cabeça.

– Lady Grey – disse ele. – Bem-vinda a Fume.

Kate achou que havia algo diferente no homem. Seu sotaque era mais leve que as vozes agudas e comuns das pessoas de Albion.

– A cidade não está tão segura quanto o Conselho Superior acredita estar – disse Dalliah.

O guarda sorriu.

– Nunca esteve. – Entregou a Dalliah um pacote pequeno e fino enrolado em um pano. Conversaram com calma por um instante, e Dalliah pendurou o pacote na sela.

Os oficiais disfarçados ficaram parados ao lado dos guardas, e Kate por acaso os ouviu dando ordens às sentinelas dos portões. Ela então soube que eles não eram guardas, e sim agentes da Guarda Sombria. Os inimigos de Albion haviam se infiltrado além dos portões de Fume.

– Vamos em frente – disse Dalliah, pegando as rédeas do cavalo de Kate e guiando-o ao lado do seu.

O ar estremeceu quando as duas atravessaram o limiar da cidade. Espectros deslocaram-se nas sombras, infiltraram-se nas pedras e misturaram-se ao ar, diminuindo a intensidade das chamas das lanternas dos guardas até se tornarem minúsculas faíscas. Um calafrio de medo e expectativa correu por todas as almas e memórias ainda trancadas naquele local. Kate também o sentiu como um arrepio mais frio do que qualquer vento invernal, como se uma porta tivesse se aberto para a parte mais gélida do mundo, deixando uma rajada de ar glacial tocar sua pele. As ruas de Fume estavam vazias e fantasmagóricas. Os prédios cinzentos e pretos sobressaíam-se nitidamente em contraste com o céu branco, e parecia que as próprias torres as estavam ouvindo.

A Guarda Sombria permaneceu com seus aliados no portão. O silêncio da cidade foi interrompido pelo som agudo de dobradiças de metal, e Kate olhou para trás para ver os portões enormes serem fechados. Nenhum dos guardas ali perto notou a presença de intrusos no meio deles.

Desde que viu Silas, as lembranças de Kate foram iluminadas como chamas se espalhando por uma floresta. Ela podia se lembrar de tudo o que havia acontecido: a perda de seu lar, incendiado pelos guardas, as experiências feitas com ela pelo Conselho Superior e seu julgamento nas mãos dos Dotados que a haviam rejeitado, apesar de ela tê-los procurado pedindo ajuda. Contudo, a pior de todas as recordações, aquela que a fez desejar esquecer-se de tudo outra vez, foi a dos fatos pouco antes de sua jornada pelo mar.

Ela se lembrou da influência de Dalliah se espalhando ao redor, sufocando-a; Silas Dane, enfraquecido e machucado, mas nunca subjugado, e seu melhor amigo, Edgar, esfaqueado por um oficial da Guarda Sombria e deixado para morrer. Sob a influência de Dalliah, Kate havia se afastado dos dois, deixando-os ali. Ela havia visto o prédio onde estavam presos ardendo em chamas, cobrindo o céu com sua fumaça espessa e negra. Silas tinha sobrevivido, mas ela não vira sinal algum de Edgar no vilarejo. Não conseguia se libertar da culpa de deixá-lo para trás. Não importava o ocorrido, ela jamais se perdoaria.

O ódio de Kate por Dalliah queimava dentro dela. Ela queria gritar e enfurecer-se com a mulher que havia lhe tirado Edgar. Queria xingá-la, fazê-la pagar pelo que havia feito. Ao invés disso, ficou quieta. Já tinha visto Dalliah em ação com sua crueldade e fora subjugada por ela uma vez. Precisava manter a mente limpa. Precisava esperar. Se aprendera algo com Silas, era ter paciência.

Dalliah diminuiu a marcha dos cavalos na base de uma torre memorial que parecia ser bem diferente das dezenas de outras pelas quais já haviam passado. Sua estrutura era basicamente a mesma, rodeada por paredes de pedras pretas pontuadas por janelas pequenas, mas as pedras da torre pareciam ter nervuras de prata. Fragmentos do que poderia ser metal refletidos pela luz do luar formavam trilhas finas pelas pedras, mas Kate olhou de perto e viu a verdade. Pessoas comuns jamais veriam qualquer coisa incomum ali. Aquelas nervuras eram fios de energia, invisíveis, exceto aos olhos da mais Dotada de todos. Uma dor entorpecente de tristeza permeava o ar, e Kate sentia a presença de pelo menos duas almas atadas àquele lugar, observando, incapazes de partir.

Dalliah ordenou que Kate desmontasse e ficou parada, a mão sobre a porta maciça da torre.

– Já se passou muito tempo desde a última vez que estive aqui. – A torre reagiu imediatamente ao seu toque. O brilho prateado foi se apagando, até ficar pouco visível, retraindo-se de sua mão como ondas em um lago.

Dalliah retirou uma chave de uma algibeira presa em seu cinto e enfiou-a na fechadura. A porta estava difícil de abrir, e o ar expelido lá de dentro era seco e com cheiro de morte. Kate ficou sufocada com o turbilhão de poeira, mas Dalliah continuou imperturbável. As duas entraram no prédio esquecido, e Kate ouviu uma voz:

– *Não vá.*

Dalliah não mostrou sinais de tê-la ouvido, mas para Kate a voz era suave e nítida.

– *Por favor.*

Dentro da torre estava surpreendentemente claro. A luz emanava através das janelas que pareciam fendas cravadas nas paredes ao longo de uma escada em espiral que se erguia do subterrâneo até os andares acima. Kate cobriu o nariz com a manga da roupa para que pudesse respirar e descobriu algo tombado na parede. Era um esqueleto partido; sua caveira deformada e com olhos ocos, seus dedos ossudos presos ao redor do cabo de uma lâmina enferrujada.

– Olá, Ravik – disse Dalliah, chutando o pé do esqueleto ao passar, espalhando ossos pelo chão. – Deve estar querendo isto de volta, sem dúvida. – Jogou a chave entre as costelas do esqueleto, e algo se moveu no ar acima dos degraus.

Kate olhou a tempo de ver a aparição fraca de um jovem penetrando na parede.

– Ignore-o – ordenou Dalliah. – Foi tão inútil na vida quanto na morte.

– Quem é ele?

– Um ex-aluno meu – respondeu Dalliah. – Não acreditava no que estamos prestes a fazer. Dificultou as coisas. Poderia ter vivido um pouco mais se tivesse usado melhor sua inteligência.

Dalliah esmagou um osso solto com a bota enquanto subia os degraus. Kate hesitou, preocupada se Dalliah havia trancado a porta depois que entraram, e, assim que a mulher sumiu de vista, Kate se agachou, enfiou os dedos entre as costelas do esqueleto e pegou a pequena chave.

– *Não vá.*

O ar esfriou ao seu lado, e ela viu alguma coisa ao lado do velho punhal. Algo que havia sido arranhado na pedra. Afastou a lâmina e descobriu um filamento de letras encravadas e finas, entalhadas para formas uma palavra trêmula:

ESPELHO

Enquanto se levantava, Kate passou os dedos levemente sobre um dos ossos da perna de Ravik e viu os últimos instantes da vida do rapaz através dos próprios olhos dele. *Parado perto de uma escrivaninha. Um intruso atrás dele: ouvido, mas não visto. Um punhal – como fogo – sendo cravado na lateral de seu corpo. O agressor fugindo. As mãos ensanguentadas de Ravik manchando as paredes enquanto descia cambaleando os degraus da torre. A porta... trancada.* Kate ouviu seus gritos fracos pedindo ajuda como se ela mesma estivesse gritando, compartilhando a dor e o desespero do rapaz enquanto ele passava seus últimos segundos de vida arranhando a mensagem no chão.

– Kate – a voz de Dalliah surgiu na escada curva e ela rapidamente retirou a mão do osso. Na visão de Kate, Ravik não havia ficado surpreso com a porta trancada. Ele já esperava por isso; só lhe restava um pouco de esperança de que seu agressor tivesse se esquecido de trancá-la outra vez depois de sair. Kate notara os arranhões profundos ao redor da fechadura onde alguém havia tentado forçar a porta para que ela se abrisse do lado de dentro. Seja lá o que Ravik estivesse fazendo ali, não era por livre e espontânea vontade. Ele tinha sido trancado naquela torre havia muitos anos. Fora assassinado ali, e agora seu espírito não poderia sair. Ravik moveu-se pelas paredes, cercando-a, mas ficando fora de vista.

– *Não deixe que ela encontre a mensagem. Ela deve ser passada adiante.*

Kate levantou-se, colocou a chave no bolso e leu a palavra rabiscada mais uma vez.

– Vou tentar – disse ela, ainda sem saber ao certo seu significado, e o espírito de Ravik passou invisível ao seu lado, orientando-a para que subisse os degraus da torre.

No topo ficava o quarto onde Ravik passou seus últimos dias. Dalliah estava parada em um dos lados, perto de uma cama velha sem colchão, e havia armários baixos ao redor do resto da parede curva, todos destruídos pela umidade infiltrada pelas janelas estreitas que davam para o leste e o oeste. Cada superfície plana estava coberta com vasos antigos de prata escurecida. Uma caixa cheia de ferramentas incomuns e variadas estava encostada na parede, e várias facas tinham sido espetadas no topo dos armários, todas rodeadas por marcas profundas de golpes repetidos dados na madeira com as mesmas facas.

– Ravik era um jovem problemático – disse Dalliah.

– As pessoas não gostam de ficar presas – disse Kate.

– Não acredite em tudo que os mortos lhe dizem – retrucou Dalliah. – O isolamento é essencial para esse trabalho.

Kate tocou o cabo de uma das facas e, durante um segundo, viu a imagem de Ravik espetando-a no armário.

– O que ele estava fazendo aqui? – perguntou ela.

– Minha habilidade para supervisionar o trabalho aqui em Fume era limitada enquanto eu estava no Continente – respondeu Dalliah. – Na minha ausência, o dever de Ravik era testar uma teoria minha. A teoria estava correta, é claro, mas Ravik se recusou a executar o procedimento até seu fim natural. Temos de completar o que ele começou e devemos fazê-lo corretamente de primeira, sem hesitação. – Os olhos de Dalliah encheram-se de expectativa. – Se o espírito da roda perceber o que estamos fazendo, revidará.

Dalliah puxou um pano deteriorado da parede e expôs uma pequena roda de pedra escondida debaixo dele. Estava embutida na parede e era feita de um ladrilho circular central – poucos centímetros maior do que uma mão aberta – com ladrilhos menores arrumados em um canal ao redor de sua borda. Cada ladrilho possuía um símbolo, e as pedras em si continham uma alma aprisionada séculos antes. Parecia bem preservada, com exceção de um ladrilho cujo símbolo havia sido raspado com arranhões bem profundos. Kate já tinha visto rodas como aquela e sabia o suficiente para tratá-la com respeito.

– As rodas são a base sobre o qual Fume se sustenta – explicou Dalliah. – As almas dentro delas agem como âncoras, ligando a meia-vida ao mundo dos vivos; por outro lado, também garantem que os dois permaneçam separados. Ao criá-las, Albion ficou protegido dos terrores da meia-vida uma vez. Ao destruí-las, esta terra entrará em uma nova era.

– Achei que estivéssemos aqui para *impedir* a queda do véu – comentou Kate.

– A barreira entre a vida e a morte não pode ser mantida para sempre – explicou Dalliah. – Essas almas estão cansadas. Muitas já perderam sua potência. Quando o véu ceder de fato, estaremos aqui para garantir que isso aconteça de uma maneira que me convém. Simplesmente aceleraremos um processo natural. Você entenderá quando chegar a hora.

– E o que acontecerá então?

– Meu trabalho estará completo – respondeu Dalliah. – Assim como o seu.

Kate não gostou do jeito que Dalliah proferiu essas últimas palavras.

Do lado direito da roda, onde uma ponta do pano da parede ainda estava pendurada em um pino enferrujado, Kate viu o reflexo de um raio de luz em alguma coisa na parede. Ravik moveu-se atrás dela e ela sentiu o calafrio de uma mão repousando de leve em seu ombro.

Dalliah abriu sua bolsa e comparou as posições dos símbolos na roda com o diagrama esboçado nas páginas de um de seus livros antigos.

– Cada um destes símbolos representa uma antiga família de Dotados; a maioria delas morreu há muito tempo – continuou ela. – Soube que as pessoas aprenderam a interpretá-los e se comunicam com o espírito preso dentro da roda. Não foi por isso que essas almas foram atadas, mas após cinco séculos presas dentro da pedra, posso ver por que devem ter precisado de algo para passar o tempo. – Ela colocou a ponta de dois dedos sobre o ladrilho arranhado. – O símbolo da minha família foi desfigurado, mas a roda ainda deve funcionar.

Assim que a mão de Dalliah entrou em contato com a roda dos espíritos, o local ficou mais frio. Mais fechado. Apesar de ter apenas uma escada entre ela e a porta para o mundo exterior, Kate sentiu-se presa.

Kate olhou para a luz escondida com o canto dos olhos. Um espelho rachado estava enfiado debaixo do pano, e um caco de vidro havia sido retirado do canto inferior esquerdo. Ravik permaneceu por perto. Na presença de Dalliah, tudo relacionado a ele parecia desmoronado e derrotado, mas sua atenção estava voltada secretamente para o esconderijo dentro do espelho e uma fina folha de papel dobrada que ali repousava no escuro.

– Esta roda é uma das vinte e quatro espalhadas pela cidade – disse Dalliah, tirando de sua mala um conjunto de frascos de vidro vazios fechados com rolhas. – As almas mais poderosas dos guardiões de ossos foram lacradas dentro dessas rodas para impedir que a energia total da meia-vida se espalhasse por Albion. Essa energia já está vazando, o que significa que as rodas dos espíritos mais fracas já perderam seu elo com o véu. Esta roda possui um dos três espíritos mais poderosos que foram atados naquele dia. A conexão com Fume sobreviverá enquanto essas três rodas durarem. Quando elas cederem, o véu cederá.

– Os Dotados deveriam estar aqui – disse Kate. – Eles não deveriam estar fazendo alguma coisa?

– *Nós* estamos fazendo alguma coisa.

A pedra central tinha o entalhe de uma estrela de quatro pontas. Dalliah pressionou a palma da mão com firmeza sobre ela, e os ladrilhos ao seu redor tremeram.

– Poucos toleram o ressentimento mais tempo que os mortos – disse ela. – Esta alma resistiu ao procedimento que no fim das contas salvou Albion na época dos guardiões de ossos. Não confiou em mim na vida. Não confiará na morte.

Kate achou que o espírito tivesse um bom motivo para ser cauteloso com a mulher que o havia lacrado dentro da pedra. A atmosfera da sala havia mudado notadamente, e agora Kate reconhecia a causa. O ódio estava transbordando em silêncio da pedra. Ódio por Dalliah pelo que ela havia feito.

– Quinhentos anos é muito tempo para estar errado – falava Dalliah com a pedra, mantendo uma das mãos sobre a estrela e a outra no ladrilho destruído que um dia carregou o símbolo de sua família. – A linhagem vive – disse ela. – A garota está aqui. Apesar de tudo o que você fez, e de todos os obstáculos que colocou em meu caminho, ela não irá salvá-lo.

Os ladrilhos ao redor do círculo de pedra chocalharam e estalaram, mas nenhum deles se moveu.

– Traga-me uma daquelas estacas.

As únicas estacas que Kate conseguia ver era o conjunto de ferramentas enferrujadas em forma de lança. Ela tirou uma da caixa e estendeu o braço para entregá-la.

– Não. Você fará isso – disse Dalliah. – Está vendo as marcas feitas nas extremidades da pedra central?

A pedra foi desgastada em quatro pontos iguais ao redor de sua circunferência. Kate deduzira que a erosão havia sido causada pelo tempo, mas a forma das áreas estragadas combinava exatamente com a ponta da ferramenta que ela estava segurando.

– Você mandou Ravik até aqui para desmontar a roda – observou Kate.

– E ele conseguiu – disse Dalliah. – Agora você fará o mesmo. Tire a pedra.

Kate não podia deixar de fingir, então ergueu a estaca e a enfiou com força na roda.

O metal raspou na pedra, e a estrela entalhada moveu-se de leve enquanto ela continuava a enfiar a estaca mais profundamente na parede. Qualquer que fosse o mecanismo que fazia a pedra funcionar, não estava mais conectado a ela. Ravik podia tê-la desmontado, mas fracassou ao juntar suas partes de volta. A pedra se soltou com facilidade. Era fina e em forma de disco, com as bordas que iam se afinando gradualmente, permitindo que girasse livremente na parede.

Kate deixou a estaca cair e segurou o disco com segurança em suas mãos. Havia buracos entalhados onde um mecanismo um dia esteve conectado, mas agora não restava mais nada. Mesmo se o espírito quisesse se comunicar usando os ladrilhos, não teria como movê-los.

– Ravik estava estudando a roda – disse Dalliah. – A criação desses dispositivos é uma arte perdida. Eu precisava de alguém que pudesse entender os mecanismos por trás deles, bem como o poder do véu que preenche as pedras concluídas.

– Para que pudesse construir mais delas – disse Kate.

– No início, sim. Infelizmente, não podia fazer isso sozinha. Ravik tinha talento o suficiente, mas permitiu que sua empatia com a alma lá dentro perturbasse seu julgamento. Seu relacionamento com ela distorceu sua mente. Ela o enlouqueceu. – Olhou para trás, onde o espectro do jovem agora estava esperando perto da escada. – Vejo que pouco mudou.

Kate viu sua chance. Enquanto Dalliah estava distraída, ela rapidamente estendeu a mão, puxou a folha de papel do esconderijo dentro do espelho e a enfiou na manga de sua roupa.

– O passado não é mais importante – disse Dalliah. – Um novo futuro começa hoje.

Ela estendeu a mão para dentro do espaço deixado pela pedra, e a atmosfera na sala escureceu de uma vez. Parecia que o resto do mundo estava desmoronando, deixando as paredes inundadas pelo toque interminável de um reino sem substância. O lugar perdido entre o mundo dos vivos e a aceitação da verdadeira morte. O ar tornou-se escasso, e a única luz resumia-se ao centro da sala, comprimida pela escuridão. Ravik tentou afastar-se das paredes, e Kate caminhou em direção à luz, confiando nela para manter-se protegida.

– O véu tem vários níveis – disse Dalliah. – Os olhos dos mais Dotados podem enxergar dentro do primeiro nível facilmente, compartilhar as lembranças dos mortos e explorar as energias do véu para curar o corpo físico. Raríssimas pessoas conseguem enxergar dentro do segundo nível, onde as almas vagantes esperam para morrer. Menos ainda conseguem ver além disso, e somente um ou dois de nós consegue espreitar lugares que a imaginação humana acharia difícil de descrever. Eu já vi todos os níveis que existem. Já caminhei além da parte mais rasa da meia-vida e presenciei o que está por trás dela. A morte é linda, Kate, mas há outro lugar, um mais distante e poderoso. A morte não pode salvar as almas que são puxadas para o seu centro.

Kate e Ravik foram obrigados a se aproximar pela escuridão que invadia. Seja lá o que Dalliah pretendesse fazer, Kate temia que o que restara de Ravik não sobrevivesse.

– O véu confunde a alma, mas a escuridão em suas profundezas a desintegra – disse Dalliah. – Os vagantes se referiam a esse lugar somente como 'o negro'. Ele afasta todos os elos com o mundo físico, rouba cada lembrança e deixa uma alma com tudo o que a mente com vida achou que tivesse esquecido. Fica o não dito, os arrependimentos, o medo e a dor. O negro faz a alma duvidar de que o mundo dos vivos exista. Remove cada lembrança da vida que ela um dia teve até restarem somente fragmentos. A morte envolve a alma. O negro a destrói. É para lá que a alma desta roda deve ir.

Ravik estava tão perto que Kate podia sentir os ecos de medo reverberando dentro dele. O elo de Dalliah com a roda atraiu a escuridão para mais perto. Não havia para onde ir. O vazio tocou Ravik, e sua alma soltou um grito sussurrado. Kate nunca tinha ouvido um som igual àquele. Era um suspiro de angústia e pânico, o grito de alguém que estava acostumado a ficar sozinho, sabendo que ninguém poderia vir ajudar. Kate não sabia o que fazer, e então já era tarde demais. As profundezas puxaram Ravik, e seu espírito caiu em silêncio, dissipando-se em um nevoeiro branco.

De onde quer que a escuridão viesse, estava cheia de ameaças. A força imaterial queimava feito ácido em sua pele, explorando sua carne e ferroando seus olhos. Era como se ela estivesse presa nas mandíbulas de uma criatura na dúvida se a engulia ou não. O instinto a fez prender a respiração, não querendo que nada daquele ser penetrasse em seus pulmões. A torre a controlava. As pedras formavam a gaiola. Sua alma, ainda atada a um corpo vivo, mal podia resistir, e seu toque já havia levado Ravik embora.

Dalliah estendeu o braço no meio da escuridão e segurou a mão de Kate. Seu toque parecia agulhadas quentes, puxando-a em direção à roda.

– Você verá o que esta garota pode fazer – disse Dalliah, dirigindo-se ao espírito dentro das pedras. Sua voz soava sombria e estranha, como se Kate a ouvisse dentro d'água. – Seu tempo acabou – Dalliah apertou os dedos com força na garganta de Kate, obrigando-a a inalar a névoa negra, e então empurrou a mão de Kate no fundo do buraco na parede.

Kate esperava que a escuridão a dominasse completamente, mas, em vez disso, tudo ao redor havia ficado mais lento e parado de funcionar por um momento silencioso: Dalliah observando-a; a roda dos espíritos iluminada com um clarão laranja, cada símbolo brilhando com uma luz ardente.

– *Dalliah voltou* – falou uma voz dentro da mente de Kate, triste, porém orgulhosa, atraindo sua consciência para dentro do véu. – *Ela está nos destruindo.*

– O véu está cedendo – respondeu Kate. – Não sei como detê-lo.

– *Sabemos disso.*

– O que eu posso fazer?

O brilho da roda apagou em todos os ladrilhos, menos um.

O símbolo do floco de neve da família de Kate. Então, em cada lado do círculo, mais dois se iluminaram. O pássaro e o urso.

– Não sei onde Silas está – disse Kate, reconhecendo de imediato o significado do pássaro. – E Edgar... Edgar se foi.

– *Não* – disse a alma. – *Vocês são três.*

– Edgar morreu. A Guarda Sombria... Eu não pude ajudá-lo. Eu o deixei lá.

– *Ele vive, assim como você. O corpo dele continua a existir. Ele voltou para Albion.*

– Edgar está aqui? – Kate não podia conter o alívio que sentiu quando o fardo do pesar e da culpa saiu de seus ombros. Sua energia enviou um tremor através das pedras.

– *Dalliah sabe que o inimigo está por perto. Ela está preparada.*

– Eu não sei como impedir isso – disse Kate. – Diga-me como ajudá-lo.

– *Estamos perdidos. Você deve continuar viva. Será a primeira e a última.*

A escuridão arranhou as costas de Kate, como formigas picando sua pele.

– A primeira o quê? – perguntou ela. – O que posso fazer?

– *Fará o que é necessário. Os outros deverão lhe mostrar o caminho. Você não pode me ajudar. Deixe-me ir.*

A roda voltou a perder o brilho, e Kate sentiu algo a puxando pelo peito quando o espírito se afastou, mergulhando nas profundezas. Para dentro do negro.

A alma de Kate estava parada na beira de um abismo. Bastava um leve toque para que caísse nele. Sentiu as mãos horripilantes do escuro, os horrores do vazio, a certeza da destruição.

Puxou sua consciência para trás, distanciando-se da beirada e voltando para o mundo dos vivos. A escuridão se dissipou. Seu corpo doeu e sua mão pesava quando ela a puxou da parede.

– Você é tão implacável quanto seus ancestrais – disse Dalliah, que não havia participado da conversa entre Kate e o espírito preso. – Como se sente?

Kate queria dizer que se sentia suja, enjoada e vazia. Desejava nunca ter pisado naquela sala, naquela torre, naquela cidade. O dorso de sua mão estava cortado, e o sangue escorria livremente pelo seu braço. Kate não precisava perguntar o que Dalliah havia feito. Seu sangue há tinha sido usado em um trabalho com o véu. Dalliah não era a primeira a reconhecer seu poder.

– Eu estava certa sobre você, Kate – disse Dalliah, seus olhos frios brilhando de entusiasmo. Pegou a mão de Kate outra vez e, ao tocá-la, o corte cicatrizou perfeitamente. – Seu sangue é mais poderoso do que eu esperava. Você e eu vamos alcançar grandes feitos aqui.

6

Traidor

– Chame os guardas!

– Poupe seu fôlego. – Silas caminhou em direção a uma sentinela com jeito de iniciante guardando a porta principal dos aposentos. Ele desarmou o jovem com dois movimentos suaves e segurou o próprio punhal do oficial na garganta dele. – O Conselho Superior – exigiu ele. – Onde estão todos?

– Não posso dizer.

– Onde?

Edgar se encolheu quando Silas puxou a cabeça da sentinela para trás, expondo a artéria latejante em seu pescoço.

– No salão de reuniões! – respondeu a sentinela. – Estão lá desde ontem. Ninguém entra sem autorização.

– Não preciso de autorização – disse Silas. Empurrou a sentinela contra a parede e saiu.

A sentinela observou Silas e Edgar se afastarem e depois saiu e soou o alarme.

– Inimigo nos aposentos! – gritou. – Toquem os sinos!

O retinir agudo do metal ecoou ao redor dos prédios dos aposentos quando os sinos de aviso foram tocados um a um, misturando-se os sons e se transformando em uma urgente cacofonia.

– Está na hora – disse Silas.

Ele e Edgar andaram rapidamente pelos corredores e subiram escadarias opulentas como se jamais tivessem ido embora dali. Os aposentos estavam repletos de criados, e sentinelas surgiam dos corredores laterais, correndo para seus postos. Um ou dois olharam direto para Silas, registrando-o por um momento, antes de baixarem os olhos e fugirem. Davam muito valor à vida para desafiá-lo.

Silas e Edgar chegaram a um longo corredor que dava no salão de reuniões. As sentinelas, uma de cada lado das portas, sacaram suas armas quando notaram alguém se aproximando e imediatamente as baixaram quando identificaram Silas, seus rostos cheios de medo.

– Afastem-se – disse ele confiante, antes de abrir as portas com as duas mãos e entrar no salão preenchido pelo vozerio.

– *Não me interessa o que você pensa* – ouviu-se alguém gritando lá dentro. – *Você está errado e ponto final!*

O salão de reuniões era um enorme cômodo revestido de madeira, pintado de preto e com tapetes imensos pendurados nas paredes, à exceção de uma. Na última parede, havia uma janela quadrada de vidro transparente que deixava a luz do luar emitir seus raios sobre uma mesa de madeira entalhada com frisos prateados. A mesa estava rodeada pelos treze membros do Conselho Superior de Albion e seus orientadores mais próximos. Alguns estavam sentados, outros de pé, vigiados por oito sentinelas postadas em silêncio perto das paredes.

Uma discussão estava chegando ao extremo e não havia ordem. Silas duvidava de que tivessem ouvido os sinos de alerta em meio ao som das próprias vozes, mas, quando entrou na sala, todos se calaram, com exceção de um.

– Estamos perdendo tempo e homens, e é a desculpa mais ridícula para desobediência que já ouvi na vida! – gritava ele. – Não quero ver mais ninguém saindo desta cidade. Não me interessa o que ouviram ou o que *pensam* que viram. Toda essa conversa de 'almas sem descanso' é fantasia de criança e não tem lugar nesta sala!

O conselheiro percebeu que as pessoas haviam parado de retrucar e viu Silas parado a alguns passos de distância dele.

– Oh – disse ele com mais calma. – Você. Os sinos são por sua causa, suponho. Traidores não são bem-vindos nesta sala, oficial Dane. Acredito que esteja aqui para se entregar e ser julgado pela justiça de Albion.

Silas observou o homem com interesse. Era o mais novo membro entre os treze – o substituto de Da'ru Marr –, ainda ingênuo o suficiente para achar que tinha voz e opinião diferenciadas de todo o Conselho.

– Já que me conhece – disse Silas –, não perderei tempo com apresentações.

O conselheiro voltou-se para seus companheiros.

– Por que ele está aqui? – indagou. – Quem o deixou chegar a este ponto dos aposentos? Um assassino está parado a poucos metros de mim e ninguém se mexe!

A maioria dos orientadores sussurrou um pedido de desculpas e saiu da sala, deixando o Conselho e suas sentinelas a sós com os dois visitantes.

– Eu servi a este país muito mais tempo do que você usa essa túnica – disse Silas. – Você vai me ouvir, ou esta cidade logo ficará irreconhecível. Está cego para o que anda acontecendo aqui. Ficou tão ocupado duvidando da verdade sobre o chão em que pisa que permitiu a entrada de um inimigo diabólico em seu território.

– E esse inimigo seria... você? – O conselheiro riu com calma, procurando a cumplicidade dos outros para sua piada. Edgar observava nervoso. Nunca tinha visto alguém tentar zombar de Silas em sua vida.

– Dalliah Grey está aqui. – Um murmúrio de surpresa espalhou-se ao redor da mesa enquanto Silas dirigia-se a todo o Conselho. – Ela está aqui e pretende destruir nossa cidade e nosso país. Aqueles de vocês que estavam presentes na Noite das Almas sabem que o véu não é mera superstição. Dalliah pretende lançá-lo sobre todos nós, permitindo que as almas sem descanso vagueiem por nossas ruas, nossas casas e nossas vidas. Ela planeja trazer o caos a Albion e precisa ser detida.

Enquanto Silas falava, estudava cada rosto diante dele. Procurava pistas: qualquer sinal de que a chegada de Dalliah não tivesse sido surpresa para alguém ali dentro. Se o que ouvira de suas fontes era verdade, alguém havia conseguido facilitar sua entrada usando táticas mais astutas que a maioria. Um agente inimigo havia se infiltrado nos aposentos do Conselho. Uma pessoa sentada àquela mesa de governantes estava trabalhando para a Guarda Sombria o tempo todo.

– Estou aqui para oferecer meus serviços em defesa da cidade – continuou ele. – As pessoas estão com medo e têm um bom motivo para estar. Vocês só serão úteis para elas quando aceitarem o que está acontecendo. O véu cederá, e vocês perderão o controle.

– Por que se preocupa se 'perderemos o controle'? – perguntou um dos homens sentados.

– Porque os líderes do Continente estão se preparando para nos atacar. Espalharam boatos de que Fume está vulnerável. Andam falando de uma doença no interior das muralhas e as pessoas estão começando a desconfiar de seu governo. Os líderes continentais veem isso como o momento perfeito para atacar. Se não agirem, perderão esta cidade. A guerra estará terminada. Eles terão vencido.

– Isso nunca irá acontecer. Fume é nossa. Vamos defendê-la!

– Então precisam se preparar. Agora.

Um terceiro conselheiro, confiante por estar protegido pela presença das sentinelas na sala, levantou-se.

– Essa é a coisa mais ridícula que já ouvi na vida – comentou ele.

– É a verdade.

– Não vejo nenhum exército no horizonte. Há dias não recebemos notícias de ataques em nossas cidades no extremo sul.

– Nenhum líder competente perderia tempo com cidades menores quando nossa capital está vulnerável – retrucou Silas.

O terceiro conselheiro deu um leve sorriso.

– Então estamos completamente seguros – disse ele. – Nossos inimigos já provaram que estão longe de serem competentes.

Mais sorrisos nervosos espalharam-se pela sala, incentivados pela arrogância dos tolos.

– Todas as batalhas contra o Continente foram vencidas com dificuldade – disse Silas. – Os líderes deles não perderão a chance de atacar o centro de nosso território. Os guardas nas muralhas são desorganizados e desatentos. Não estão acostumados a ser desafiados. Quando os exércitos chegarem, precisaremos de uma resistência maior do que a que criamos até agora. Eu caçarei Dalliah Grey, mas não posso proteger a cidade em duas frentes de batalha. Preciso de homens e mulheres dispostos a lutar e preciso que estejam preparados. Estou aqui porque meu dever sempre foi para com Albion. Assim como é o de vocês.

O conselheiro, que expressara abertamente sua opinião, cruzou os braços e balançou a cabeça, erguendo as sobrancelhas com ar de zombaria.

– Tudo isso é muito interessante – disse ele. – Infelizmente, seu 'dever' se estende somente a uma ação. Você é um traidor, um assassino e criminoso. Não tem o direito de entrar nesta sala e dirigir-se a este Conselho como se fosse um de nós. Você é um inseto que só serve para ser esmagado debaixo do meu sapato.

Todos esperaram em silêncio pela reação de Silas. Ele desafivelou a bainha do cinto e passou-a, com espada e tudo, para Edgar, que a segurou com cuidado e afastou-se.

– Então você se rende? – o conselheiro contorceu a boca com ar de vitória e fez um sinal para que as sentinelas se aproximassem. Ninguém se mexeu. – Levem-no!

Uma sentinela adiantou-se, sacando aos poucos um punhal prateado da bainha. Independentemente de quem dera a ordem, Edgar não conseguia acreditar que alguém seria tolo o suficiente para obedecer. Mas, em vez de se aproximar de Silas, a sentinela caminhou até Edgar e entregou-lhe a arma antes de ficar em posição de sentido ao lado dele.

– O que está acontecendo aqui? – O sorriso do conselheiro se transformou em ódio.

Mais duas sentinelas juntaram-se à primeira. Depois mais cinco; todas elas colocando os punhais no chão, aos pés de Edgar.

– Vocês já perderam o controle – disse Silas. – Perderam o respeito daqueles que os servem. Têm vivido em decadência há muito tempo enquanto seu povo sofre para mantê-los no poder. Todos se permitiram desprezar o que deveria ser mais importante para vocês. Sem a confiança do povo, o governo não tem poder. A maior ameaça ao país está dentro desta sala.

– Creio que todos nós reconhecemos a maior ameaça dentro desta sala, e estou olhando diretamente para ela.

– Não – disse Silas. – Eu estou.

Todos seguiram o olhar de Silas e encararam um conselheiro que estivera satisfeito em ficar sentado em silêncio à mesa, deixando os outros conversarem. Era de meia-idade, com uma barba aparada de forma impecável e um semblante que parecia franco e confiável. Estava sentado e encostado em sua cadeira, às vezes fazendo anotações em uma folha de papel.

– Gorrett? – disse o conselheiro sentado justamente ao lado dele. Todo o Conselho sorriu, e alguns se contiveram para não caírem na gargalhada.

Como infiltrado, era fácil não perceber Edwin Gorrett. Tinha idade suficiente para se passar por um homem fisicamente fraco. Suas opiniões, pelo que Silas já havia testemunhado, sempre foram de acordo com o consenso, e ele jamais havia desafiado abertamente qualquer um sentado àquela mesa. Fazia suas anotações, dava seus votos e continuava seus negócios com uma benevolência tranquila. Ninguém tinha nada de ruim para falar sobre ele. Silas sempre o considerou um fantoche manipulado pelos outros membros para reforçar suas próprias opiniões, mas a reação de Gorrett ao receber a notícia da presença de Dalliah na cidade não foi um choque como foi para os outros. Em vez disso, seus lábios tremularam discretamente de orgulho. A chegada de Silas o surpreendera mais do que a seus colegas, mas logo disfarçou a surpresa, esforçando-se para parecer relaxado, apesar de as ranhuras feitas com sua caneta traírem seus verdadeiros sentimentos. Não de medo, como os outros, mas de frustração.

Por um momento, o olhar de Gorrett se aguçou, e Silas viu o coração de um soldado fervilhar por trás daquela aparência de poder. O sorriso era o de um político, mas seus dedos se espremiam em torno da bela caneta bico de pena. Manteve-se cabisbaixo e olhou para Silas, jogando de leve o peso do corpo para a esquerda. Em mãos treinadas, aquela caneta poderia ser uma arma eficaz, e os agentes inimigos, quando expostos, raramente permitiam que fossem mortos sozinhos.

– O conselheiro Gorrett nunca serviu a Albion – acusou Silas. – Ele está contra nós desde o início. Procurou amizade com o homem cuja cadeira ocupa agora. Ganhou a confiança dele e agora trai essa confiança passando todos os segredos compartilhados nestes aposentos aos seus verdadeiros mestres. Gorrett é um agente da Guarda Sombria.

– Isso é impossível!

– Ele foi colocado aqui para enfraquecer este Conselho – explicou Silas. – Enganou a todos nós.

Expor um agente da Guarda Sombria no meio de uma reunião do Conselho era um ato perigoso. Uma sentinela menos preparada não teria notado o movimento do tendão no dorso da mão de Gorrett. Não teria visto a contração mínima do lábio superior e as rugas da testa que entregavam o que ele estava prestes a fazer. Para ter sobrevivido sem ser descoberto no meio do território inimigo durante tanto tempo, Gorrett tinha de ser um dos melhores homens da

Guarda Sombria. Sua missão era desestabilizar o Conselho Superior. Uma vez exposto, só havia uma maneira de continuar essa missão. Ele queria sangue.

Gorrett tencionou o braço direito e se lançou com a caneta em direção à garganta do homem sentado ao seu lado. Em um segundo, Silas puxou um punhal escondido em sua manga. A lâmina cortou o ar enquanto a ponta metálica da caneta ia de encontro à artéria que pulsava sob a pele do conselheiro a ser atingido.

A arma de Silas chegou primeiro.

O punhal perfurou o peito de Gorrett com um som surdo. Seu braço perdeu a força e caiu sobre a mesa enquanto o sangue esparramava em sua túnica, provocando a fuga e a dispersão dos conselheiros.

– Ninguém sai daqui! – ordenou Silas, fazendo com que as sentinelas se posicionassem nas portas. Gorrett sangrava muito, mas o ferimento não era imediatamente fatal. Silas ainda não havia terminado. Ele deu a volta na mesa quando o infiltrado tentou em vão alcançar um punhal escondido em sua bota. Silas o agarrou pelo pescoço, o ergueu da cadeira e o bateu contra a mesa.

Silas pegou o punhal antes de Gorrett e o enfiou com força nos tendões do tornozelo do moribundo. Seja lá quem Gorrett fosse de verdade, era bem-treinado. Ele mal fez um ruído.

– Oficial Dane, pare! Está matando o homem!

Silas segurou o cabo do punhal ainda enfiado no peito do homem.

– Não tão rápido – disse ele.

Gorrett sorriu mostrando os dentes ensanguentados.

– Você... chegou... tarde demais. Eu cumpri... meu dever. Cumpra o seu. Me mate.

Silas girou a lâmina dentro do peito de Gorrett. Seu corpo curvou-se de dor, e, com um último suspiro estremecido, a vida em seus olhos partiu.

As sentinelas ficaram sem reação. Ninguém se mexeu. Ninguém se atreveu a falar.

Silas pressionou a mão na testa de Gorrett. Uma inundação de lembranças espalhou-se dentro do véu enquanto o espírito do homem se preparava para deixar o corpo físico. Silas viu todas, mas ignorou tudo, exceto os detalhes do plano da Guarda Sombria. Testemunhou as reuniões secretas de Gorrett, as leituras das cartas trazidas por pássaros mensageiros não oficiais, até que por fim encontrou a informação que procurava. Retirou a mão e falou com o Conselho:

– Temos menos de um dia – disse ele. – Os exércitos estão aqui em Albion. Estão vindo agora.

– Como pode saber disso?

Silas arrancou seu punhal do peito do homem morto e pressionou a palma de sua mão na ferida aberta. O véu se espalhou sobre Gorrett como traços de gelo penetrando em seus músculos, juntando-os e puxando seu espírito de volta da beira da morte. A pele de Gorrett ficou corada quando ele deu um suspiro profundo, engasgando-se com o sangue que havia acumulado em sua garganta.

– Bem-vindo de volta – disse Silas, quase encostando seu punhal no olho esquerdo de Gorrett. – Você é um parasita se alimentando do meu país e matando-o pelo lado de dentro. Eu podia arrancar sua alma de seu peito e mandá-la para o poço mais escuro da existência, o qual seus pesadelos não podem imaginar. Não me teste outra vez. Você morrerá quando não for mais útil para esses homens. Até lá...

Silas puxou Garrett da mesa e o deixou cair estatelado no chão.

– Viram este homem tentar tirar a vida de um conselheiro – disse Silas enquanto as sentinelas convergiam sobre o prisioneiro. – Interroguem-no. Se ele não falar... tirem a verdade à força.

– Albion será destruído! – Gorrett tossiu e, debilitado, debateu-se enquanto suas mãos eram amarradas para trás. – Esta cidade é nossa agora.

Uma das sentinelas abaixou-se para tirar o punhal do tornozelo imprestável de Gorrett.

– Deixe – disse Silas, lembrando-se de seu próprio tratamento na época em que era prisioneiro da Guarda Sombria. – A Guarda Sombria gosta de causar dor. Certifiquem-se de que ele sofra bastante em retribuição.

– Você não deveria estar aqui! – gritou Gorrett enquanto era arrastado. – Era para você ser mantido longe!

Silas esperou as portas se fecharem e então espetou com força o punhal ensanguentado na mesa, deixando-o ali enquanto os conselheiros restantes olhavam para a lâmina nervosos e voltavam a se sentar. Até mesmo o recém-chegado, tão confiante, sentou-se com os lábios tremendo em reação à brutalidade que acabara de presenciar.

– Agora, tenho a atenção de vocês. – Silas puxou as mangas de seu casaco, ajeitando-as. Sua aparência elegante não apresentava vestígio algum de que quase havia matado um homem. – Podemos continuar a desconfiar uns dos outros ou podemos trabalhar juntos para fazer o que tem de ser feito. Decidam logo.

O homem cuja vida Silas tinha salvado falou com calma, esfregando a mão na garganta, protegendo-a.

– O que você quer de nós? – perguntou ele.

– Preciso de sentinelas de guarda em todas as cidades da costa sudeste até o Norte Superior. Onde quer que estejam posicionados, devem ser vistos. Se tivermos soldados por perto, avisem que precisamos de mais homens aqui na cidade. Deixem o inimigo saber que nos desafiar não será uma luta fácil. Quero todas as muralhas guarnecidas de sentinelas, vasculhem tudo à procura de fendas escondidas, e certifiquem-se de que todas as entradas para o Caminho dos Ladrões e para a Cidade Inferior sejam vigiadas o tempo todo. Como todos viram, a Guarda Sombria já está aqui. O exército continental não deve estar muito atrás. Vamos dar a eles uma batalha inesquecível.

– E você? – perguntou o conselheiro. – Espera que nós o deixemos partir livremente depois de tudo o que fez?

– Eu já estou livre – respondeu Silas. – Minha lealdade é para com Albion, e não com vocês. Vim aqui porque vocês parecem incapazes de cumprir seu dever. Não tentem me impedir de cumprir o meu.

A sentinela que foi a primeira a ficar ao lado de Edgar deu um passo à frente.

– Avisarei as cidades e trarei de volta o Trem Noturno – disse ele. – Os oficiais cumprirão suas ordens.

– Levem os conselheiros para um lugar seguro – disse Silas. – Eles são o principal alvo dos inimigos, e não fará nenhum bem ao povo ver seus líderes derrotados.

– Sim, senhor.

– Não pode fazer isso! – protestou o conselheiro em voz alta. – *Nós* tomamos as decisões por aqui, oficial Dane.

– Quando finalmente tomarem uma decisão, talvez alguém obedeça – disse Silas. – Até lá, fiquem quietos e talvez continuem vivos.

As sentinelas apanharam suas armas e escoltaram o Conselho Superior ao sair da sala, mas antes de o novo membro sair, Silas deu ordens para a sentinela que estava com ele esperar. Aproximou-se do conselheiro e pressionou-o. O homem assustado batia nos ombros de Silas.

– Nada me daria maior prazer do que jogá-lo por aquela janela e alegar que você se suicidou por covardia e medo – disse ele. – Eu não tinha nada para discutir com você antes de entrar nesta sala. Fale comigo outra vez do jeito que falou e arrancarei suas unhas e suas entranhas na frente dos homens a quem parece tão ansioso para impressionar.

O conselheiro tremeu diante dele. Tentou falar, mas o medo não deixava as palavras saírem.

– Um prisioneiro está para ser interrogado – disse Silas à sentinela. – Creio que um representante do Conselho deveria estar presente para testemunhar a confissão e ouvir qualquer informação que ele tenha para dar.

O conselheiro arregalou os olhos, chocado, ao pensar em estar presente no interrogatório, e a sentinela mal pôde esconder seu sorriso.

– Eu o acompanharei às celas imediatamente – falou a sentinela.

Grosseiramente, o homem foi conduzido à saída da sala e levado para a direção oposta dos outros. As portas se fecharam e Silas e Edgar ficaram sozinhos.

– Acho que nos saímos bem – comentou Edgar.

Silas pegou sua espada das mãos de Edgar.

– Eles acham que estou errado – disse ele. – Negarão que exista qualquer ameaça até a primeira flecha passar por cima das muralhas.

– Acha que os guardas obedecerão às suas ordens?

– A maioria deles me conhece há mais tempo do que você está vivo. Seguirão minhas ordens por respeito. Os outros não se atreveriam a me desafiar. – Silas aproximou-se da janela e olhou a leste da cidade. – Fume não está preparada para um ataque. O povo tornou-se complacente.

Da janela, Silas via as torres memoriais destacando-se na cidade iluminada pela lua, como gigantes atravessando as ruas. Todas eram diferentes umas das outras, mas uma torre em especial chamou sua atenção. Suas pedras eram orladas de prateado e parecia que por meio das fendas entre elas fumaça era expelida. A janela do salão de reuniões começou a tremer. O vidro estalou formando minúsculas veias de imperfeição, e o ar ao redor da torre distante preencheu-se com as formas espectrais dos mortos.

Seja lá o que estivesse acontecendo dentro da torre, os espectros de Fume estavam fugindo dela feito lobos do fogo. Suas formas obscuras vagueavam acima das ruas adjacentes, até que algo poderoso deslocou-se dentro do véu. O ar de repente ficou comprimido, e uma rajada de fumaça foi expelida, fazendo com que as almas ao redor fugissem de medo.

– Afaste-se da janela – gritou Silas. – Agora!

Edgar correu até a mesa e escondeu-se debaixo dela quando a vidraça explodiu para dentro, lançando vidro quebrado por toda a sala. Silas tinha se afastado, mas fragmentos se incrustaram na lateral de seu pescoço e em parte do seu braço. Os gritos espalharam-se pela cidade e Silas ouviu o clamor de centenas de espectros, desesperados para escapar da fumaça. Aos seus olhos as ruas escureceram, invadidas pelos espíritos que emanavam da área ao redor da torre em direção à periferia da cidade. Eles se colidiam sem conseguir romper a fronteira criada pelas muralhas de Fume, fazendo com que as pedras oscilassem com a energia que reverberava pela cidade como um sussurro doentio de terror.

– O que foi isso? – perguntou Edgar, saindo com dificuldade de seu esconderijo, tentando não cortar as palmas das mãos com vidro.

Silas ergueu o queixo e arrancou os cacos de seu pescoço, já se direcionando para a porta do salão de reuniões. Edgar notou que os olhos dele haviam perdido a cor cinza de sempre e pareciam poças negras e ameaçadoras. Nunca tinha visto os olhos de Silas daquele jeito.

– Seu pescoço está bem? Quer que eu chame alguém para... – Edgar calou-se, não esperando uma resposta. Não sabia se Silas estava zangado por ter sido atingido pelos estilhaços da janela, ou pelo que tinha visto acontecer do lado de fora.

Silas arrancou mais cacos do braço e jogou uma mão cheia deles no chão antes de limpar uma mancha de sangue em seu pescoço. Os cortes estavam cicatrizando, mas sua visão enegreceu, até que o corredor diante dele pareceu estar intransitável e sufocante. Era como se as paredes estivessem se preparando para encolher, prontas para esmagar qualquer um que passasse por ali. Uma sensação que Silas já havia experimentado, mas havia anos – mais de uma década – e que ele conseguira esquecer.

Estava vendo o corredor pelos olhos de sua alma separada: a parte perdida de seu espírito presa nas terríveis profundezas do véu. Sua mente reproduzia o horror da prisão de sua alma sobre o que seus olhos podiam ver no mundo físico. Sentiu as conhecidas garras da loucura arranhando seus pensamentos e foi preciso muita força de vontade para silenciar o ódio e o terror progressivos que disseminavam de um lugar que os olhos humanos jamais deveriam ver. Sentiu o toque horripilante das almas perdidas raspando e corroendo debaixo de sua pele. Os gritos que nunca morreram.

O frio vasto e livre do negro. Naquele lugar, a loucura era a única saída, a morte era inalcançável, e as almas desoladas só desejavam o esquecimento.

Silas conhecia muito bem aquele lugar. O espírito de Dalliah fora separado da mesma maneira que o dele. Se ela viu os mesmos horrores quando fechou os olhos, ele podia entender a necessidade dela de acabar com aquilo: destruir o véu, recuperar sua alma e esperar que a morte finalmente a aceitasse antes que o negro a puxasse de volta. Silas aguentara doze anos de sofrimento. Dalliah sobrevivera séculos. Qualquer que fosse a liberdade que ela precisasse, independentemente de seus métodos mal-orientados, ele entendia sua necessidade de fuga.

Edgar sabia que alguma coisa estava errada, mas esperou os olhos de Silas voltarem a ficar cinza antes de se aproximar.

– A janela – disse ele com calma. – Foi Dalliah?

– Não é com Dalliah que deveria se preocupar – respondeu Silas. – Isso foi demais, até mesmo para ela. O véu está sendo rompido. Kate Winters fez isso.

7
Revelação

Enquanto Dalliah juntava seus pertences na torre, Kate guardou, entre as páginas do *Wintercraft*, o bilhete que havia descoberto. As duas desceram as escadas juntas e Dalliah imediatamente notou que a chave não estava entre os ossos de Ravik.

– Destranque a porta – ordenou ela.

Kate pegou a chave escondida e saíram. As ruas estavam em alvoroço. As pessoas dispersas, algumas sangrando e confusas, outras simplesmente zangadas com o estrago causado em suas casas com suas janelas trincadas ou estraçalhadas nas molduras.

– Nosso trabalho pode ter atraído alguma atenção indesejada – observou Dalliah. – Se eu soubesse que você seria tão eficaz, não teria usado tanto do seu sangue.

– A vida daquele espírito não precisava ter terminado daquele jeito – disse Kate.

– Sua verdadeira vida terminou há muito tempo.

– E a de Ravik?

Dalliah lançou um olhar aguçado a Kate.

– Ele não devia ter me desafiado.

Dalliah prendeu sua bolsa ao lado do pacote da Guarda Sombria em sua sela, segurou o cavalo de Kate até que ela subisse, depois montou o seu, laçando as duas rédeas em seu pulso.

Cavalgaram em direção ao centro da cidade, até um tumulto que bloqueava a rua adiante, obrigando-as a ir mais devagar. Um grupo de carruagens particulares estava parado do meio da rua, todas cobertas com malas e caixas abarrotadas de itens caros, amarradas onde quer que houvesse espaço disponível. Dezenas de famílias tentavam sair da cidade somente para encontrar o caminho bloqueado por outras carruagens pertencentes às pessoas que ainda arrumavam suas coisas.

– Para trás! – gritou um dos cocheiros, agitando o chicote e fazendo o cavalo sapatear. – Saiam das ruas!

As pessoas, nervosas, gritavam de volta; muitas se sentindo insultadas por receber ordens.

– Argumentos triviais e inúteis – disse Dalliah. – Estão envolvidos demais em suas vidas medíocres para entender o que está acontecendo ao redor.

O cavalo de Kate permaneceu perto do de Dalliah enquanto passavam pela multidão, atravessando espaços estreitos entre prédios onde as carruagens não conseguiam chegar. Haviam entrado em uma rua larga coberta de cacos de vidro, quando o cavalo de Kate deu um puxão nas rédeas seguras por Dalliah. Kate lutou para se manter na montaria, enquanto o animal recuava de uma comoção enfurecida mais adiante.

As pessoas estavam perturbadas olhando para uma rua adjacente, onde gritos e um tropel ecoavam alto, vindos das muralhas, e um cavalo cinza surgia das sombras com toda a força, puxando uma carruagem. O cocheiro não era real o suficiente para se passar por um dos vivos. Estava usando uma túnica marrom, seus olhos arregalavam-se de terror e a boca aberta soltava um grito enquanto conduzia o veículo ao longo do caminho fantasmagórico. Ondas de fogo prateado vertiam das janelas de ambos os lados da carruagem, mas, em vez de passageiros, Kate viu caixões empilhados lá dentro, todos estalando com as chamas.

As pessoas se esquivavam do veículo misterioso enquanto ele ia queimando pela rua, até que virou em uma curva na direção contrária e desapareceu na parede frontal de um casarão. Por um momento, todos que haviam testemunhado aquilo ficaram olhando fixamente. Kate já se acostumara a ver espectros, mas a carruagem e o cocheiro eram mais nítidos do que qualquer aparição que já tivesse visto.

Assim que as pessoas se deram conta do que acabaram de ver, ficaram mais desesperadas ainda para sair daquele lugar. Dalliah atiçou os cavalos, sem se importar se atropelariam alguém com as patas, obrigando a multidão a abrir caminho para elas passarem, com a exceção de um homem, que estava ocupado demais olhando para algo atrás delas para se mover. Quando o cavalo de Dalliah bateu em seu ombro, ele mal percebeu. Kate virou para ver o que ele estava olhando e identificou a sombra de um guarda com túnica preta parado bem no meio da rua. Ela conhecia aquele rosto. Seus dentes eram negros e tortos, sua pele manchada de barro branco.

– *Eu me lembro de você, garotinha.* – A túnica do guarda estava surrada e esfarrapada, e um corte sobre seu coração gotejava com sangue preto. – *Eu ainda não terminei com você.*

– Kalen?

O cavalo de Kate inquietou-se e lutou para se soltar das rédeas quando o homem caminhou em sua direção. O homem foi arrastando os pés enrolados com trapos, deixando rastros de sangue fantasmagórico no chão.

– *Vai se arrepender do que fez comigo. Vou fazê-la gritar antes do final, assim como seu pai fez.*

Kate podia ouvir o som irritante da respiração dele, apesar de estar morto há muito tempo. Dalliah parou os cavalos e virou-se para ver Kalen.

– *Você sabe o que está chegando* – disse Kalen. – *Você pode sentir.*

– Deixe-nos – ordenou Dalliah, ameaçando Kalen como se ele fosse um animal perdido. – Vá. – Kalen olhou para Dalliah como se não tivesse notado sua presença e parou de andar imediatamente. – Nossa história sempre pode nos encontrar dentro do véu – disse ela para Kate. – Agora não é hora de negócios inacabados.

Por que podemos vê-lo? – perguntou Kate.

– As almas possuem uma memória extensa – disse Dalliah. – O ódio pode alimentar a fúria delas por muito tempo.

– Ele não tem motivo para me odiar.

– O ódio dele não o está atraindo para cá. Seu ódio está fazendo isso – explicou Dalliah. – É isso que leva muitos dos Dotados à loucura quando o véu está enfraquecido. Pessoas comuns veem as almas aleatoriamente, mas os Dotados atraem aquelas cuja morte eles tocaram. Pelo menos você se lembra dele. – Dalliah desviou o olhar e bateu as rédeas do cavalo, dizendo: – Esse é um bom sinal.

Kate notou a mordacidade na voz de Dalliah. Kate havia falado demais e sabia disso.

A voz do espírito de Kalen ecoou na rua:
– *Você não vai me afugentar!*

Dalliah e Kate seguiram em frente, mas Kalen continuou a se mover. Kate viu a essência dele desaparecer do mundo dos vivos e achou que ele tinha ido embora, até que suas mãos frias seguraram seu tornozelo e sua alma tentou penetrar na pele dela.

Kate gritou e deu um chute. Sua bota bateu onde o rosto de Kalen deveria estar, e sua imagem foi se distorcendo e se perdendo no meio de um súbito e turbulento nevoeiro.

– Às vezes é difícil lidar com almas indesejadas – observou Dalliah, obrigando os cavalos a trotarem mais rápido. – É preciso uma vontade muito forte para mandá-las embora. Estou impressionada.

As pessoas choravam em pequenos grupos, pasmas, abraçando os filhos e tentando tranquilizar umas às outras de que o que acabaram de ver não poderia ser real. Poucos meses antes, Kate também teria duvidado de tudo, mas ela viu o olhar de triunfo no rosto de Dalliah enquanto passavam. De alguma forma, tudo aquilo fazia parte de seu plano. Ela queria o caos. Queria que o povo de Albion sentisse medo.

As ruas perto do lago ficavam em uma parte malcuidada e pobre de Fume. O pequeno distrito era um aglomerado de tabernas e lojas. O cheiro de palha e álcool velho tomava conta de tudo, e as pessoas trancaram-se em suas casas e tabernas para fugir do tumulto do lado de fora. Eram as ruas dos criados. O lixo rolava com o vento pelas sarjetas e havia bandeiras esfarrapadas penduradas em todos os frontões, cada uma com um olho azul pintado grosseiramente. Os cavalos se espantaram quando as bandeiras bateram com o vento, e Dalliah mandou Kate desmontar. Seria mais fácil puxar os animais dali em diante.

– Vejo que as pessoas ainda não deixaram de ser supersticiosas – disse ela. – Os mortos não estão interessados em pedaços inúteis de pano.

– É uma tradição – disse Kate, que sempre pendurava bandeiras em memória de seus pais durante a Noite das Almas.

– É uma maneira de os vivos acalmarem seus medos e acreditarem que ainda estão no controle. Os mortos não estão ouvindo. Ou já passaram para a outra vida, ou estão atormentados por dúvidas, medos e pesar próprios. Não importa para eles quantas velas serão acesas em sua memória, ou quantos rumores são compartilhados em nome deles. Os mortos estão perdidos. Não podem nos ajudar mais do que podemos ajudá-los. É tolice acreditar no contrário.

O livro escondido no casaco de Kate ficava mais pesado à medida que caminhavam. As páginas tremulavam de leve, como se um inseto estivesse batendo as asas debaixo de sua roupa. Ela o apertou contra o corpo para fazê-lo parar e, ao passarem por uma janela, viu movimento. Um vulto no vidro que apareceu e sumiu num instante, mas que tinha algo de muito familiar.

– Continue andando – ordenou Dalliah.

Deixaram os cavalos e desceram um lance de escada espremido entre dois prédios inclinados cujos telhados quase se tocavam acima de suas cabeças. A influência do véu era mais fraca ali. Kate não conseguia ver nada de extraordinário, até passarem por uma arcada baixa de pedras chegando à beira do local que tinha a vista mais espetacular de Fume.

O Lago Submerso era uma extensão enorme, profunda e cristalina. A luz que desvanecia dava a impressão de ondas suaves correndo sobre a superfície, e os barquinhos batiam e raspavam uns nos outros ao redor de uma pequena doca atravessada por correntes velhas. As margens eram ligeiramente curvadas e demarcadas com pedras cinza, mas o nível da água era muito mais baixo que a terra ao seu redor, expondo as ruínas da história de Fume, que sobressaíam da lama. Os braços pedregosos das estátuas quebradas apontavam da terra e longos trechos do que devia ter sido uma via férrea cintilavam onde a lama fora lavada pela chuva.

– As pessoas raramente se interessam pelo que está debaixo dos pés delas – comentou Dalliah. – Na minha época, o espírito na roda seguinte era tão poderoso que as pessoas sofriam pesadelos por estarem perto demais dela. Sua cólera vazava para dentro das mentes inconscientes dos adormecidos e os atormentava. A roda foi perdida há séculos, mas meu povo a encontrou dentro das águas do lago e a pegaram. Eu ainda não consegui estudá-la. Dois homens morreram tirando-a da água e três outros sobreviveram somente um dia depois de movê-la. O espírito dentro dela está danificado, mas é forte. Precisará ter cuidado. Só toque nas pedras depois que eu a autorizar.

– Onde está a roda agora?

– Os dois primeiros homens caíram mortos na margem assim que ela tocou a terra firme. Os outros adoeceram quase imediatamente, mas conseguiram movê-la. – Ali! – apontou Dalliah para um pequeno prédio quadrado que parecia se esconder nas sombras dos maiores ao redor. Enquanto os outros pareciam ocupados, o menor fora abandonado há tempos. A porta pequena estava desgastada e as janelas ovais tinham vidros azuis. Se Dalliah não tivesse chamado a atenção para ele, Kate não teria percebido.

– Por que a colocaram ali? – perguntou a garota.

– Aquela é a casa dos arquivos – respondeu Dalliah. – Onde os guardiões de ossos catalogaram os nomes e detalhes de cada cadáver e cada alma que entrou nesta cidade. Já existiram árvores aqui. A casa dos arquivos era a única perto da margem e era um lugar lindo e tranquilo. Agora está rodeada de pessoas e pedras. – Kate permaneceu calada, deixando seus pensamentos a carregarem brevemente para dentro das memórias de uma época diferente. – A roda dos espíritos ficava lá dentro, até que um novo dono decidiu retirá-la e jogá-la no lago. Isso foi no início da ocupação do Conselho Superior. Mas as rodas não deveriam ser movidas. Cada uma foi colocada em um local específico por um motivo. Meus homens a devolveram há oitenta anos. A roda voltou para seu lugar.

– E agora você vai matar o espírito dentro dela – disse Kate, fazendo de tudo para disfarçar a amargura em sua voz.

– Eu o tranquei lá dentro – disse Dalliah. – Ele é meu para eu fazer o que bem entender.

Apesar dos avisos de Dalliah, tudo o que Kate sentiu enquanto caminhava na direção da casa foi tristeza. Um movimento tremulou nas janelas enquanto ela passava, e, onde não havia vidro, uma sombra atravessou as estruturas vazias; uma sombra grande demais para ser a dela. Kate podia sentir os olhos a observando enquanto ia para a casa dos arquivos, e quando passou na frente de um dos painéis azuis, viu nitidamente a presença: um homem com olhos prateados, sólido demais para ser um espectro, fantasmagórico demais para ser uma parte da história de Fume se revelando aos olhos dos vivos. O livro em seu bolso tremulou de novo. Ela já tinha visto aquele homem. Era um de seus ancestrais e um dos primeiros portadores do *Wintercraft*. Quando Kate passava por um caminho que ele um dia havia passado com o livro, às vezes o via como uma lembrança trancada dentro das páginas. Agora ele estava mais nítido do que antes.

O lago atrás dele no reflexo opaco estava cheio até as margens, e as árvores sobre as quais Dalliah comentara estavam plantadas em bosques ao redor da água. Poucos prédios eram visíveis e com isso dava para enxergar lápides e torres até onde a visão alcançava. O homem olhou devagar para Dalliah, depois recuou, sumindo de vista.

Dalliah não tinha a chave da casa dos arquivos. Não precisava de uma. A porta de madeira balançava solta, e o espaço além dela parecia estar exatamente como quando os homens trouxeram a roda. Havia estantes por todo lado. Algumas com caixas compridas feitas para guardar mapas e pergaminhos, enquanto outras eram repletas de pequenos armários cujas chaves foram deixadas, enferrujando nas fechaduras. Duas mesas de madeira pesada estavam encostadas na parede, uma de cada lado da lareira obstruída, e bem nos fundos da sala um espaço circular havia sido cortado da parede e preenchido com mais estantes, tomadas por pilhas de livros decompostos, tão frágeis que só de tentar abrir um o faria despedaçar de uma vez só.

A alguns metros da porta, uma roda dos espíritos fora colocada sem cerimônia no chão. A pedra tinha quase um metro de espessura, e o círculo era quase exatamente da mesma largura, bem maior do que a roda na torre de Ravik. A roda fora retirada do lago e depois abandonada antes de ser colocada de volta em seu lugar na parede. Kate parou perto dela. Nada se moveu. Nem uma centelha de luz apareceu nos espaços entre os ladrilhos.

– Esta aqui estava esperando por nós – disse Dalliah. – As únicas pessoas vivas que podem libertá-lo daquela pedra estão aqui nesta sala. Ele vai tentar seduzi-la. Vai tentar enganá-la. Não lhe dê atenção.

– *Assassina*. – A palavra ressoou na sala, reverberando nas paredes, e um vento forte folheou as páginas dos livros nas estantes, transformando-os em grânulos que abafaram o ar.

A roda permaneceu parada, e pela primeira vez Kate viu Dalliah parecer um pouco surpresa.

– Tenho certeza de que os moradores locais acharam divertida sua técnica teatral durante esses anos – disse Dalliah, já abrindo a bolsa e colocando dois livros abertos sobre a mesa maior. – Eu, no entanto, não serei enganada por seu espetáculo. Você não pode escapar da roda. Está manipulando nossos sentidos para dar essa impressão, só isso.

– *Os mortos estão ouvindo, Dalliah Grey.*

– Sim, sim. Tenho certeza de que estão.

– *Eles estão esperando por você.*

Dalliah parou de tirar as coisas da bolsa e colocou as mãos sobre a mesa.

– Eles terão que esperar por muito tempo – avisou ela.

– *A garota não é como os outros. Ela se protegeu. Você... falhará.*

As palavras chamaram a atenção de Dalliah.

– Como que ela se protegeu? – indagou ela. – Eu eliminei o garoto. Não restou nada.

– *Ela está conectada a outro. Nós podemos vê-lo.*

– Não – retrucou Dalliah. – Não lhes darei ouvidos.

– *Você duvida da verdade.*

– Eu duvido de *vocês*. Kate está sob meu controle e logo vocês desaparecerão. Não lhes darei ouvidos.

– *Isso é um erro.*

A porta da casa dos arquivos se fechou sozinha e Kate ouviu o clique dela sendo trancada.

– Você achou que não nos defenderíamos? Achou que não estaríamos preparados?

Um líquido escuro escorreu das fendas entre os ladrilhos dentro da roda e inundou os símbolos, manchando cada ladrilho com um banho de água velha do lago. Depois escorreram pelas laterais da roda, indo em direção às botas de Kate.

– Ignore – disse Dalliah sem se virar. – A roda só está tentando chamar sua atenção.

A água cercou Kate, deixando um pequeno trecho seco no chão, onde ela estava parada.

– Dalliah derramou nosso sangue. Ela roubou tudo de nós.

– Cada espírito é um vasto depósito de energia – explicou Dalliah com a voz suave, falando com Kate como se estivesse instruindo um aluno comum em uma sala de aula comum. – Mas cada um deles é guiado por alguma coisa. – Rasgou a página de um dos livros, acendeu um fósforo que pegou na bolsa e colocou os dois sobre a roda. – Ganância, amor, ambição, empatia. Tudo aquilo que acharem ser importante *é exatamente* a fraqueza deles. Encontre e use contra eles, vivos ou mortos. Depois disso, terá todo o controle sobre eles.

O espírito calou-se. A água recuou um pouco, e a chama acendeu levemente no topo da página rasgada.

– Esta página contém a profecia final de uma vidente muito especial. Alguém conectado a este espírito e a você, Kate – disse Dalliah. – Foi escrita com o sangue da mulher pouco antes de sua execução nas mãos dos guardas há cinquenta anos. O espírito dela ainda está aqui em algum lugar da cidade, atado a isto... aos seus restos mortais. Queimar seu sangue romperá sua última conexão com o mundo físico e enviará sua alma para dentro do negro. O espírito dentro desta roda não permitirá que isso aconteça.

Kate não conseguia ver o que estava escrito no papel, mas o efeito sobre o espírito foi imediato. A água se dissipou, a sala escureceu e a roda no chão começou a girar. Os ladrilhos no anel exterior viraram e rangeram de leve em torno de seus canais entalhados.

– Assim está melhor – disse Dalliah, deixando o fósforo desaparecer. – Não iria querer que nada acontecesse com isto.

– O que diz aí? – perguntou Kate.

– A família de sua mãe sempre fez as coisas um pouco diferente – disse Dalliah. – Eles sabiam o suficiente para ver além de sua própria existência e proteger o futuro muito depois de morrerem. Sua bisavó previu a queda do véu quando tinha dez anos de idade e seguiu em frente para se tornar uma das maiores videntes que Fume já conheceu. Estas foram as últimas palavras dela. Ela usou o próprio sangue para permitir que se conectasse com o mundo dos vivos mesmo depois de morta. Este espírito não correrá o risco de prejudicá-la, até mesmo para proteger a própria existência.

– Se este espírito é um membro da família da minha mãe, não posso deixar que o mate – disse Kate.

– Que importância teria isso? – perguntou Dalliah. – Toda alma pertence à família de alguém. Por que a sua seria poupada? E por que você se importaria? Achei que fosse uma garota inteligente, mas foi tola o suficiente para tentar esconder a verdade de mim. Deixou sua máscara cair. Sabe demais para uma garota que realmente perdeu a memória. Sabia que as bandeiras na área dos criados eram uma tradição. Reconheceu o espírito que se aproximou de você na rua. Você se lembrou. Não pense que não percebi. Pode não ser minha aluna, Kate, mas seguirá minhas ordens. O véu já me mostrou o que está por vir. Nenhum truque da mente feito por um vidente ou espírito pode impedir o que temos de fazer. Este espírito será lançado no negro, que é seu lugar. É uma relíquia do passado.

– Assim como você – disse Kate de forma provocativa. O ódio cresceu dentro dela, e foi um alívio não ter mais de fingir. – Está acostumada a ter tudo o que quer. Compra a lealdade das pessoas ou as intimida para fazerem coisas para você. Os homens que tiraram a roda do lago jamais arriscariam a vida se você não os tivesse obrigado. Matou Ravik porque ele não queria obedecer as suas ordens. Deixou Silas e Edgar para morrerem no Continente e agora acha que pode me obrigar a fazer o que quer. Está enganada. Não me interessa quem você é. Não a deixarei fazer isso. Não vou ajudá-la.

As duas ficaram paradas, uma de cada lado da roda dos espíritos, mas nenhuma notou os espectros se deslocando nas paredes. Não viram a roda iluminar dois símbolos – o floco de neve e a máscara – ou notaram o cheiro pungente de água profunda quando o lago do lado de fora aos poucos começou a elevar seu nível.

– Os Winters sempre foram teimosos, negligentes e mal-orientados – disse Dalliah. – Eu esperava mais de você.

– Não, esperava menos – retrucou Kate. – Você queria alguém que pudesse controlar. Essa pessoa não sou eu.

8
Lâmina manchada de sangue

Naquele mesmo momento, com metade da cidade os separando, Silas, com Edgar ao lado, controlava as rédeas de uma carruagem a toda velocidade pelas ruas escuras quando sentiu o chão tremer. Diante deles, um bando de morcegos saiu voando do telhado de uma torre antes que seu pináculo deslizasse e caísse, despedaçando-se na rua.

Silas forçou os cavalos para a direita, diminuindo a velocidade para se desvencilhar de destroços que caíam dos prédios e pessoas que tentavam se proteger.

– O que foi isso? – gritou Edgar.

– Foi Kate resistindo a Dalliah.

– Mas o chão... foi como se...

– Milhares de almas literalmente se revirassem em seus túmulos – disse Silas. – Os vagantes não conseguem respirar nesta cidade sem chamar atenção.

– É, pelo visto *muita* atenção.

– Isso já foi longe demais – disse Silas, virando a carruagem em uma curva apertada e batendo as rédeas para ganhar velocidade. – Dalliah quer que Kate deixe seu espírito vulnerável. Ela a está testando. Quer que Kate perca o controle.

Edgar abriu a portinhola, inclinando-se para fora da carruagem enquanto seguiam a toda velocidade.

– Estamos indo na direção certa? – perguntou ele. – Achei que Kate estivesse naquela direção.

– Dalliah já a tirou de lá – respondeu Silas, parando os cavalos ao se deparar com uma multidão vagando pela cidade. – Enviei o corvo para vigiá-la. Não podemos detê-las desse jeito.

– Não consegue... *sentir* onde elas estão?

– O véu está deixando a meia-vida penetrar por toda a cidade – explicou Silas. – À medida que ele cede, vai ficando cada vez mais difícil enxergar nitidamente.

– Mas isso não deveria facilitar?

– Não crie suposições sobre coisas que não entende. Quanto mais ativas as almas se tornam na cidade, mais difícil é senti-las individualmente no meio da multidão. Vamos encontrá-las, mas teremos que fazer isso à moda antiga.

Silas direcionou a carruagem para um declive íngreme e irregular, reduziu a velocidade dos cavalos até chegar a um ponto mais baixo, onde o caminho estava bloqueado por uma pequena grade de ferro. Ali, ele e Edgar abandonaram a carruagem e pularam a grade, seguindo um caminho estreito entre um aglomerado de prédios.

– Onde estamos? – indagou Edgar. – Sinto que já estive aqui.

– As coisas mudaram desde então. – Silas foi direto a uma casa estreita que tinha uma placa presa na parede da frente.

Estrutura perigosa
Proibida a entrada

Dentro, o primeiro cômodo já indicava que alguém havia ignorado a placa muito tempo antes deles. Uma rede estava pendurada em um canto, com sacos cheios espalhados ao redor para criar uma longa fortaleza de pertences. O fogo tinha sido aceso recentemente, mas seja lá quem estivesse morando ali não podia ser visto.

– Esses parasitas imundos não sabem ler? – Silas atravessou direto até os fundos da casa onde havia escombros e vigas quebradas espalhados pelo chão. Ele puxou um painel embutido em uma falsa parede de tijolos. O rangido e o chacoalhar pesado de suas rodas de metal eram um som que Edgar jamais conseguiria esquecer. Ele agora sabia exatamente que lugar era aquele. Ficou paralisado no vão daquela abertura na parede. Sua respiração tornou-se acelerada e curta, e parecia um sacrifício ficar em pé de tão forte que era seu instinto de sair correndo.

Silas ligou um interruptor atrás da parede, e um pequeno estopim queimou dentro de um corredor inclinado, acendendo uma fileira de lampiões a gás ao longo dele. O cheiro de gás concentrou-se nas lembranças de Edgar. Ele só havia visto aquele lugar no escuro, e era um caminho que nunca mais queria visitar.

– Siga-me – disse Silas.

A ansiedade fez os músculos de Edgar se contraírem e seu estômago revirar. No entanto, se aquela era a única maneira de encontrar Kate, ele não fugiria.

O corredor era comum e reto; Edgar avançou por ele como um homem a caminho da forca. Arrepiou-se quando a parede falsa se fechou, mas concentrou-se no que estava adiante: Silas parado ao lado de uma porta de madeira.

– Nunca pensei que voltaria aqui. – O som da própria voz deixou Edgar confiante, mas ele foi cauteloso em não olhar a porta perto demais. Da última vez que a viu, tinha onze anos de idade. Passou por ela como um menino e voltou diferente. Algo que ele tentava esquecer todos os dias.

Silas abriu a porta e entrou.

O porão ficava no subsolo: uma sala grande em cujo teto havia grades de largura suficiente para deixar a luz passar, mas pequenas o necessário para garantir que ninguém entrasse ou saísse. Tinha cheiro de coisa velha. O chão era feito de pedras, simulando as ruas da cidade, e havia ganchos de metal fixados em intervalos irregulares perto do centro, onde era possível prender bonecos de madeira para treinamento.

Era uma sala de prática, feita para ensinar e testar crianças mais velhas na "arte" da batalha. Podia estar totalmente vazia agora, mas Edgar se lembrava do calor e do suor, dos instrutores violentos e dos alunos que não se atreviam a fazer amigos, caso fossem obrigados a lutar. Não havia armas inofensivas naquela sala. Cada lâmina era verdadeira, cada flecha, afiada.

As oito portas da sala principal estavam abertas. Era possível ver somente pequenos feixes de luz se infiltrando nos quartos daqueles que tinham sorte o bastante de ter uma grade que dava para a rua acima. Edgar lembrou-se do cheiro dos cavalos que passavam acima daqueles quartos. Da chuva caindo e encharcando a pequena cama que fora sua durante cinco terríveis meses de sua vida e do som de cadeados enquanto os alunos eram trancados um a um.

– Estamos procurando um cofre de metal – explicou Silas, sua voz ecoando no espaço vazio. – Olharei nos quartos da direita, você nos da esquerda.

A parte de dentro da porta pela qual haviam passado estava pintada com a silhueta escura de uma espada apontando para o chão. Edgar tocou-a de leve. Somente quem havia trabalhado ali sabia o que ela representava. Ele tinha vergonha de ser um deles. Ignorou a ordem de Silas e ficou parado olhando a espada, até que Silas voltou, carregando a caixa de metal.

– Ainda acredita que fez a escolha certa? – perguntou Silas, parando atrás dele.

– Não foi uma escolha – respondeu Edgar, tirando a mão da porta, lembrando-se da noite em que havia deixado nela uma mancha de seu sangue, anos antes. Tinha sido antes de ele conhecer Kate. Antes de tudo. – Por que não tem ninguém aqui?

– O Conselho Superior mudou a operação logo depois que Da'ru o reivindicou. Não podiam arriscar que alguém de fora descobrisse tudo. Você sabe disso.

– Então continua acontecendo em algum lugar?

– Não tem por que mudar um sistema que funciona – respondeu Silas.

– Por que viemos aqui? Não restou nada.

– Nada que eu gostaria que alguém mais soubesse. – Silas jogou a caixa contra a parede, e a tampa se abriu, revelando um molho de chaves, todas de ferro. – Vale a pena manter alguns esconderijos. Essa é uma das primeiras coisas que aprendemos. Tenho certeza de que se lembra disso.

Edgar havia feito o possível para se esquecer de tudo sobre a época em que passou naquela sala. Foi a primeira parte de Fume que ele viu quando foi levado pelo Trem

Noturno no dia em que os guardas convocaram as pessoas de sua cidade natal. Ele nunca havia falado daqueles meses com ninguém. Nem mesmo com Kate.

– Isso não tem mais nada a ver comigo.

– Nosso passado nos faz o que somos – disse Silas. – Você teve uma oportunidade aqui. Alguns de nossos melhores guardas foram treinados nestes cômodos.

– Não fomos *treinados*. Fomos *testados*. Três alunos morreram enquanto eu estava aqui. Eles não mereciam.

– Eram recrutas e morreram porque não eram bons o suficiente – comentou Silas. – Quando você tirou uma vida em nome de Albion e manchou aquela porta com seu próprio sangue, fez um juramento, o mesmo que eu fiz em um quarto igual a este. Você prometeu sua vida para a proteção de Albion e a segurança desta cidade. Jurou lealdade aos guardas e, portanto, a *mim*. Independentemente dos rumos que sua vida tomou desde então, você ainda me deve essa lealdade.

– Não pertenço a este lugar – afirmou Edgar. – Eu não devia ter entrado.

Silas fechou a porta, e Edgar afastou-se dele.

– Você está com medo – observou Silas. – Não de mim. Não do que está lá fora. Está com medo de si mesmo e do que se tornou neste quarto.

– Não.

– Acha que entrei para a guarda de livre e espontânea vontade? – perguntou Silas. – Poucos escolhem essa vida. Você foi levado de casa quando era jovem. Eu fui vendido por um pai que precisava de dinheiro para alimentar o restante da família, mas somos iguais. Fomos treinados para esta vida, moldados para sermos algo que nunca teríamos sido se nossas vidas tivessem tomado outro rumo. Depois que acontece, não tem como voltar. Sobrevivemos quando outros não. Éramos melhores que eles.

– Eu não sabia o que estava acontecendo! – exclamou Edgar, ruborizando de ódio. – Você nos roubou de nossos lares. Tirou-nos de nossas famílias e depois nos obrigou a *matar* uns aos outros!

– O recruta que morreu na ponta de sua espada teve uma morte nobre. Preferia que ele tivesse matado você?

– Aquilo não era para acontecer.

– Mas aconteceu – retrucou Silas. – Se esquecer o que aprendeu aqui neste quarto, tudo terá sido em vão. – Estendeu a mão para entregar as chaves. – Você escapou de ser guarda uma vez, mas não pode fugir dessa parte de você para sempre.

Ele pegou as chaves e olhou desconfiado para Silas.

– Por que me trouxe até aqui?

– Antes de isso acabar, você pode precisar lutar – disse Silas. – Tem me seguido como um cachorro ferido desde que partimos do Continente. Sei que é mais forte que isso. Você não é a criatura fraca que as pessoas veem. Eu o vi durante o início de seu treinamento. Sei o que é capaz de fazer.

Edgar suspirou fundo.

– Não foi correto – disse ele, olhando ao redor da sala.

– A vida raramente é. – Silas afastou-se para o lado, deixando a saída livre. – Fez uma escolha aqui uma vez; agora estou lhe oferecendo outra. Pode renunciar ao juramento que fez como recruta, desaparecer na cidade, e nunca mais o procurarei. Ou pode fazer mais do que simplesmente me seguir. Pode aceitar seu passado, lembrar-se de seu treinamento e recuperar o potencial que este quarto despertou dentro de você. Preciso de um lutador, não de um criado. É sua última chance de ir embora. Não salvarei sua vida outra vez.

Edgar olhou para as chaves. A primeira vez que Da'ru Marr entrou na sala de treinamento para levá-lo, seu irmão Tom já havia sido vendido para servi-la. Da'ru sabia que os pais deles eram Dotados. Ela os matou durante suas experiências dentro do véu, e pretendia manter os irmãos por perto. Se mostrassem sinais de que eram Dotados, ela seria a primeira a saber.

Pelas leis do Conselho, os recrutas só poderiam sair do treinamento efetivo dos guardas se o Conselho Superior solicitasse seus serviços em outro lugar, então Edgard aceitou quando Da'ru fez sua oferta, obrigado a escolher entre dois futuros igualmente indesejáveis. Se naquela época soubesse que Da'ru tinha matado sua família, ele teria derramado mais sangue com todo prazer naquela sala. Lembrou-se de ser jovem e estar cansado. Sua única preocupação era proteger o irmão. Por fim, não fora capaz nem de fazer isso.

Sem as habilidades que aprendera com os guardas, Edgar jamais teria escapado de servir Da'ru. Não teria conseguido ajudar os Dotados, ou sobrevivido dias viajando pelas Regiões Despovoadas antes de se infiltrar na cidade natal de Kate. Não iria querer mudar nada disso. Tornara-se fácil esquecer o passado e fingir que tinha medo... que era fraco. No fundo, Edgar Rill era bem diferente.

Edgar devolveu o molho de chaves. Seus ombros estavam mais erguidos, suas costas firmes e seu queixo erguido.

– Não sou covarde – disse ele. – Nem fraco.

Silas agarrou as chaves e fechou a porta.

– Não sou eu que deveria ser lembrado disso – disse ele. – Esta cidade ainda é nossa. Enquanto um único tijolo estiver assentado, nós a defenderemos. Dalliah está agindo rápido e um exército está a caminho. As antigas regras não se aplicam mais aqui. Está na hora de criarmos as nossas regras.

Edgar havia passado somente por seis portas na sala de treinamento no passado. Silas foi direto para a sétima. O minúsculo quarto estava totalmente vazio, com exceção de uma grade de pedra circular enterrada no chão. Silas apoiou-se em um dos joelhos e uma chave comprida de ferro encaixou de forma perfeita em um cadeado escondido na lateral da grade. Abriu a pesada estrutura de pedra, revelando uma escada em espiral estreita ali debaixo.

– A Guarda Sombria não foi a única que usou agentes para infiltrar na Cidade Inferior – disse Silas. – Os guardas passaram em segredo por esses túneis durante anos. Se as pessoas lá de baixo quiserem salvar sua cidade, terão que lutar por isso. – Desapareceu rapidamente de vista descendo os degraus, e Edgar o seguiu, fechando a grade.

Os túneis da Cidade Inferior eram úmidos e silenciosos. O tremeluzir suave de algumas poucas velas acesas iluminava o caminho e, quanto mais profundos ficavam os túneis, mais distante se tornava o som do mundo acima. Silas sabia para onde estava indo, hesitando somente duas vezes quando chegou a junções que desconhecia.

No fundo do labirinto de pedras e terra, atravessaram um passadiço de madeira pendurado sobre uma caverna profunda que servia de túmulo, o chão abrindo-se debaixo deles como uma chaga sob a cidade, infinita e negra. Silas diminuiu os passos quando chegaram do outro lado, aproximando-se de uma forma escura deitada no piso do túnel adiante. Edgar pegou uma vela da parede e continuou andando, até que a luz chegou perto o suficiente, revelando um rosto sem vida fitando inexpressivamente a escuridão.

Edgar olhou para a mulher, deitada de lado com um dos braços estendidos, abandonada onde havia caído. Seus olhos estavam abertos, sua cor natural alvejada com o cinza mortal, mas não havia engano sobre qual fora sua cor.

– Íris negras – disse Silas. – Ela era um dos Dotados. As mortes já começaram.

A garganta de Edgar apertou.

– Eu a conhecia – disse ele. – Seu nome era An'tha. Sua família veio do sul. Não estava com os Dotados há muito tempo.

– Então a mente dela não podia lidar com o ataque violento do véu – observou Silas. – Antes do fim, provavelmente cedeu à loucura. Isso explicaria por que morreu aqui sozinha. – Passou por cima do corpo e continuou andando.

– Você vai deixá-la? Não pode fazer nada?

– Está morta há quase um dia – disse Silas, sem olhar para trás. – Nada poderia trazê-la de volta. Seu espírito se foi. Considerando o estado do véu, sem dúvida ela irá assombrar estes túneis até que alguém decida guiá-la inteiramente para a morte.

– Então a ajude!

– Esta mulher está morta – disse Silas. – Haverá muitos outros. Devia se preparar para o que pode estar adiante.

– Aonde nós vamos?

– Temos dois Vagantes que precisam ser controlados – respondeu Silas. – Os Dotados são os únicos que podem ter a chance de fazer isso. Por mais tentador que seja, não podemos nos dar ao luxo de deixá-los morrer um a um. Precisamos deles para diminuir o efeito de Kate e Dalliah sobre o véu o máximo que puderem.

– Acha mesmo que estarão em condições de ajudar? – perguntou Edgar, seguindo-o pela escuridão.

– Eles não terão escolha.

9
Traição

Edgar continuou o resto do caminho em silêncio, verificando com cuidado as sombras de cada túnel que cruzava o deles. Não havia sinal de mais ninguém, mas estava tão ocupado observando e tentando ouvir algum movimento na passagem atrás deles que não notou quando chegaram aos túneis que ele deveria ter reconhecido.

Silas finalmente parou diante de uma longa cortina cobrindo uma porta verde que marcava a entrada do único lugar em Albion que os Dotados chamavam de lar. Testou a maçaneta. A fechadura clicou, e a porta se abriu devagar.

– Estava esperando mais resistência – disse ele. – Prepare-se.

A caverna possuía uma fileira de habitações construídas parcialmente nas paredes. Suas janelas, geralmente iluminadas com a luz de velas, estavam escuras, e somente algumas lanternas cintilavam nos espaços entre elas, iluminando a caverna com uma luz fraca em pontos espalhados. Quando a abriu, a porta fez ruído ao raspar em bastões e punhais; o chão estava manchado de sangue, e o cheiro de morte pairava no ar.

Corpos estavam encostados nas cercas, jogados no caminho, e até mesmo tombados sobre o peitoril das janelas. Alguns foram mortos por armas, outros pareciam ter sofrido um colapso onde caíram. Tantos rostos. Edgar sabia o nome de cada um deles.

– Parados! – A voz de um homem quebrou o silêncio e uma flecha voou pelo ar fracamente, deslizando até parar aos pés de Silas. – Digam seus nomes e suas intenções ou atirarei outra vez! – Uma segunda flecha veio em seguida, desta vez desviando de modo desenfreado para a esquerda e caindo a poucos metros atrás deles. – É o aviso final.

– Sala de reunião – sussurrou Edgar, mas Silas já tinha visto o homem. O atacante estava parado na janela superior da torre dos sinos da sala de reunião: o prédio mais alto da caverna. Desajeitado, ele erguia um arco à sua frente, e as mãos tremiam enquanto apontava quase tanto quanto sua voz.

– É Baltin – disse Edgar.

Silas podia sentir a presença dos mortos vagando na atmosfera daquele lugar. Mortos recentes, todos morreram com medo. Aquela caverna fora atacada, porém não tinha como saber se havia começado de dentro ou se fora consequência das ações de um agressor externo.

– Parece que tiveram problemas aqui – comentou Silas, caminhando devagar em direção à torre.

– 'Problemas' seria uma inconveniência secundária. Não está olhando para um *problema*. Isto é o horror. – Baltin arregalou os olhos ao notar com quem estava falando e atrapalhadamente preparou outra flecha. – O que está fazendo aqui? – perguntou ele. – Veio acabar com todos nós?

– Se eu vim aqui para isso, parece que alguém chegou primeiro – respondeu Silas. – Um trabalho malfeito. Mas eficaz.

– Assassino!

A corda do arco estalou, a flecha voou, só que desta vez foi lançada com força. A ponta da flecha rompeu na direção de Silas, que sem se preocupar deu um passo para o lado. Baltin começou a preparar outra flecha, mas seus dedos eram desajeitados e lentos. Xingou de frustração, então seus ombros caíram e ele jogou a arma no chão da caverna.

– De que adianta?

Ele desapareceu dentro da torre. Poucos minutos depois, a porta inferior se abriu e ele saiu com as mãos para cima.

– Acabe com isso – disse ele. – É melhor morrer por suas mãos do que da maneira que alguns dos meus morreram.

– Há muitos homens mortos que discordariam de você – disse Silas.

O som discreto de botas se arrastando pelo chão veio de dentro da sala de reunião, e Baltin fitou nervoso os olhos de Silas.

– Por favor – pediu ele. – Não somos ameaça para o Conselho Superior ou para você. Deixe meu povo em paz.

– Não estava tão louco pela paz da última vez que vim aqui – disse Edgar. – Da última vez era *você* ameaçando matar Kate e a mim. Pessoas como você sempre recebem o que merecem no final.

Uma sombra moveu-se atrás de Baltin, e uma mulher surgiu com o nariz empinado de orgulho.

– Baltin – disse ela. – Estamos prontos.

Edgar reconheceu a mulher como sendo Greta, a magistrada dos Dotados. Estava encarregada de impor a ordem entre os Dotados. Edgar a conhecia como uma mulher severa que seguia ao pé da letra todas as leis sob as quais viviam os Dotados. Possuía pulseiras de ervas secas amarradas nos punhos, os cabelos brancos ficavam soltos perto das orelhas, tinha os pés descalços e usava o que parecia ser um cobertor marrom sobre suas roupas comuns.

– O que está havendo? – perguntou Edgar. – Que está acontecendo lá dentro?

Silas segurou-o pelo ombro, impedindo-o de continuar adiante.

– A sutileza é um dom – disse ele. – Aprenda. Use-a agora.

Edgar fervilhou por dentro. Alguma coisa estava muito errada naquele lugar. Se os Dotados foram atacados, por que deixariam uma das portas abertas para os túneis externos? E por que ninguém fez esforço algum para retirar os cadáveres?

Os olhos de Baltin estavam mais escuros que de costume e ele estava respirando de forma estranha.

– Este é nosso fim – disse ele. – Fizemos tudo que podíamos. Não devíamos nunca ter deixado Kate Winters escapar. Eu fui fraco. Não devia ter hesitado. Estamos pagando o preço do meu erro.

– Você é um homem mesquinho – disse Silas. – O mundo não espera que você diga a ele o que fazer. Afaste-se.

– Pare! – protestou Greta. – Não pode entrar aí!

Silas ignorou-a e continuou.

Dentro da sala de reuniões, mais ou menos vinte pessoas nervosas estavam vestidas iguais a Greta. Do grupo, três eram criancinhas, oito tinham em torno da idade de Edgar, e os outros eram homens e mulheres mais velhos. Greta e Baltin eram os únicos da idade deles que sobreviveram. Silas duvidava de que fosse coincidência.

O palco na frente da sala estava vazio. Cadeiras estavam empilhadas ao redor do espaço principal, liberando o chão, e no centro havia um grande círculo desenhado com sangue. As crianças mais jovens estavam de um lado, enquanto as mais velhas seguiam as instruções dos mais idosos, caminhando ao redor do perímetro do espaço e colocando caveiras antigas uniformemente ao redor da linha de sangue com seus olhos vazios encarando o centro. Silas não seguiu adiante, mas todo o trabalho parou assim que as pessoas sentiram sua presença na sala.

Os que estavam segurando as caveiras agarraram-nas contra o peito, e o restante olhou para Baltin esperando algum sinal do que deveriam fazer. Baltin estava nervoso demais para oferecer algo além de um gesto suave com a mão, avisando-os que mantivessem distância do visitante.

– Esta é sua tentativa inútil de formar um círculo de escuta? – perguntou Silas. – Estão tentando curar o véu daqui ou destruí-lo?

Nem um nem outro – respondeu Baltin. – Estamos fazendo o que é preciso para continuarmos vivos.

Silas caminhou em direção ao círculo e ouviu os sussurros dos recém-mortos ao redor dele feito água correndo por um canal esculpido em uma rocha. Sentiu a suave presença de um mundo além dos vivos. Um local calmo e gentil coberto de paz. Os Dotados estavam usando aquele círculo para se conectarem com o segundo nível do véu, além da meia-vida, além do alcance normal de qualquer alma viva. Estavam tentando abrir uma janela à força para um lugar visto somente pelos mortos em paz e os Vagantes de excepcional habilidade.

Nenhum ali presente era Dotado o suficiente para reconhecer a verdade do que haviam feito. A maioria poderia sentir uma diferença no ar dentro daquele espaço, mas continuaria sem enxergar o mundo além. Não veriam as almas se movendo pela água ou reconheceria a corrente da morte quando ela se aproximasse. Nenhum podia ver o estrago que haviam causado.

Silas fechou sua mente para o véu o máximo que podia, ignorando o fluxo caloroso de tranquilidade que o tentava a entrar no círculo.

– Estão lidando com energias que vão além da compreensão de vocês – explicou ele. – Círculos como este são um antigo trabalho. Ninguém tem praticado a criação deles há séculos.

– Nós fomos reduzidos a isso – disse Baltin, entrando sorrateiro atrás dele. – O modo antigo é tudo o que nos salvará agora.

– Não. Isso é um experimento – disse Silas. – Vocês não têm ideia do que estão fazendo.

Um dos garotos mais velhos falou:

– Estamos invocando a ajuda dos ancestrais – disse com uma confiança bem ensaiada. – Eles irão nos ajudar.

Silas riu friamente.

– Seus ancestrais não ligam para vocês – disse ele. – Não estão dispostos a entrar e desfazer a confusão que causaram. Muitos deles precisaram da ajuda de vocês durante gerações. É uma pena que esperem que eles os ouçam agora.

Baltin ia passar por Silas, mas ele sacou a espada rapidamente, bloqueando a passagem com sua lâmina.

– Eu ainda não terminei com você.

O medo espalhou-se pela sala de reunião, e uma das crianças mais jovens começou a chorar.

– Você – disse Silas, apontando com a cabeça para uma das mulheres mais idosas. – Leve as crianças para a sala ao lado. Vocês outros, deixem tudo onde está. Não se mexam até que eu ordene.

– Você não tem autoridade aqui – disse Greta, ignorando de forma grosseira o aviso de Silas e entrando no círculo de sangue. – Deixe-nos fazer nosso trabalho.

O círculo vibrou com energia quando Greta entrou nele, mas somente Silas viu a onda de luz brilhar ao redor de sua margem interna como se fossem centelhas de um raio. As almas dos mortos que vagavam naquele local fugiram da sala imediatamente, mas um dos espectros foi lento demais. O círculo atraiu a forma desbotada em sua direção, e a linha de sangue estalou quando suas essências se conectaram. A energia do espectro mergulhou nas pedras do piso da sala de reunião, e as bochechas de Gretas ruborizaram com saúde.

Para qualquer outro ali naquela sala, pareceria que pouco havia mudado. Greta sentia a mente mais clara – mais focada –, mas não entendia por quê. Aquele piso podia ter dado a entender que era um círculo de escuta improvisado, mas os Dotados não o estavam usando para se comunicar. Estavam usando-o para atrair a energia do véu, se salvando enquanto, sem intenção, selavam os espíritos dos mortos nas pedras debaixo de seus pés.

– É assim que permanecem vivos? – perguntou Silas. – Estão se alimentando do véu, concentrando sua conexão, usufruindo do sangue dos mortos.

– Eles não precisam mais disso – respondeu Baltin. – É tarde demais para eles. Estamos fazendo de tudo para continuarmos a existir.

– À custa das almas as quais deviam proteger! – exclamou Silas. – Este círculo é uma mácula no véu e aquele sangue carrega a marca dos Dotados. Quantos do seu povo vocês mataram para criá-lo?

O rosto de Baltin se entristeceu.

– O suficiente – respondeu ele.

– Mataram seu próprio *povo*? – disse Edgar.

– Nem todos – defendeu-se Baltin. – A loucura chegou rápido demais. Havia muitas vozes. Muitas lembranças. Não estávamos preparados para o que nossas mentes podiam ver. Quando o primeiro de nós morreu, alguns não aceitaram bem. Não queriam morrer da mesma forma, confusos e com dor. Vedamos as portas, tentando manter todos onde pudéssemos ver e assim controlar o que estava acontecendo conosco, mas alguns escaparam. Tentamos manter a ordem, mas as visões dos mortos tornaram-se fortes demais. Ficou difícil saber o que era real e o que era tocado pelo véu. As pessoas começaram a se armar e houve... acidentes. Logo perdemos o controle das portas. Pessoas comuns atingidas pela doença vinham para nossa caverna pedir ajuda, procurando uma maneira de fechar a mente para o véu. O que viram aqui foi a morte. Não podíamos deixá-las sair! Algumas... revidaram. A caverna ficou preenchida com os gritos dos loucos e dos que estavam morrendo, e eu vi que estávamos chegando ao fim. Os poucos de nós que ainda estavam conscientes trancaram-se e esperaram. Para aqueles que ficaram loucos demais... foi uma bondade o que fizemos com eles.

– Você matou os fracos para salvar os fortes. Quanta nobreza. – As palavras de Silas eram cheias de desgosto, mas Baltin não mostrava arrependimento.

– Não me venha dar sermão sobre moralidade – disse ele. – Você fez muito pior que isso.

– Não torturei a alma daqueles que matei – retrucou Silas. – Não matei aqueles que confiavam em mim, colhi seu sangue e justifiquei meu ato em nome do sacrifício.

– Então não viu as coisas que vi – explicou Baltin. – Você não teve que fazer uma escolha.

– Não estou interessado em desculpas. Essas são as únicas pessoas que decidiu salvar?

– Eu estava em uma situação impraticável! Protegi todos que pude. Os outros... nos deixaram. Não há como saber quantos deles ainda estão vivos.

– E meu irmão? – perguntou Edgar. – Onde ele está?

– Tom? Ele partiu com Artemis Winters antes de isso tudo começar – respondeu Baltin. – Ninguém ouviu falar deles desde que você e Kate sumiram. Os recém-Dotados não foram afetados tão gravemente quanto o restante de nós. Se ele tiver sorte, seu declínio será lento. Pode não ver nenhum efeito até que o véu tenha desmoronado completamente. Depois disso, ninguém mais se importará.

– *Eu* me importo – disse Edgar. – Nunca devia tê-lo deixado aqui.

Silas agachou-se ao lado da margem do círculo e tocou a camada de sangue seco. As lembranças de seis mortes nítidas movimentaram-se diante de seus olhos: quatro mortos pela espada de Baltin, dois pela de Greta.

– Devia ter salvado mais de seu povo – disse ele, levantando-se. – Só este grupo não será suficiente para detê-las.

– Deter quem? – perguntou Greta.

– Kate Winters e Dalliah Grey. Elas estão juntas em Fume – respondeu Silas. – Elas se certificarão de que o véu ceda, a menos que vocês parem de brincar com morte e sangue e façam o que os Dotados nasceram para fazer.

– Não sabemos como – disse Baltin. – Passamos gerações reprimindo nossas mentes. Não estamos preparados para nada disso. Aprendemos a criar esse círculo com os pergaminhos que encontramos escondidos nas covas dos guardiões de ossos. A maioria estava podre e incompleta, mas nos deu o suficiente para continuarmos: esperança, mesmo que por pouco tempo. Nós acreditávamos que podíamos nos ajudar.

– Se Dalliah Grey está aqui, não há esperanças – disse Greta. – Não somos fortes o suficiente para enfrentar um Vagante, ainda mais dois.

– Estavam dispostos o suficiente para matar – disse Silas. – Agora está na hora de arriscar a própria vida; caso contrário, para que essas pessoas morreram? Para que pudessem se esconder aqui para o resto de seus dias miseráveis?

– Não obedecemos às suas ordens – disse Greta.

– Agora obedecem – retrucou Silas. – Vocês vão me ouvir ou provarão sem dúvida alguma a inutilidade de sua espécie.

– Estamos longe de sermos inúteis – disse Baltin. – Pergunte ao garoto. Ele sabe o que nossos ancestrais fizeram por Albion. – Ele tentou segurar o braço de Edgar, mas o garoto afastou-se. – Diga a ele! Conte dos sacrifícios que fizemos.

– Você vive as realizações de seus antepassados, enquanto ignora suas responsabilidades para honrar a memória deles – disse Silas. – Você se contorce aqui no escuro. Quer ver para onde está levando esta terra? Quer testemunhar a escuridão, o medo e a dor que está aguardando cada alma deste lugar?

Baltin olhou para seus seguidores, tentando permanecer tranquilo.

– Eu sei o que está além do véu – disse ele. – Vi com meus próprios olhos.

– Viu apenas o que queria ver.

Silas se moveu antes que Baltin tivesse tempo de reagir. Edgar tentou ficar entre os dois, mas Silas foi mais ágil. A energia na sala já estava altamente carregada, e Silas decidira que não havia mais tempo para conversa. Empurrou Baltin com tanta força que o velho caiu de costas, arrastando-se no chão, indo parar dentro do círculo de sangue, e Silas o seguia.

– Não – disse Baltin, tentando desesperadamente ficar de pé. – Por favor!

Silas sentiu o puxão fraco do mundo físico diminuir quando ele atravessou a linha de sangue e parou sobre Baltin, que ergueu os braços, em vão, para se proteger. O sangue de Kate correu pelas veias de Silas, reagindo à presença violada do véu. O círculo não era perfeito. Era uma suposição grosseira de algo que os guardiões de ossos podiam certa vez ter criado todos os dias, mas não o suficiente para atravessar a barreira já delicada entre os dois mundos. O sangue de um Vagante tornou mais poderosa a conexão de Silas com o véu, e, no momento em que olhou dentro dele, ele viu o relampejo de uma imagem como se estivesse vendo diretamente através dos olhos de Kate. Ele podia ver onde ela estava naquele momento. A água juntando-se ao redor de seus pés, Dalliah Grey gritando e suas palavras se perdendo no véu.

– Eu nunca quis nada disso! – exclamou Baltin, agitando os braços. – Eu queria ajudar. Só estava fazendo o que pensei ser o melhor.

– Fique quieto – ordenou Silas. – E ouça.

Baltin deixou as mãos caírem no chão e o sentiu tremer de leve.

– O que está acontecendo?

Todos os que estavam na sala de reunião se encostaram nas paredes quando o círculo crepitou com uma nova vida. Se aquele círculo era uma centelha de energia antes da chegada de Silas, agora estava flamejante. Ninguém queria se aproximar dele, com exceção de um.

Edgar foi direto para a beirada, observando a expressão de Baltin à medida que ela mudava de pânico para um terror absoluto e depois mergulhou no desespero hediondo de alguém que estava olhando diretamente no centro assustador do véu.

– Isso é inaceitável – protestou Greta. – Pare com isso. – Ela tentou atravessar o círculo, mas Edgar a deteve:

– Não pode ir lá – disse ele. – Silas sabe o que está fazendo. Baltin precisa entender. Não somos inimigos.

– *Aquele* é o rosto de um amigo?

Edgar olhou para trás, onde Silas havia começado a caminhar ao redor da margem do círculo. Baltin estava encolhido de lado, tentado bloquear seus sentidos para seja lá o que Silas estivesse mostrando a ele, e os olhos de Silas emitiram uma luz trêmula e branca, como se fossem os olhos de um predador capturado sob a luz do luar.

– Sei que parece ruim, mas ele sabe o que está fazendo.

– Ele está poluindo o círculo com a presença dele – disse Greta. – Vai atrair muitas almas. Arruinará tudo!

Edgar olhou para ela.

– Achei que estivesse preocupada com Baltin – disse ele. – Não com seu precioso círculo.

– Baltin é um homem – disse Greta. – Ele é mais que descartável.

– Ainda bem que nem todos pensam igual a você.

– Afaste-se! – ordenou ela, mas Edgar a segurou.

Silas não sentia prazer algum em expor uma mente relutante ao negro, mas Baltin foi rápido ao acabar com a vida das pessoas em nome de sua causa. Arriscar a própria sanidade era um pequeno preço a pagar em retribuição.

Baltin retorceu-se. Seus dedos agarraram o ar.

– Nós os matamos – sussurrou ele. – Era preciso. *Eu* precisava fazer isso. Eu... – Seu corpo tencionou e caiu sem forças. Silas continuou a caminhar.

O tempo passava de forma estranha dentro do círculo. O que parecia um minuto em sua influência era quase uma hora na sala de reunião. Quando Baltin caiu paralisado, Edgar começou a acalmar os Dotados e a tranquilizá-los sobre algo que ele pouco conhecia. Greta estava determinada a romper o círculo e atrapalhar o processo, mas alguns dos membros mais velhos do grupo ajudaram Edgar a mantê-la afastada da linha de sangue, preocupados que ela causasse mais mal do que bem.

Somente Silas saberia o que Baltin testemunhou dentro do círculo. Somente ele se lembraria de ver as almas dos Dotados presas debaixo da sala de reunião. Ele as via, assustadas e perdidas, estendendo os braços para Baltin, pedindo ajuda a um homem incapaz de ajudar. Quando a alma de Baltin ameaçou abandonar seu corpo, Silas o ajudou a encontrar seu caminho de volta ao mundo dos vivos, no qual ficou horrorizado pelo sofrimento que suas ações tinham causado.

Silas estendeu um dos braços e o ajudou a se levantar. Greta parecia confusa quando ele saiu cambaleante do círculo, sem fôlego, tonto e determinado.

– Greta – disse ele. – É pior do que pensávamos. Nosso esforço não é o suficiente para impedir o que está por vir. Vi a prisão que está na escuridão. Andei por ela. Acho que... eu estava morto. Eu estava morto? – Voltou-se para Silas, que nada disse. – Aquelas pessoas que matamos, Greta. Estão sofrendo agora. Estas mãos... – Ergueu as palmas de frente para seu rosto. – Estão manchadas com mais do que sangue. O que fizemos jamais deveria ser perdoado. Precisamos consertar isso. Achei que eu conhecesse o véu, mas não sabia de nada. Nada mesmo.

Greta olhou para ele com desdém.

– Está se permitindo ser iludido – disse ela. – Nossa primeira obrigação é sempre proteger aqueles que ainda estão vivos. As crianças precisam de nós, e os que estão desaparecidos podem voltar. Não podemos nos dar ao luxo de arriscar nossas vidas confiando nas palavras de alguém cuja existência neste mundo é uma abominação contra tudo o que conhecemos e acreditamos sobre o véu. Ele é uma alma atada, Baltin. Nem podemos ter certeza de que sua mente é dele mesmo.

– Acredito no que vi – disse Baltin. – Reúna os que estão fortes o suficiente para viajar. Nós ainda não terminamos.

Ele logo foi falar com os Dotados que ainda estavam pegando caveiras antigas, tirando-as deles, deixando cada uma cuidadosamente no chão. Enquanto tentava reunir as outras, Silas esfregou a bota no círculo de sangue, cortando seu elo com o véu.

– Pare com isso! – gritou Greta. – Esses círculos não podem ser feitos no mesmo lugar duas vezes.

– Então talvez você me ouça – disse Silas. – O véu está sob ameaça, e por mais que eu quisesse deixar você e seu povo apodrecerem aqui no subsolo, vocês são os guardiões dele.

– Isso não lhe dá o direito de invadir esta caverna e espalhar suas mentiras perversas entre o meu povo.

– Dá sim! – exclamou Edgar, avançando. – Estamos aqui para ajudá-los. Podíamos ter ficado afastados.

– Minha função aqui é instaurar a ordem e proteger o grupo – disse Greta. – Fiz isso da melhor forma possível. Como ex-soldado, seu mestre deveria respeitar isso.

– Ele não é meu mestre – retrucou Edgar.

– Eu sabia que a garota Winters era perigosa demais para ser libertada – disse Greta. – Eu não aprovei o tratamento que Baltin deu a ela no final, mas estávamos certos em detê-la. Se não fosse pelo garoto – ela apontou o dedo, acusando Edgar –, não estaríamos nessa situação. Ele interferiu no que não deveria.

– Nada poderia ter evitado isso – disse Silas. – Tudo o que aconteceu foi visto dentro do véu muito antes de Kate nascer. Dalliah, de propósito, criou uma cadeia de eventos que nos trouxe aqui. Ela manipulou todos nós, e agora pretende terminar seu trabalho.

Greta parecia inflexível.

– Acredita que ela ganhou algum nível de *controle* sobre a garota?

– Elas entraram juntas na cidade, mas é impossível dizer o quanto da força de vontade de Kate foi perdida.

– Então você tem razão – disse Greta. – Isso é mais importante do que qualquer história que possamos ter compartilhado. Baltin é bom em reagir aos fatos. Seja lá o que mostrou a ele lá dentro, certamente provocou uma reação, mas ele é como um cachorro temperamental. Quando fica sem energia, perde o foco. Eu, no entanto, não sou assim. Suponho que você e eu estamos pensando na mesma solução para essa bagunça?

– Sim – respondeu Silas, sem hesitar. – Isso já foi longe demais.

– Então, finalmente, concordamos – disse Greta. – Para Albion sobreviver, a garota Winters não pode viver.

10
Libertação

A água do lago aos poucos foi se infiltrando na casa dos arquivos, espalhando-se pelo chão e pelos cantos, onde encharcava pilhas de papéis antigos. Páginas soltas flutuavam na superfície enquanto a água congelante engolia livros inteiros, devorando sua tinta e inutilizando-os.

Kate não tirou os olhos de Dalliah desde que ela a desafiara, mas, em vez de estar zangada ou preocupada, Dalliah parecia não se importar. Informação era a maior vantagem de Dalliah. Não estava surpresa com a elevação do nível de água do lago. Sabia exatamente por que tudo estava acontecendo. Havia feito planos para todas as contingências, considerando que Kate poderia reagir aos eventos somente à medida que eles acontecessem ao redor dela.

– Seu ódio só vai piorar as coisas – disse Dalliah, voltando-se para seus livros. – Os espíritos estão nos ouvindo.

– Não me interessa – disse Kate. – Esta cidade não é sua. Não pode vir aqui e destruí-la.

– Eu não fiz nada – disse Dalliah. – *Você* mandou as almas da torre para dentro do negro. Os eventos que *você* provocou estão obrigando a cidade a reagir. Destruir Fume nunca foi minha intenção. Duvido que isso possa ser feito. Suas pedras continuarão erguidas por muito tempo depois que cada alma viva tenha fugido de suas muralhas.

A água passou dos tornozelos de Kate, além dos joelhos, chegando aos quadris, onde parou. A superfície parecia um espelho sem movimento ou onda para interromper sua serenidade. Somente uma película cobria o topo da roda de pedra, gotejando nos espaços entre os ladrilhos externos.

– Este lago estava aqui antes de qualquer prédio ao redor dele – explicou Dalliah. – Em seu nível máximo, ele uma vez cobriu todo o distrito. A água está reivindicando o que nunca deveria ter sido levado.

Kate andou com dificuldade até uma mesa mais perto de uma das janelas. Como a água fria espetava suas pernas, Kate subiu no tampo, certificando-se de que o *Wintercraft* ainda estava intacto. Parecia estar, então ela o colocou sobre a mesa, fora do alcance da água, enquanto Dalliah continuava perto da roda com seu vestido e casaco serpenteando na inundação. A respiração quente de Kate exalou vapor quando ela localizou formas se movendo dentro da água. Havia sombras onde não deveriam estar: um fluxo rápido de preto e cinza, infiltrando-se pelas paredes e reunindo-se ao redor da roda dos espíritos.

– Trabalhar no véu nesse nível leva anos de concentração e estudos – observou Dalliah, continuando a controlar o espírito na roda. – Mas tudo isso é inútil sem a habilidade necessária: a centelha para acionar a primeira chave. Depois do primeiro passo, tudo a seguir torna-se mais fácil. – Olhou para Kate. – Eu não teria feito nada disso sem você.

– Você passou a vida inteira destruindo as pessoas – acusou Kate. – Vi os túmulos ao redor de sua casa no Continente. Havia milhares de corpos lá. Todas aquelas almas, incapazes de entrar na morte por causa do que você fez a elas. Os Dotados deveriam ajudar as pessoas.

– Os Vagantes têm coisas mais importantes a fazer – disse Dalliah. – Quando eu estava longe de Albion, ficou difícil me conectar mais intensamente com o véu. Ele não falaria comigo, a menos que eu o invocasse com as almas dos moribundos. Agora estamos aqui na cidade e tenho tudo de que preciso. – Dalliah tirou um pedaço de tecido da bolsa e o desdobrou, revelando um frasco fino de vidro cheio de um líquido vermelho. – Eu não esperava que me obedecesse para sempre – revelou ela. – Não preciso de você para isso. Seu sangue é mais que suficiente.

– Não! – Kate saltou de volta na água e caminhou com dificuldade em direção a Dalliah enquanto ela tirava a tampa do frasco. O frio a deixou sem fôlego, mesmo assim ela se livrou do peso do casaco e atravessou a sala rapidamente. – Não!

A pedra central, solta pela água, ergueu-se com facilidade debaixo dos dedos examinadores de Dalliah, fazendo com que um redemoinho surgisse no espaço debaixo dela. Dalliah empurrou o disco para a beirada e ele virou ao cair, revelando um lado entalhado com uma espiral, e outro lado com um cálice. O lado do cálice ficou para cima enquanto afundava no chão, e o símbolo brilhou antes de sumir de vista. Kate esforçou-se para alcançar Dalliah a tempo, mas era tarde demais. O frasco caiu no espaço aberto da roda e se espatifou, espalhando gotas de sangue sobre o mecanismo interno.

– Esta não é a existência que escolhi para mim – disse Dalliah. – No passado, meu sangue teria sido mais que suficiente para este trabalho. Aquela força foi roubada de mim, junto com muito mais, por sua família. Você devia condená-los por deixá-la com o fardo do que precisa fazer, mas eu posso condená-los por muito mais. Você nasceu para ser traída pelo legado de sua família. Eu não.

Kate parou sobre a roda, observando as manchas de sangue escurecerem enquanto o negro ia dominando. Ela estendeu o braço, tentando pegar os cacos, mas o vidro picou seus dedos, ameaçando adicionar mais sangue à mistura. Sombras foram se formando nas paredes, e a água se movia como se estivesse repleta de peixes. A superfície avolumou-se e remexeu-se, e os espectros irromperam do prédio como se algo fisicamente os puxasse para fora. Kate pressionou as mãos sobre os ladrilhos externos em desespero, determinada a fazer algo para deter o que seu sangue havia iniciado.

– A família Winters e a de sua mãe se odiaram por gerações – disse Dalliah. – Os Winters levaram os videntes Pinnetts à loucura mais vezes do que consigo me lembrar. Você pode me odiar pelo que fiz, mas seus ancestrais fizeram muito pior em busca do conhecimento. Ficariam surpresos ao vê-la tentando salvar a alma de um Pinnett agora.

– Cale a boca! – Kate fitou Dalliah. Ela queria olhar o *Wintercraft*, mas não conseguia se lembrar de nada nele que pudesse ajudar e não tinha muito tempo. Voltou-se então para a lógica.

Tudo conectado ao véu tinha um método por trás. Se seu sangue havia feito algo com a roda dos espíritos, significava que pelo menos parcialmente estava no controle dela. Já tinha visto algo parecido, quando foi obrigada a abrir um círculo de escuta contra sua vontade. Tinha conseguido controlar o círculo, mas aquilo era diferente.

Kate fez a única coisa na qual conseguia pensar. Colocou uma das mãos no ladrilho do floco de neve, a outra no pequeno ladrilho do cálice que combinava com a pedra central que Dalliah havia retirado. Naquele momento não se importou com história, família e tudo o mais. Não permitiria que outro espírito fosse removido.

Dalliah não tentou impedi-la. Imaginava que havia começado algo irreversível, mas era do seu interesse ver Kate tentar.

O mecanismo da roda rangeu ao começar a se movimentar, enviando uma fileira de minúsculas bolhas de ar para a superfície. Os ladrilhos se viraram, afundaram de volta e trocaram de lugar, todos, menos os dois que Kate estava tocando. O floco de neve e o cálice sugaram a energia dos outros ladrilhos, até que todo o movimento parou e a única claridade vinha da luz vazando das mãos de Kate, fazendo seus dedos emitirem um brilho vermelho.

Não havia padrão para as posições finais, e nenhuma ordem que Kate pudesse ver. Sentiu a sala escurecer, da mesma forma que a torre havia feito antes, mas se recusou a simplesmente aceitar a escuridão. Concentrou-se no aspecto do véu que mais conhecia: a meia-vida, o nível superior onde as almas ainda tinham esperança de serem entregues à paz da verdadeira morte. Ela tremeu quando a água parou ao seu redor e gelo estalou na superfície, criando trilhas congeladas que irradiavam de seu corpo.

Não conseguia mais sentir a roda dos espíritos debaixo de suas palmas. Tudo o que sentia era um leve calor, como se estivesse parada perto do fogo. Os ladrilhos não pareciam mais sólidos. Algo se moveu debaixo deles, e ela sentiu dedos quentes tocando os seus. O espírito na roda estava mantendo contato.

Kate não se atreveu a abrir os olhos, com medo de perder a conexão, mas por trás de suas pálpebras o mundo físico se distanciava, e ela sentiu a forma cinza e suave do espectro tão nítida quanto um sonho lúcido. Era uma mudança gentil e melancólica na escuridão, fácil de perder, até que ela parou de se concentrar nela e a deixou vagar na margem de sua consciência. A forma não queria ser vista. Movia-se como uma mosca dentro de um pote, sabendo de cor os limites de sua prisão. Somente seus olhos pareciam humanos: olhos escuros e penetrantes de um dos Dotados. Antigo, porém ainda muito forte.

Kate mexeu os dedos devagar. A pedra ainda estava lá, mas era como colocar as mãos em um espelho para tocar seu reflexo. Seu mundo e o do espírito estavam separados, mas em conexão. O sangue de Kate estava interrompendo a influência que a roda tinha sobre a alma, deixando-a cair na escuridão. Isso já deveria ter acontecido, mas a alma resistia, atraída pela presença de Kate.

– *Criança distante. Estamos orgulhosos de você.* – A voz do espírito ecoou como vinda do fundo de um poço, e Dalliah começou a levar a sério o que acontecia. Colocou uma das mãos na roda, mas os ladrilhos afundaram de imediato com seu toque.

– O que está fazendo? – indagou ela. – Pare com isso. Agora!

Kate não se moveu. Os ladrilhos se sacudiram mais uma vez e se viraram, revelando o lado inferior, onde letras estavam entalhadas, em vez de imagens. Assentaram-se em uma ordem irregular, e as luzes debaixo das mãos de Kate vagaram ao redor do círculo, parando sobre as letras para soletrarem quatro palavras:

NÃO CONFIE NA GUARDA

A luz desapareceu assim que a última letra foi revelada. Dalliah olhou indiferente.

– Não são as palavras finais que eu teria escolhido – disse ela.

As mãos enfraquecidas do espírito agarraram com força as de Kate, e a roda explodiu com uma energia repentina. Em vez de escuridão, uma luz suave refletiu no gelo fino através da água. As pedras queimaram a mão de Dalliah, obrigando-a a se afastar, enquanto Kate sentia como se seus dedos tivessem mergulhado no mar glacial. O espírito estava saindo da roda como um frágil nadador sobre um lago coberto de nevoeiro. Kate o estava atraindo. Fora de sua prisão, fora da pedra e para o meio do ar da cidade.

Kate queria desistir. Ela *precisava* desistir, mas sua consciência não a deixava. A conexão ligando o espírito à roda se fragmentava mais à medida que ela permanecia no controle. Ela não ia deixá-lo cair na escuridão.

A pele das palmas de sua mão empolou com a energia do véu profundo. A vida física não pertencia àquele lugar. Ela estava conectada com ele há tempo demais, mas não cortaria o elo. Decidiu puxar o espírito para longe do negro, levando-o para um lugar de paz e esperança, onde – assim esperava – a morte enfim chegasse.

O espírito se separou da roda com o mais suave dos sons. Um sussurro entre a tristeza e o alívio. Somente então Kate permitiu se afastar. A essência do espírito saiu de seus dedos e Dalliah, impotente, ficou observando enquanto a alma se dissipava no véu. Ela não estava livre, ainda não, mas encontrava-se em um lugar bem melhor do que aquele no qual Dalliah tinha a intenção de deixá-la.

A roda ficou estática. Kate afastou-se cambaleante das pedras, sua cabeça estava zonza, as mãos vermelhas e feridas. O corpo estava exausto pelo esforço, os músculos não estavam firmes, e ela afundou na água, deixando o lago transbordante carregá-la para o fundo. Não tinha energia para se defender. Queria dormir, escapar da fadiga, do frio e da dor. Seria fácil se entregar, deixar o véu levá-la e se afastar da loucura que seu mundo se tornara. Dalliah ficou parada ao lado dela na água, olhando para baixo, como se estivesse obervando uma experiência que precisava seguir seu curso.

Kate ouviu os ecos dos mortos repercutindo nas paredes da casa dos arquivos. Suas vozes eram espalhadas e fracas, como um diálogo capturado no vento. O toque da água cauterizou suas mãos feridas, e ela sentiu uma presença afetuosa por perto. O espírito da roda não a abandonara. Ele estendeu o braço para tocar suas mãos e curar o estrago que seu resgate havia causado, mas Dalliah chegou primeiro. Seus dedos sólidos agarraram o braço de Kate e a puxaram de volta para a superfície. Kate tossiu assim que seu rosto entrou em contato com o ar, e o espírito recuou, deixando-a encurvada sobre a roda submersa, agarrando as pedras com força.

– Você *quer* ficar louca? – indagou Dalliah. – Você não ganhou nada se arriscando, a não ser isto. – Agarrou os pulsos de Kate, examinando suas mãos feridas. Estavam em carne viva, e cada movimento era como se facas cortassem suas feridas abertas. – O toque do negro está além de minha habilidade para curar – disse ela. – E mesmo que eu pudesse, eu a deixaria sentindo dor como lição para a sua estupidez. – Ela soltou as mãos de Kate, que logo as puxou contra o peito, protegendo-as.

– Não me interessa onde sua alma está ou o que precisa fazer para recuperá-la – disse ela. – Tudo isso... não vale a pena.

– Você não está em posição de dizer o que fará ou não – declarou Dalliah. – Devia ter continuado ignorante.

Ela colocou a mão no ombro de Kate e o apertou, fazendo com que as mãos de Kate queimassem de dor. Qualquer cura, por menor que fosse, que tivesse ocorrido naqueles poucos minutos foi destruída pela influência de Dalliah. O sangue gotejava das feridas, e Kate gritou de dor. O ódio inundou seus pensamentos, e o ar tremeu. A água parecia grossa como óleo e, quando Dalliah ergueu o braço, ela escorreu das mangas de sua roupa como se fossem fios de graxa derretida.

– Tenha cuidado, Kate. – A voz de Dalliah de repente tornou-se séria e alerta. – Este não é o lugar para você perder o controle. Aqui não. Ainda não.

Kate estava longe de perder o controle. Podia ver mais claramente do que jamais havia visto em toda a vida. Estava voltando a conexão que Dalliah havia formado entre elas para a própria Dalliah. A água era o que sempre fora; só a percepção de tempo delas é que havia mudado, obrigando o mundo ao seu redor a ficar mais lento. Ali, naquele espaço de existência mútua, Kate podia ver as memórias de Dalliah e compartilhar seu passado mais secreto. Dalliah tentou resistir, mas era tarde demais.

– Não tenho medo de você – disse Kate. – Você partiu de Albion porque estava com medo. Escondeu-se porque as pessoas estavam caçando você.

– Pare com isso.

– Você odiava o que havia se tornado, mas não tinha poder de verdade. Os guardiões de ossos a temiam, os Vagantes perderam o respeito por você, e você não conseguia manipular o véu tão bem com sua alma separada. Odiava as pessoas que haviam roubado uma parte sua. Um Winters a fez ser o que é. Era para ele trazer seu espírito de volta, mas ele nunca descobriu como fazê-lo.

– Ele não tentou! – disse Dalliah com amargura. – Ele era arrogante. Adquiriu o conhecimento que queria e passou para o próximo 'desafio' sem sequer pensar no que havia deixado para trás.

– Você confiava nele.

– Éramos rivais. Ele roubou tudo que era meu – disse Dalliah. – A família dele tornou-se a linhagem mais forte, enquanto a minha foi massacrada, um por um. Todos nós sabíamos que o Dom ficava mais potente a cada geração. As famílias eram nossa força. Cada geração sobrepujava as habilidades da última. O *Wintercraft* era para todos nós. Os Winters reivindicaram a propriedade de seus segredos e conspiraram para destruir todas as linhagens dos Vagantes, exceto a deles mesmos, para que pudessem continuar no controle. Mataram os Vagantes em suas camas. Roubaram os filhos dos pais e os abandonaram em cidades distantes. Foram os Winters que incitaram os guardiões de ossos a desestabilizar o véu quatro séculos atrás. Foi por causa deles que lacrei essas almas nas rodas. Se já não tivessem levado meu espírito, teriam lacrado ele lá dentro com a mesma rapidez para acobertar o erro deles. Não me diga como eu deveria viver. Os Dotados podem ser lembrados por toda a história como curandeiros e tolos gentis, mas há influências ocultas mais sinistras em nossa sociedade que você mal começou a reconhecer.

O rosto de Dalliah estava rígido de ódio. Ela estendeu o braço e pegou o *Wintercraft* na mesa, segurando-o sobre a água desacelerada pelo tempo.

– É isso que sua família mais estimava – disse ela. – Mais que a amizade, mais que o dever e mais que qualquer senso de moralidade. Eles estudaram o véu porque queriam que a linhagem deles prosperasse, enquanto esperavam que as outras degenerassem e morressem. Sacrificaram muito por causa das palavras deste livro. Fizeram isso por você e por todas as almas desafortunadas que carregaram o sangue envenenado deles. Veja para onde isso a levou! Aqueles que lutam contra o desejo de seus ancestrais tornam-se atormentados pelos fantasmas que eles deixaram. Você os viu. Eles observam das janelas e esperam nas sombras, mas nunca ajudarão você. Tudo o que querem é que você viva como eles. Aqueles que seguem os caminhos de um Winters sempre carregarão a destruição por onde passarem. Vocês todos merecem morrer com medo. Todos... até... o último.

Dalliah jogou o livro no centro da roda, e sua capa roxa caiu na água com um baque acentuado. Por um breve momento Kate achou que ele fosse flutuar, mas, ao invés disso, a água grossa agarrou suas beiradas e começou a penetrar no papel. O sentimento de culpa subiu até seu peito. Ela não o havia salvado. Não havia *tentado* salvá-lo. Estava ali parada, observando-o. Ficou esperando as páginas folhearem e a tinta escorrer, mas o livro continuou firmemente fechado. Nenhum ar saiu de dentro dele, e ele caiu como uma pedra, levando junto o bilhete de Ravik, ajustando-se no mecanismo exposto dentro da roda morta.

– O livro não serve mais para sua família – disse Dalliah. – Logo você morrerá junto com ele.

11
Feldeep

Nada que Edgar dissesse convenceria qualquer um de que matar Kate não era a resposta para os problemas de Fume. Ele discutiu com Greta e Baltin. Até mesmo tentou ser sensato, mas no final foi informado de que a decisão havia sido tomada e que ele não estava em posição de contestá-la. Ele se lembrou de gritar sobre os Dotados terem desenvolvido um gosto por assassinato, até que, horrorizado com o modo como passaram a tratar a vida, não conseguiu mais dividir o mesmo lugar com eles.

Deixou Silas e os Dotados na sala de reunião e voltou para o meio da caverna. Tentou não olhar para os corpos, abandonados onde haviam caído. Não queria arriscar encontrar o irmão entre eles. Precisava acreditar que Tom realmente ainda estava lá fora em algum lugar com Artemis, protegido e a salvo.

Passou na frente de uma fileira de casas e viu um punhal caído no chão, ainda guardado na bainha. Seu dono azarento não deve ter tido tempo de usá-lo antes de os outros o atacarem. As lembranças da sala de treinamento voltaram de uma vez. Ele pegou o punhal, sacou-o e girou o cabo com habilidade. A parte inferior das costas ainda formigava no ponto onde uma leve cicatriz marcava sua recente quase morte por uma espada da Guarda Sombria. Silas o havia salvado. Ele não entendia por que Silas não daria a Kate a mesma chance.

Edgar jogou o punhal em uma porta fechada, e a ponta se cravou na madeira. Ninguém o escutaria porque ele não era um deles. Eles achavam que o rapaz não podia entender a importância de proteger o véu só porque ele não podia vê-lo. Mas ele entendia o suficiente. Não era ele o cego pelo medo. Podia ver mais claramente do que qualquer um deles.

Se alguém merecia a morte eram os Dotados. Eles haviam erguido suas armas contra pessoas tão próximas quanto uma família para eles. No passado, Edgar achava que a caverna era um refúgio; agora seria sempre um lugar de sangue e morte.

Passou pelo abrigo vazio e sentou-se em um jardim onde troncos podres haviam sido colocados em fileiras, todos cobertos com enormes cogumelos. Colheu uma mão cheia deles e os comeu crus, jogando seus talos borrachudos perto da casa mais próxima. A água pingava do teto coberto de tijolos da caverna, umedecendo o jardim. Edgar sacudiu os respingos de seus cabelos e olhou para cima.

Viver no subterrâneo significava que as pessoas logo se acostumavam com a água penetrando de cima. Ela servia como uma linha de vida para as pessoas na Cidade Inferior. Seus rios subterrâneos e riachos filtrados no chão permitiam que vivessem. O jardim de cogumelos devia ter sido feito ali para aproveitar a água pingando do teto, mas Edgar viu que era mais que uma goteira. Muito mais que um simples vazamento.

Rastros de água agarrados ao teto curvo seguiam até os cochos de metal colocados em torno das paredes. Edgar observou os veios de água passando pelos tijolos, até que gotas pesadas se juntavam na fonte e caíam diretamente no jardim. O gotejamento começou a aumentar e acelerar, e a gravidade tomou conta, jorrando a água com uma velocidade que definitivamente não era normal.

Edgar levantou-se. A água estava infiltrando pelos tijolos em toda a caverna. Gotas se transformaram em esguichos e o fluxo acima de Edgar tornou-se uma corrente lançando pedaços de tijolos velhos sobre o tronco onde Edgar estava sentado um pouco antes. O som de algo derramando o fez virar para a fonte bem no centro da caverna. A água estava derramando fora de sua bacia larga de pedra. Uma cascata transbordava pelos lados, e o chão ao seu redor reluzia enquanto se alagava.

Edgar correu de volta para a sala de reunião e interrompeu uma conversa entre Greta e Baltin:

A fonte. Está transbordando! – alertou ele. – A água está vazando do teto!

Silas já estava de pé, passando por Edgar e o empurrando para o lado para ver o que estava acontecendo.

– Isso é impossível – observou Greta.

A água começou a cercar as botas de Edgar, e a expressão de Greta mudou de descrença para medo.

– Precisamos sair daqui – disse ela. – Juntem tudo o que puderem. Contem as crianças, tragam os livros.

Silas voltou.

– A água está aumentando rapidamente. Você – disse ele, apontando para Baltin. – Leve o primeiro grupo para a praça da cidade. E você, Greta, leve o restante para o museu e prepare o círculo lá. Os soldados inimigos já devem estar por perto. Se romperem as paredes, a praça deverá ficar segura por pouco tempo. Se chegarem ao museu, faça o que puder para manter o círculo funcionando.

– De onde vem a água? – perguntou Baltin, enquanto as pessoas entravam em ação ao redor dele.

– As barragens contendo os rios do Lago Submerso devem ter sido rompidas – explicou Greta. – Tem muita água sendo liberada rápido demais. Esta caverna foi construída sobre uma das antigas linhas de água. Se ela inundar, todo o nível pode ser tomado pelo antigo rio.

Alguns dos Dotados mais velhos estavam olhando para o teto da sala de reunião, sussurrando palavras de despedida para quadros ali pendurados de pessoas que tinham morrido antes deles.

– Não temos tempo para superstições – repreendeu Silas. – Saiam.

A água na caverna já cobria os tornozelos. Os Dotados caminhavam com dificuldade por ela, carregando nos braços as crianças, que choravam, indo para a porta verde. Silas e Edgar ficaram para garantir que ninguém fosse deixado para trás.

– Acha que eles podem fazer diferença? – perguntou Edgar.

– As crianças são inúteis – respondeu Silas. – Greta e Baltin confiam mais no que acham saber e menos no que na verdade podem fazer. As mulheres mais velhas e os Dotados recém-descobertos são a melhor chance que a cidade tem para atrasar o trabalho de Dalliah, mas essa chance ainda é pequena.

– Que bem fará abrir os círculos?

– Possivelmente nenhum, mas é melhor do que deixá-los aqui para se afogarem ou matarem uns aos outros. Se mais deles estivessem vivos, nós teríamos uma chance maior. Fizemos tudo o que podíamos aqui.

Água caía do teto como chuva. A fonte estava tão cheia que parecia que uma bolha gigante estava sobre sua superfície, mas até mesmo aquilo seria alagado se o nível se elevasse mais. A correnteza não mostrava sinais de recuar enquanto a água se espalhava pelas minúsculas fendas da caverna, por onde corriam canais saturados entre antigas camadas de pedra e terra.

Silas movia-se pela água até os joelhos com a facilidade de um rato. A porta dos fundos da caverna estava aberta, e ele podia ouvir gritos vindo dos túneis mais próximos enquanto a água transbordava dentro dos níveis mais profundos.

– O que faremos agora? – perguntou Edgar, gritando com o barulho de suas pernas chapinhando na água. – Não deveríamos sair daqui?

– A água seguirá seus canais naturais – respondeu Silas. – Você não corre perigo.

Chegaram à saída, e Silas escolheu a curva mais próxima diante deles. Dali seguiram por vários túneis, até ouvirem alguém dando ordens para as pessoas mais adiante. Silas afastou Edgar da voz e se espremeu em uma passagem estreita escondida na parede. Edgar podia ouvi-lo raspando nas laterais entre duas paredes de terra dura e parou na abertura, sem conseguir ver qualquer luz do outro lado. Hesitou, com o coração acelerado, depois fez força para entrar.

O espaço estreito tornava impossível respirar com facilidade. A parede estava tão perto de seu nariz que partículas de terra pinicavam suas narinas cada vez que respirava. Tudo o que podia fazer era se concentrar nos pés enquanto suas botas chapinhavam, chegando a uma escada longa de degraus curtos. Ele os contou em silêncio enquanto descia

– sessenta e sete... sessenta e oito –, até a parede acabar e ele chegar na relativa liberdade de um túnel escuro como breu.

Respirou fundo várias vezes e ouviu Silas por perto. Sem fazer nenhum ruído que o entregasse e não se atrevendo a falar caso Silas estivesse calado por algum motivo, Edgar correu as mãos ao longo da parede do túnel, indo na direção que fazia seus instintos tremerem com um medo antigo: um sinal claro de que Silas estava próximo. Encontrou-o a vinte passos adiante, seus olhos brilhando no escuro.

– Ótimo – disse Silas. – Está aprendendo.

– Diga que não atravessamos isso por nada – comentou Edgar.

Silas acendeu um fósforo e estendeu o braço antes de deixá-lo cair. A minúscula chama caiu no chão e continuou, passando por uma grade de treliça estreita e espalhando seu brilho sobre uma escada pendurada na lateral de um poço íngreme. Edgar pegou os fósforos e acendeu outro, agachando-se para olhar mais de perto. Debaixo da grade, uma faixa de metal manchado com palavras gravadas nela circulava a borda interior do poço:

Por ordem da Guarda, qualquer oficial que entrar neste lugar fará isso responsabilizando-se pelo risco que corre.

– Aonde é que vai dar? – perguntou Edgar.

– Em um lugar que a maioria das pessoas na superfície gostaria de esquecer – respondeu Silas, tirando do casaco as chaves que havia pegado nas salas de treinamento. – Ninguém recebe ordens para descer aqui. Se escolher vir comigo, fique alerta e evite contato visual com as pessoas, a menos que seja totalmente necessário. Elas têm mais direito do que qualquer um de querer nós dois mortos.

Silas destrancou a grade bem lubrificada, que se abriu sem fazer ruído. Ele desceu a escada e, quando Edgar por fim juntou-se a ele no fundo, as brasas ardentes de uma tocha que queimava devagar brilharam adiante. Logo acima dela, letras haviam sido chamuscadas na pedra, criando palavras negras de pelo menos um metro de altura.

PRISÃO FELDEEP

Dezenas de caixas pequenas estavam empilhadas de modo ordenado debaixo do sinal, conduzindo à vaga forma de uma porta grande e arqueada. Edgar já tinha visto uma igual, só que aquela fora presa com uma corrente e marcada com um aviso: *Proibida a entrada. Não há saída.* Silas enfiou uma chave comprida na fechadura.

– Prepare-se.

As fechaduras pesadas clicaram e rangeram dentro da porta e ouviu-se o som de uma corrente se arrastando e do mecanismo da roldana funcionando, abrindo a porta para dentro, revelando uma luz chamejante. O cheiro de queimado arranhou a garganta de Edgar, que pôde ouvir as pessoas gritando umas com as outras mais adiante. O corredor pelo qual entraram era totalmente reto e as botas de Edgar produziam um tinido metálico que reverberava nas paredes quando ele pisava em um dos dois trilhos enferrujados no chão.

– Trilhos para transportar caixões – disse Silas. – Já estavam aqui muito antes da prisão. Nada passa mais por eles.

Edgar já sabia muito mais sobre a Prisão Feldeep do que gostaria. Durante o tempo em que trabalhou para a mulher do Conselho, estivera presente em julgamentos dos quais os condenados eram enviados para ali e tinha ouvido conversas entre os guardas sobre o tipo de vida que as pessoas levavam trancadas no subterrâneo.

Os prisioneiros mantidos ali não eram assassinos, contrabandistas ou ladrões. O Conselho Superior lidava com pessoas daquele tipo de uma forma muito mais direta, geralmente envolvendo uma corda ou uma espada. Feldeep era reservada para um tipo diferente de ameaça. Suas celas eram usadas por pessoas que o Conselho Superior acreditava que pudessem ser úteis a ele um dia: cobradores que tinham desobedecido as ordens, ou bisbilhoteiros que por acaso ficaram sabendo de segredos que não deviam ser divulgados ao público. Se o conselheiro Gorrett tivesse protestado sua inocência, talvez tivesse sido mandado para lá após um pequeno julgamento, mas, depois de sua confissão declarada, Edgar sabia que tudo o que o aguardava era uma morte sangrenta.

Feldeep era uma prisão para pessoas que se encontraram no lugar errado na hora errada. Edgar não conseguia imaginar o que os anos passados ali poderiam causar a um ser humano, mas Silas certamente conseguia. Os dois seguiram as passagens com passos firmes de homens condenados, nenhum admitindo ao outro a extensão de sua repulsa pelo local em que estavam prestes a entrar. Seja lá qual fosse o motivo de estar ali, Edgar esperava que valesse a pena.

– Os prisioneiros tentarão atrair sua atenção – advertiu Silas. – Alguns estão aqui há décadas e não são as mesmas pessoas de quando chegaram. Não lhes dê ouvidos. Fique calado e deixe-me falar. Fui responsável por mandar alguns deles para cá, mas durante dois anos de minha vida fui um deles. Eles irão me reconhecer.

Com as chaves, Silas e Edgar passavam com facilidade pelos portões trancados que limitavam a entrada no refúgio sagrado da prisão. Comparado com a cidade a qual servia, Feldeep não era uma prisão enorme. No passado funcionava como depósito, protegendo relíquias tomadas das propriedades das pessoas mais respeitadas de Albion. Joias, estátuas, diários, esculturas e outros itens preciosos eram levados para lá sempre que uma figura de interesse histórico morria, mas tudo aquilo havia acabado muito tempo atrás. A caverna agora abrigava quase cem prisioneiros entre suas paredes, mas ainda possuía parte da arquitetura mais impressionante da Cidade Inferior.

Edgar não podia evitar olhar para cima. Era como ficar debaixo do casco de um navio virado para cima, um gigantesco mausoléu feito com uma técnica artesanal que há muito tempo se extinguira em Albion. Suas cavernas internas possuíam tetos abobadados que em alguns lugares se afilavam, tudo coberto com madeira antiga pintada de preto e mosqueada pelo tempo. As traves de madeira se juntavam em cima, parecendo raios quando vistos de baixo, e todo o local ficava no centro de um saguão extenso que ampliava o som e possuía caminhos menores saindo de cada lado.

Seria lindo se ainda fosse usado para seu propósito original. Naquela época, aquela câmara magnífica estava preenchida com os tesouros culturais de Albion. Agora suas pequenas salas laterais guardavam um aspecto bem diferente da história de Albion. Elas foram transformadas em uma série de celas lacradas, suas antigas portas arqueadas foram substituídas por portões com barras de ferro, e quase todas estavam ocupadas.

Velas tremeluziam atrás das portas e rostos sombreados viraram para ver os recém-chegados quando Silas e Edgar se aproximaram. Os sussurros se multiplicaram rapidamente pelas salas, seguindo os dois até a bifurcação mais próxima e se espalhando até que toda a câmara chiou com palavras abafadas. Os prisioneiros eram magros e desconfiados, seus olhos inchados denunciavam o cansaço acumulado com os anos trancados no subsolo. Edgar sentiu um incômodo.

– E se os guardas nos virem aqui embaixo? – perguntou ele.

– Aí as coisas ficarão interessantes – respondeu Silas.

– Tem certeza disso?

– Ninguém em Feldeep tem permissão de saber nada sobre os eventos na Cidade Superior – explicou Silas. – Até mesmo os guardas estão proibidos de se comunicar sem necessidade com as pessoas fora destas paredes. Com sorte, não saberão o que tem acontecido em Fume nas últimas semanas. Podemos usar essa desinformação como vantagem.

Edgar localizou a fonte do cheiro de queimado quando viu dois prisioneiros trabalhando dentro da cozinha gradeada, cozinhando algo para a próxima refeição dos presidiários. Seja lá o que fosse, parecia que ferviam botas velhas.

Passos ecoaram pela sala, diante de Silas e Edgar. Eram muito pesados e resolutos para serem de um dos prisioneiros. O instinto de Edgar eriçou seus pelos na presença de um inimigo em potencial, mas Silas já estava assumindo o controle. Ele parou no caminho de dois guardas que se aproximavam, viu que suas armas já estavam sacadas e derrubou um deles dando um soco potente em sua garganta. O oficial caiu de joelhos, tentando respirar, e o segundo homem só teve tempo suficiente para mostrar o medo em seu rosto antes de Silas fazer o mesmo com ele, só que desta vez ele não o soltou. Alguns prisioneiros das celas mais próximas se animaram a torcer antes que Silas os silenciasse com o olhar.

– Estou aqui para conversar – disse ele, apertando a garganta do homem mais velho. – Vocês vão ouvir.

O guarda no chão recuperou-se o suficiente para falar:

– Oficial Dane – disse ele com a voz tensa. – Se soubéssemos... que era você...

– Larguem os punhais – ordenou Silas.

Os homens deixaram suas armas caírem imediatamente. Silas soltou o guarda. O mais jovem, não muito mais velho que Edgar, levantou-se, mas não conseguia olhar Silas direto nos olhos.

– Não diga nada a ele – ordenou o guarda mais velho.

– Estiveram em contato com a superfície – constatou Silas.

– Soubemos do que você fez. Sobre os homens que matou. Você é um traidor que não merece nada além da forca!

O brilho de uma arma escondida cintilou na mão do guarda, e Edgar desviou o olhar. Ele ouviu o estalo suave de um osso e o barulho de um corpo caindo no chão. Quando voltou a olhar, o corpo do homem mais velho estava inerte no chão, e Silas continuava falando como se nada tivesse acontecido:

– Quantos guardas estão posicionados aqui?

O olhar do guarda mais jovem cruzou com o de Silas só por um instante antes de ser desviado para baixo.

– Vinte e cinco, senhor. – Olhou para o corpo perto de seus pés. – Ou... vinte e quatro.

– Reúna todos eles. Diga que as ordens mudaram. Quero o nome e o número de cela de cada prisioneiro que tenha força suficiente para andar ou empunhar uma arma. O exército continental está vindo. Preciso de pessoas para defender esta cidade.

– Eles não deixarão os prisioneiros saírem – disse o oficial. – Nossas ordens...

– Vocês têm novas ordens – retrucou Silas. – Avise seus amigos que eu não estaria aqui perdendo meu tempo se fosse para enganá-los. Isso não é um teste. É um comando. Quem me desafiar terá o mesmo fim que este homem. Vá.

O jovem assentiu rapidamente, passou por cima do morto e voltou correndo por onde havia chegado. Só então Edgar percebeu os rostos pasmos observando. Os prisioneiros, olhando pelas grades, tinham visto tudo. A maioria calada, impressionada com as palavras de Silas, e alguns não acreditavam no que ouviram.

– É verdade? – Uma mulher estendeu a mão ao lado de Edgar, fazendo com que ele tropeçasse de medo.

– Sim – respondeu Silas. – O inimigo está vindo. Esta é a sua chance de ganhar a liberdade. Todos vocês.

– Por que nos importaríamos com a Cidade Superior? – perguntou um velho, piscando os olhos atrás de seus grandes óculos. – Fume morreu para nós. Ela nos rejeitou e agora terá o que merece.

– O Conselho Superior o mandou para cá – disse Edgar. – As pessoas da cidade não fizeram nada a você. Agora a desordem está chegando e coisas estranhas estão ocorrendo lá em cima. Devem ter sentido as mudanças que andam acontecendo. Não viram coisas? Ouviram sons que não sabiam explicar?

– Vimos coisas sim – disse a mulher ao lado dele. – Na verdade, não foi uma surpresa, já que estamos trancados aqui. Corpos pendurados no teto, olhos nos observando enquanto dormíamos. Todos nós vimos. É isso que este lugar faz, entende? Ele o observa. Faz você ver o que não existe. Leva você à loucura.

– E ouvimos muitas coisas também – disse o velho. – Arranhões. Sussurros. Mais do que poderíamos contar.

– Então saibam – disse Silas. – O que estão vendo é real. Nossos ancestrais foram incomodados. O véu está cedendo. Os mortos logo caminharão de novo por entre estas paredes.

Suas palavras eram retransmitidas por toda Feldeep por meio de sussurros e, quando elas alcançaram as celas mais distantes, um som ruidoso ecoou pelas paredes quando os prisioneiros agarraram as grades com força, ouvindo.

– Essas almas estão mostrando a verdade para vocês – explicou Silas. – Estão compartilhando a história de suas mortes, tentando encontrar a paz. Esta cidade foi construída para honrar os mortos e resgatar aqueles que ficaram perdidos no caminho para a morte. Todos nós fracassamos com eles de certa forma. Os mortos estão tentando ser ouvidos. Eles foram trancados longe do mundo, esquecidos por muito tempo, iguais a vocês. Se permitirmos que Fume seja derrotada, o Continente enterrará todos nós debaixo da versão distorcida da história deles. Albion será esquecida. Nossas famílias viverão sob a bandeira de uma nova nação, os mortos caminharão ao nosso lado e ninguém conhecerá a paz outra vez. Estou lhes dando a chance de recuperarem o que foi tirado de vocês. Tomem de volta a liberdade que o Conselho Superior lhes negou e lutem ao meu lado contra um inimigo que jamais esperaria por isso. Todos foram mandados para cá por causa de suas crenças, habilidades e histórias. Podem ficar aqui no escuro e esperar a Guarda Sombria assassiná-los feito ratos em uma armadilha, ou podem confiar em mim.

Os murmúrios dos prisioneiros pararam, mas o chacoalhar firme aumentou à medida que punhos fracos sacudiam as barras de suas celas, transformando-se em um ritmo cadenciado quando aqueles que não podiam ver Silas demonstraram solidariedade à causa.

Ninguém queria ser abandonado lá embaixo. Silas sabia que qualquer prisioneiro faria de tudo para ter ao menos a mínima chance de escapar daquele lugar. Mas, para que sua estratégia desse certo, aqueles prisioneiros não eram os únicos que ele precisava convencer.

12
Herança

Kate deixou o *Wintercraft* na água. Em parte ela estava feliz ao vê-lo afundar. Estava cansada de carregar a responsabilidade por algo que nunca desejara. Queria livrar-se daquilo. O livro estivera guardado em seu casaco como uma carga pesada desde que Silas e ela o descobriram no antigo subterrâneo da biblioteca. Pensou ser sua protetora, mas em vez disso ele a tomou como seu dono. Sua vida não mais lhe pertencia. Ficou presa em um círculo de eventos que muitas vezes ameaçara subjugá-la. E para quê?

Dalliah estudou cada palavra das páginas do livro e sabia todas de cor. Não se importaria que o trabalho de seus inimigos estivesse sendo destruído. Ela odiava a família Winters, talvez por um bom motivo, e aquele ódio se estendia facilmente à Kate, mas a garota não era um reflexo direto de seus ancestrais. Era uma pessoa única, com seus próprios pensamentos e planos de vida. Não era responsável por continuar o que eles haviam começado. O *Wintercraft* não era um fardo para ela carregar.

A intenção de Kate era de que a água apagasse os escritos que seus pais tinham tentado proteger. Queria ver as páginas se desintegrando e se transformando em fibras, capturadas pela água, levadas para dentro da cidade para que se perdessem nos esgotos. Acima de tudo, desejava recuperar os acontecimentos dos meses recentes, voltar para a vida que levava com seu tio na loja de livros. Sentia falta de Edgar. Tudo o que queria era voltar para casa.

O livro repousava na água, firme e sólido como uma pedra. Kate podia não ter confiado em Dalliah, mas, pela forma com que a mulher havia falado de sua família, era difícil acreditar que aquilo não fosse verdade. Artemis escondera de Kate grande parte da história deles. Até havia mentido para ela sobre como seus pais morreram. Ele sabia o bastante para omitir a verdade. Talvez agora ela a estivesse ouvindo pela primeira vez.

– A última roda será do seu interesse, Kate. – Dalliah havia voltado para sua técnica favorita: a manipulação. – Se quer respostas verdadeiras, encontrará todas elas na roda. Seus ancestrais não permitem que você tenha sua própria opinião. Se for desafiar o destino que eles planejaram para você, siga-me até a roda. Eu deixarei que pergunte tudo que quiser ao espírito contido nela antes do final. Ele falará com você, assim como este espírito fez, porque ele também dividiu seu sangue um dia.

– Você encontrou a roda dos Winters? – perguntou Kate. – Onde ela está?

Dalliah apontou para uma janela azul.

– A torre memorial deles foi construída em uma ladeira à beira do lago antes de ele ser drenado. Dá para ver suas paredes daqui. O que restou dele ao menos.

Kate virou para olhar o livro afundado e teve certeza de ver o brilho prateado dos olhos de um espírito observando-a dentro da água.

– Leve-me até lá – pediu ela, afastando-se. – Quero acabar com isso.

Kate e Dalliah deixaram o *Wintercraft* para trás e saíram horas antes do amanhecer congelante. Ainda estava escuro, mas Kate não sentia mais o frio trepidando em seus ossos. Não se importava com a neve dispersa por toda a superfície. Não dava atenção aos músculos doloridos de sua perna que a picavam como fragmentos de vidro, esfriando seu sangue e cansando seu corpo à medida que sua pulsação começava a diminuir. A dor em suas mãos queimadas pelo véu era pior que tudo que jamais havia experimentado, roubando-lhe toda a sua atenção enquanto tentava bloqueá-la.

Elas atravessaram a enchente e subiram os degraus até o ponto mais alto da margem, onde as pessoas estavam se reunindo para ver se a água subiria mais. Os cômodos inferiores de alguns prédios muito próximos da água tinham sido inundados, mas há muito tempo já abandonados por tudo, com exceção dos ratos. As pessoas permaneciam reunidas de pé, usando casacos sobre suas roupas de dormir; elas discutiam sobre o que viram e tentavam adivinhar o que significava a elevação da água, mas todos se calaram quando Kate e Dalliah se aproximaram.

Kate estava encharcada, mas seu rosto expressava determinação e suas mãos estavam tão apertadas contra o peito que ninguém se atrevia a perguntar se ela precisava de ajuda. Evitaram Dalliah por completo, afastando-se para abrir caminho enquanto ela contornava a água até o lado oposto.

Os resquícios despedaçados de uma torre memorial arranhavam o céu. A construção era rodeada por torres menores, reunidas como um grupo de segredistas compartilhando seus mistérios. Kate olhou fixamente para a torre. Tremia e estava pálida; e mesmo se Dalliah tivesse se oferecido para curar seu corpo machucado, ela teria recusado. Aquela era sua jornada. Seu destino.

Sentia cada passo mais pesado que o anterior. A respiração de Kate era curta demais para alimentar seu corpo com o oxigênio necessário, mas ela não deu importância. Se os espíritos daquela cidade queriam que ela fizesse algo, seria de acordo com as regras dela e por sua própria escolha. Não seria levada a fazer nada contra sua vontade. Não mais.

Se Kate tivesse olhado para trás, teria visto um rosto observando-a do meio de uma pequena multidão. Um garoto – não mais do que onze anos – que esperava Dalliah e Kate entrarem nas ruas que davam para a torre quebrada. Assim que soube qual direção elas tomariam, abriu caminho no meio dos outros e correu em direção a um homem agachado em uma entrada, com um cobertor enrolado nos ombros feito um manto, esperando-o.

– Artemis – sussurrou o garoto. – É ela.

As últimas semanas tinham sido cruéis com Artemis Winters. Ele se levantou com dificuldade e pegou a bengala que Tom lhe entregara, tentando ver no meio da multidão. Ele não tinha nem quarenta anos, mas seu corpo estava enfraquecido de preocupação e sofrimento. Demorou dias para encontrar a saída da Cidade Inferior, onde procurara por qualquer notícia de Kate e de seu paradeiro, somente para ser ameaçado para ficar em silêncio sempre que mencionava o nome dela.

Encontrar comida era difícil dentro dos túneis, e Artemis fora obrigado a contar com a habilidade de Tom para furtar coisas para que ele e o menino se alimentassem naquela escuridão. Quando deixou a caverna dos Dotados pela primeira vez, estava saudável e confiante de encontrar Kate no prazo de um dia. Agora, estava cuidando de uma perna machucada, consequência de uma queda na beira de uma das gigantescas cavernas da Cidade Inferior. Teve sorte de cair somente em uma parte do caminho. A crescente habilidade de cura de Tom como membro novato dos Dotados era o que tornava suportável para ele continuar andando com um osso quebrado.

Artemis não gostava de contar com o menino para ajudá-lo. Ele falhara com Kate, mas estava determinado a não fazer o mesmo com Tom. Durante a jornada dos dois juntos, ele havia escondido o garoto de uma Dotada andarilha que claramente havia enlouquecido e o protegera da fúria da mulher. Quando Tom foi pego roubando de um comerciante viajante perto da superfície, Artemis assumiu a culpa e acabou com um olho roxo em troca. Eles caminharam por um mundo perigoso, e Artemis sobreviveu com dificuldade. A vida na Cidade Superior não tinha sido muito melhor.

– Quer que eu as siga? – Tom caminhava apressado ao lado de Artemis, que seguia mancando até a beira do lago, onde as pessoas já estavam começando a se dispersar. Ele apontou para o local onde havia visto Kate e Dalliah pela última vez, e Artemis imediatamente reconheceu o fragmento entalhado da torre para a qual elas se dirigiam.

– Não precisa – respondeu ele. Sua voz estava vazia, como se ele já estivesse derrotado. – Sei para onde elas estão indo.

A bengala de Artemis chapinhou na água enquanto ele seguia devagar o rastro de Kate, mas quanto mais caminhava mais se sentia desconfortável. A pressão apertava suas têmporas, e seus olhos se embaçaram até ficar difícil de enxergar. Ele parou de andar, e a dor foi sumindo, até que ele retomou seu caminho. Sua bengala perdeu o apoio e ele caiu para a frente, batendo com as mãos na água rasa, onde um rosto que não era o seu o encarava.

Artemis gritou de susto e se arrastou para trás. Tom tentou ajudá-lo a se levantar, mas o homem apontava para a água com terror nos olhos.

– Você viu aquilo?

– Não havia nada lá – respondeu Tom. – Você não tem dormido direito. Deve ser isso.

– Não – disse Artemis. – Não... eu fui avisado sobre isso. Está acontecendo de novo. – Conseguiu se levantar e deu um passo cuidadoso para a frente, somente para dobrar a perna de dor. Desta vez olhou para a água e se recusou a desviar a vista quando os olhos prateados emergiram no que deveria ser seu reflexo perto de seus pés. A lógica e a razão lutavam contra o que seus olhos testemunhavam.

– O que está olhando?

– Eu... eu já o vi – respondeu Artemis. – Sonhei com esse rosto. Deveria ver meu reflexo, mas é... é alguma outra coisa. – Deu um passo para trás, e aquele rosto o acompanhou. Enquanto ficasse afastado da torre, a dor não voltaria.

– Artemis? – murmurou Tom para chamar sua atenção enquanto ele continuava a se afastar. Artemis olhou para cima e viu que os dois não estavam sozinhos.

Formas negras haviam se reunido ao redor da margem do lago. Pareciam sombras quando vistos de frente, mas quase adquiriam forma humana quando olhadas do canto dos olhos. Todas estavam paradas, mas não olhavam para a água, e sim para um prédio parcialmente submerso perto da margem.

– Posso ver *aquilo* – disse Tom.

Artemis, por instinto, puxou o garoto para trás dele.

– Os espectros não podem... não podem machucar as pessoas – explicou Tom. – Isso foi o que os Dotados disseram. É isso, não é mesmo?

– Sim. É isso mesmo. – Artemis esperava que Tom não percebesse a hesitação em sua voz. – Não há nada com o que se preocupar. – Olhou para baixo e se contraiu. Os olhos prateados ainda estavam lá.

– O que eles estão fazendo? – perguntou Tom.

– Apenas... nos avisando que estão aqui.

Os dois voltaram ao longo da margem até serem obrigados a atravessar com dificuldade a água profunda, e Tom bateu contra uma parede que tinha uma janela azul.

– Está bem – disse Artemis, falando alto, tentando mostrar autoridade. – Digam-nos... Digam-nos o que vocês querem.

Alguns dos espectros saíram da margem e vagaram pela água, indo direto para onde estava Artemis.

– Entre – disse ele, abrindo a porta para Tom. – Rápido.

Assim que os dois entraram no prédio, os espectros pararam, satisfeitos em observá-los ao longe. Tom ficou na entrada, olhando-os nervoso e fascinado.

– Saia da água – pediu Artemis. – Vai morrer de frio.

Tom subiu em uma mesa no canto da sala e sentou-se tremendo. Artemis continuou caminhando na água e bateu em algo sólido submerso. Suas mãos encontraram o que parecia ser um círculo aberto de pedra.

– *Artemis...*

Tom ficou tenso. Artemis colocou a mão trêmula sobre a beirada do círculo, e os ladrilhos da pedra tremeram sob seus dedos. Um símbolo brilhou na água – um floco de neve –, cintilando como se estivesse aceso por uma chama submersa.

– Eu... eu não... – gaguejou ele, nervoso, virando-se para olhar para Tom. – Não posso...

– *portador do livro...*

– Não. Não sou eu – disse Artemis, falando para o símbolo, sem saber o que mais fazer. – Minha sobrinha, Kate. É ela quem...

– *ela nos abandonou...*

– Eu não sei o que ela fez. Eu estou procurando por ela. Quero ajudá-la.

– *Kate verá na escuridão. Não é forte o suficiente para resistir a nós...*

– Quem são vocês? – indagou Artemis, com a voz trêmula. – Como posso ouvi-los?

– *nos apossamos desta roda para falar com você. Estas pedras são nossas agora. Somos seu passado, seu sangue e seus ossos. Demos vida a vocês ao longo dos séculos. Vocês carregam nosso nome, mas negam nosso legado. Você e Kate não são nada sem nós...*

– Não acredito nisso – disse Artemis. Se fossem ancestrais de Kate, tentariam ajudá-la.

– *você a deixou se afastar...*

– Eu estava protegendo Kate!

– *de nós...*

Os ladrilhos da pedra ficaram mais frios que gelo, mas Artemis se recusou a tirar a mão.

– Kate estava aqui? – perguntou ele. – Você falou com ela?

– *ela terminará nosso trabalho, depois morrerá ao nosso lado...*

– Não. Sua vez acabou. Esta é a vida dela. A vez *dela*.

– *nenhum Winters caminha sozinho...*

Artemis afastou-se da roda dos espíritos, e a luz do símbolo se apagou.

– Estou falando sozinho! – Percebeu furioso.

– Os espectros um dia viveram – disse Tom. – Eles ainda vivem, mas de forma diferente.

– Não me interessa – disse Artemis. – Nada disso me interessa! Quero Kate fora desta cidade e de volta para onde estará segura. Comigo.

– *sua chance passou. Você tem um novo papel a executar.*

A água foi drenada rapidamente do centro da roda, lançando gotículas no ar, e Artemis localizou um objeto escondido no espaço que ela deixou. A capa roxa do *Wintercraft* estava molhada, mas não encharcada. As beiradas de suas páginas estavam descoloridas, no entanto o interior estava intacto. Artemis estendeu o braço com cuidado para pegá-lo. Examinou o livro de todos os lados, passou a mão sobre as tachas prateadas que brilhavam nas bordas e o abriu com cuidado na primeira página, que possuía uma inscrição a qual já conhecia tão bem:

**Aqueles que desejam ver a escuridão
devem estar prontos para pagar seu preço**

Aquelas palavras nunca pareceram tão verdadeiras. O livro já custara a ele e a Kate sua família. Agora seu legado estava ameaçando tomar a vida de Kate também.

Artemis virou as páginas com delicadeza, e sussurros indistintos se espalharam pela sala. Ao chegar à metade, as páginas estavam separadas por um bilhete solto colocado no meio. Por um instante, Artemis teve esperanças de que Kate tivesse esquecido algo. A folha estava seca e frágil, e, quando a desdobrou, encontrou uma carta assinada com um nome que ele não conhecia.

– O que é isso? – perguntou Tom.

– Não tenho certeza – respondeu Artemis, antes de ler a carta em voz alta:

Meu nome é Ravik Marr e estas devem ser minhas últimas palavras.

– Ravik Marr? – Tom de repente pareceu muito mais interessado. – Da'ru costumava falar dele. Era o avô dela, ou bisavô. Um poderoso Dotado de sua época.

– Não acredito que viveu muito tempo depois de escrever isto – observou Artemis, continuando a ler:

Meu trabalho na quarta torre chegou ao fim. Dalliah sabe que me virei contra ela. Recusei suas ordens finais e não encontrei uma maneira de escapar. É só uma questão de tempo antes de seus agentes virem atrás de mim.

Durante minha prisão, falei com o espírito preso dentro da roda. Ele me mostrou vislumbres de um futuro que deverá ocorrer em menos de um século após a minha morte. Se as visões estiverem corretas, um portador do livro encontrará este bilhete quando as ligações com o véu começarem a cair. Só espero que não seja tarde demais para compartilhar o que descobri.

O *Wintercraft* já era um peso desconfortável nas mãos de Artemis. Agora parecia uma pedra.

Você não pode impedir o que está acontecendo. Se eu estiver certo, o lago terá se elevado, a cidade antiga começará a destruir as pedras da nova, e as almas dentro das paredes deverão despertar. As antigas famílias colocaram defesas na cidade para ajudar a equilibrar o caos do que está por vir. Você, portador do livro, é uma dessas defesas.

As mãos de Artemis tremiam um pouco, mas ele continuou lendo, guardando as próximas palavras para si. A última parte fora escrita com muito mais cuidado, letras formadas com grande precisão:

Precisa levar o livro com você. Ele não pode ser deixado para trás. A alma dentro dele deve retornar ao seu local de descanso. É na torre dos Winters que o passado deve ser esquecido.

Tom esperou ouvir mais.
– O que diz o resto? – perguntou ele.
Artemis fechou o bilhete.
– Diz que preciso seguir Kate. – Colocou o bilhete de volta no livro e o fechou com cuidado, não querendo deixar que os espíritos ali presentes vissem as últimas palavras de Ravik Marr. A ideia de Artemis sobre o que era ou não possível havia mudado extremamente nos últimos meses. Ele trabalhou com livros a vida inteira, e a ideia de uma alma ser trancada dentro das páginas que estava segurando – apesar de ser perturbadora – não parecia tão improvável quanto foi um dia.

A superfície da água se movia com pequenas ondas, e Artemis dirigiu-se para a porta, levando o *Wintercraft*.
– Está muito frio para ficar aqui – disse ele. – Precisamos ir.
– *Artemis...*

A voz o fez se arrepiar. Ele não havia olhado para baixo para saber que os olhos prateados ainda estavam ali.

Tom saltou dentro da água e o alcançou na porta. Uma corrente de ar quente passou em seus rostos e o lago foi retrocedendo, suas águas chegaram às pernas até caminharem no chão relativamente seco.

– Nunca vi a água fazer isso – comentou Tom.

– Nem eu – disse Artemis com cautela.

O deslocamento da água expôs parte da margem superior do lago, permitindo que voltassem com segurança para as ruas. Os espectros ainda estavam ao redor da água, mas Artemis fez questão de não olhar para eles enquanto o lago aumentava rapidamente até cobrir o caminho atrás deles.

– O que faremos quando encontrarmos Kate? – perguntou Tom.

– Descobriremos o que está acontecendo e a tiraremos disso. *Eu* a tirarei disso. Você ficará escondido em um lugar no qual eu sei que ficará seguro.

– Como aqui, você quer dizer? Com eles? – Tom ergueu as sobrancelhas, indiferente ao plano.

Com certeza perto do lago não era um lugar que alguém gostaria de ficar sozinho no escuro. Havia algo perturbador na maneira como os espectros os observavam passando. Permaneciam distantes, mas alertas, e suas formas desapareciam suavemente na água sempre que Artemis avançava na direção deles.

A torre dos Winters se agigantava adiante, tornando pequenas as outras torres ao redor, mesmo quebrada. Os pais de Artemis contavam histórias sobre a torre quando ele era pequeno. Comentavam sobre o orgulho dos Winters e sobre os segredos que tinham escondido, não só no *Wintercraft*, desaparecido havia muitos anos na época de seus pais, mas em outros lugares, como a torre onde seu pai acreditava que o tempo perdia todo o significado para os que tinham o sangue dos Winters.

Artemis sempre achou que aquelas histórias não passavam de fábulas, mas acreditar nelas foi o que, no final das contas, levou seu irmão à morte. Agora, parado diante da torre, ele desejava ter prestado mais atenção às palavras de seus pais.

Quando os dois chegaram ao ponto onde Kate e Dalliah tinham entrado nas ruas, o céu a leste brilhou com um leve tom laranja. Artemis o ignorou, acreditando se tratar da primeira luz do nascer do sol. Quando o céu de repente voltou a escurecer, ele olhou para os telhados, onde outro brilho radiante surgiu logo após o primeiro. Esse era mais alto, como uma estrela laranja que subia antes de cair e desaparecer na cidade. Um eco vago veio das torres: um som pesado reverberando como a batida de um tambor.

Artemis continuou andando sem saber o que acabara de presenciar.

As muralhas de Fume estavam sendo atacadas. A batalha pela cidade havia começado.

13
Mensageiros da guerra

No leste longínquo, uma rua era lambida pelo fogo. O ar estava impregnado de fumaça fedendo a podridão, e uma massa ardente fumegava, incrustada na lateral da torre. Colunas de fumaça subiam como dedos nas muralhas ao redor da cidade. Os passadiços estreitos entre elas tremeluziam com a luz do fogo, e as chamas se espalhavam como fagulhas em um estopim, obrigando os criados noturnos e escravos a correrem pelas escadarias em espiral, entrando na cidade e fugindo para salvar suas vidas.

Gritos distantes atravessavam a cidade, e os guardas passavam pelas ruas em grupos, com seus mantos negros esvoaçando para trás e expondo a armadura de couro por baixo. Todos estavam muito bem armados, abrindo caminho à força em direção às muralhas em chamas, passando pelo fluxo contínuo dos criados correndo.

Além das muralhas, fileiras organizadas de soldados do Continente haviam se formado fora do alcance das flechas.

A rede de sentinelas posicionada ao longo da costa de Albion fracassara. Nenhum pássaro levou mensagens relativas à aproximação de um ataque inimigo, e as Regiões Despovoadas eram vastas o suficiente para qualquer número de soldados passar sem ser visto. O Conselho Superior jamais teria imaginado a chegada de mais de mil homens nos portões no prazo de um dia. Silas era o único com planos para um ataque tão direto. Agora estava provado que ele dizia a verdade.

O inimigo de roupas pretas havia alcançado a cidade antes que as sentinelas da muralha pudessem dar o alarme. Os guardas estavam em número bem menor, mas os oficiais atenderam ao aviso de Silas quando suas palavras foram passando de um por um. A ordem para se preparar para a batalha logo havia se espalhado pela cidade, convocando todos os guardas para suas posições de defesa. Durante a época em que foi líder da guarda, Silas mandou que eles treinassem duas vezes ao ano para um ataque à cidade, e aquele treinamento estimulou a mente de cada oficial, agora que o inimigo estava de fato nos portões. Apesar de Silas não estar lá pessoalmente, os guardas seguiram suas orientações de modo diligente, como se ele estivesse gritando as ordens do topo de uma torre.

Cinco homens para cada grupo de batalha.

Protejam a parte da muralha sob maior ameaça.

Enviem equipes para o portão mais distante do ataque e o defendam no caso de uma possível infiltração.

Executem, prendam e imobilizem.

Soldados acendiam fogos de aviso em posições estratégicas nos telhados da parte leste da cidade e espalhavam limalhas de cobre sobre eles sempre que um inimigo era localizado em sua linha de visão. As chamas com cobre ficavam verdes, permitindo que os vigias identificassem a parte da muralha sob maior ameaça.

Enquanto os guardas avançavam, os habitantes remanescentes da cidade fugiam pelas ruas sitiadas, deixando que seus protetores lutassem por seus lares. Nenhum deles optou por pegar uma arma e se defender. Estavam acostumados a terem pessoas para servi-los. Agora também esperavam que os guardas morressem por eles.

A lua amarela movia-se por trás de uma nuvem pesada enquanto os soldados convergiam para as muralhas, bombardeando os prédios com armas de cerco puxadas por cavalos e carregadas com munição flamejante, criada para romper os prédios e espalhar destruição chão abaixo.

Listras quentes cortaram o ar quando flechas passaram com rapidez sobre as muralhas. Os guardas procuraram abrigo e os arqueiros se posicionaram sobre as ameias logo devolvendo o fogo. Vários homens caíram, mas a maioria dos oficiais havia praticado o suficiente para manter suas posições, até que a rajada de flechas aos poucos foi diminuindo, e uma pancada estrondosa anunciou a chegada de um aríete no portão leste.

Aquele som era o pesadelo de todos os habitantes de Fume. O portão estremeceu, fazendo com que as poderosas muralhas tremessem também. O barulho atravessou as ruas e foi ouvido até na praça central da cidade.

Bum.

Bum.

As dobradiças do portão gemeram, mas ele resistiu. Construído para repelir tudo o que fosse arremessado contra ele, este era o seu primeiro teste de verdade. Um guarda de olhar aguçado assumiu posição perto do portão, puxou seu arco e atirou flechas entre as barras de forma perfeita, derrubando três dos seis soldados que manejavam o aríete, enquanto mais guardas se juntavam no portão para ajudar a defendê-lo.

A cidade que um dia foi tranquila estava agitada com a batalha. O sangue esparramava manchando o chão e escorria feito um riacho entre as pedras à medida que mais guardas morriam. O céu transformou-se em uma tempestade de flechas. Os soldados da infantaria usavam cordas para escalar as muralhas e atacavam os arqueiros, aproveitando-se do fato de estarem em número maior. As lâminas reluziam ao longo das ameias enquanto o inimigo abria caminho matando quem estava pela frente, e os prédios ficavam rachados e despedaçados com as pedras arremessadas, entrelaçando as ruas com as chamas.

A vigilância posicionada muito acima do combate não conseguia evitar olhar em direção ao horizonte do norte sempre que tinha uma chance, preocupada que o aviso de Silas tivesse chegado tarde demais. O Trem Noturno ainda estava lá em algum lugar, mas, enquanto a batalha assolava tudo, sua luz brilhante não apontava na escuridão, trazendo mais oficiais para o combate. Não havia sinal da locomotiva, nenhum sinal de qualquer ajuda.

Os guardas estavam sozinhos.

Nos níveis mais profundos da Cidade Inferior, Silas sentiu o véu tremer conforme as almas lhe eram entregues uma a uma. A morte havia se espalhado pelas ruas acima, mas aqueles que estavam sendo mortos não eram facilmente aceitos no desconhecido sereno do mundo futuro. Em vez disso, a instabilidade do véu os puxava para a meia-vida.

A conexão de Silas com o véu permitia que ele sentisse os momentos finais de cada homem morto na parte de cima. Quanto mais o véu enfraquecia, mais a meia-vida se deslocava para encobrir o mundo dos vivos; e quanto mais tempo deixassem Kate e Dalliah perambulando pela cidade sem controle, pior tudo ficaria. Silas tentou fechar sua mente para essa parte de sua consciência e se concentrar na tarefa que o aguardava.

Os guardas de Feldeep estavam contentes por terem algum motivo para voltarem à superfície, e, quando Silas os avisou do ataque iminente, muitos deles pareceram aliviados. Ele esperava que mais guardas contestassem seu plano, mas estavam a postos ali durante meses, sem ajuda, cansados da escuridão e mais do que prontos para voltar à cidade. Prisioneiro ou guarda, Silas sabia como era passar muito tempo naquele lugar. Os oficias não deveriam passar mais que um mês no subsolo, mas aqueles homens obviamente foram abandonados pelo Conselho. Silas podia entender a ansiedade deles de serem dispensados de seus postos.

Após verem o corpo do guarda morto, os oficiais restantes ouviram as ordens de Silas sem questionar. Apesar de a maioria relutar em soltar os prisioneiros, mesmo assim entregaram as chaves quando Silas lhes pediu, e um sentimento de expectativa se espalhou entre os prisioneiros trancados nas extremidades daquela imensa câmara.

O cerco já havia iniciado. Se ainda havia chance para a cidade, ou para Albion, Silas precisava agir rápido. Aquelas pessoas ficaram encarceradas durante muito tempo. Queriam respirar ar puro e ver o céu aberto. Ele tinha de convencer ao menos algumas delas a fazer exatamente o oposto. Esperava que elas se tornassem guerreiras, mas primeiro seriam mensageiras.

O guarda jovem entregou a Silas cinco aros de ferro, cada um com vinte chaves penduradas. Os outros guardas afastaram-se, ficando entre Silas e as celas mais próximas enquanto ele caminhava ao redor da câmara, inspecionando os homens e as mulheres ali presos. Eles estavam quietos, mas eram fortes. Silas não precisou falar alto. Todos estavam calados, atentos, esperançosos, mas com cautela, esperando o que ele ia dizer.

– Vocês são um dos maiores segredos de Fume – disse ele. – Cada um de vocês foi preso por ordem do Conselho Superior porque ele precisava mantê-los sob controle. Há transgressores entre vocês, segredistas e ladrões. Mas não estou interessado em suas histórias. Não importa como era a vida de vocês antes de hoje. Alguns aqui me conhecem como o oficial que os levaram à justiça. Outros saberão da cela escondida em um nível mais profundo debaixo de nós, onde passei dois anos de minha vida 'servindo' o Conselho Superior de corpo e alma.

Edgar viu algumas mãos se afastarem das barras quando alguns prisioneiros se lembraram da época em que Silas também era prisioneiro: os ecos de tormenta e dor que preenchiam as noites intermináveis, o cheiro de carne queimada e o terror dos longos meses que passaram na expectativa de serem os próximos. As histórias da época de Silas naquele local estavam entre as primeiras a serem compartilhadas com os novos prisioneiros. Os ocupantes da Prisão Feldeep não podiam deixar de respeitá-lo pelo que ele havia sofrido.

– O Conselho Superior mandou vocês para cá para que esquecessem quem são – continuou Silas. – Mesmo quando forem soltos, não terão como escapar. O Conselho prometeu liberdade quando terminasse a sentença de vocês, mas nenhuma pessoa que sai daqui volta a ter a vida de antes. O Conselho pegará cada um de vocês e mandará para a guerra em vez de deixar que retornem à sociedade. Já vi a esperança de homens e mulheres 'livres' desaparecer quando foram mandados para a morte em combates no litoral. Vocês não estão esperando a liberdade. Estão esperando a morte. Posso oferecer algo diferente a vocês.

Silas jogou um dos chaveiros no chão, e o som ecoou entre as paredes da prisão.

– O Conselho Superior quer que vocês esqueçam quem são. Eu quero que esqueçam o que fizeram. Muitos aqui têm suas famílias na cidade. Lembrem-se delas agora. O exército continental está aqui. Soldados inimigos estão ameaçando nossa cidade e quero que me ajudem a enfrentá-los. Se Fume morrer, tudo pelo qual viveram morrerá com ela. Quero que lutem. Não pelo Conselho Superior. Não pelo país que os deixou sofrerem na escuridão. Precisam lutar por vocês mesmos, pelas vidas das pessoas que deixaram e pelas ruas que um dia vocês chamaram de lar.

Uma voz baixa surgiu de uma cela nos fundos:

– E o exército? – perguntou. – E os guardas?

– O exército não vem – respondeu Silas. – Os guardas lutarão até o último homem, mas não será o suficiente.

– E as pessoas na superfície? – disse uma voz feminina. – Elas lutarão?

– Muitos já fugiram da cidade – explicou Silas. – Não sabiam do ataque. Foram compelidos a fugir após verem os mortos. Duvido que os que ficaram para trás tenham força ou vontade para proteger o que está em risco.

– Por que veio aqui nos procurar? – indagou a mulher. – Por que deveríamos lutar se eles não vão?

– Cale-se! – gritou um prisioneiro algumas celas afastadas de Edgar. – Quer que ele mude de ideia?

– Quero que ele seja sincero conosco.

– Preciso que espalhem uma mensagem – disse Silas. – As pessoas da Cidade Inferior podem nos ajudar nesta luta. Elas não sabem o que está acontecendo acima de nós. Preciso de mensageiros para trazer as pessoas das ruas subterrâneas para a superfície. Precisamos de número. Precisamos de força. Os habitantes da Cidade Inferior não me ouvirão. Suas vozes chegarão muito mais longe do que a minha.

– E o que acontecerá depois de tudo isso? – perguntou a mulher. – Os guardas me pegaram uma vez. Como vou saber que não virão atrás de mim de novo?

Silas aproximou-se da cela da mulher e olhou pelas barras, obrigando-a a se afastar e acabando com qualquer confiança que ela possuísse.

– Você não sabe disso – disse Silas. – Não estou aqui para perdoá-la pelo que fez. Estou aqui para recrutá-la. Se fizer o que peço, terá minha palavra de que nenhum guarda ou cobrador caçará você até que essa crise passe. Depois, sua vida será responsabilidade sua. Receberá uma prorrogação curta. Não estou oferecendo proteção a vocês. Estou dando a chance de assumirem a responsabilidade por suas vidas fora desta prisão. Alguns aqui encontrarão o caminho de volta, mas os que agarrarem essa oportunidade continuarão suas vidas em liberdade. Se Fume sobreviver, viverão sabendo que mereceram cada sopro de ar puro que respirarem. Se continuarem a respeitar seu país, os guardas não terão motivo para irem atrás de vocês. – Silas encontrou o elo com a chave da cela da mulher e a separou do resto. – Ou pode recusar minha oferta e removerei sua chave do elo junto com todas as outras daqueles que escolherem ficar. Sua cela permanecerá trancada e irá se arrepender desta noite para o resto da vida. Se a Guarda Sombria os encontrar aqui embaixo, duvido que sobrevivam muitas horas.

A prisão caiu no silêncio. Ninguém se mexeu. Ninguém falou. Os guardas continuaram quietos, e Edgar viu os olhares nervosos dos prisioneiros fitando o corredor. Eles tinham aprendido a ser desconfiados. Nenhum deles tinha motivo para confiar em ninguém fora dos limites da própria cela. O silêncio permitiu que os gritos dos mortos penetrassem a mente de Silas novamente. Seus dedos ficaram tensos, mas somente Edgar percebeu o minúsculo vislumbre de distração em seus olhos.

Por fim, uma voz gritou quando um dos prisioneiros pressionou o rosto contra as barras e fez a pergunta que Silas estava esperando ouvir:

– O que você quer que façamos?

– Estes oficiais destrancarão suas celas – respondeu Silas. – Os que estiverem fortes o suficiente sairão daqui e irão para a Cidade Inferior. Ao chegarem lá, espalharão a notícia. Avisem que Fume está sob ameaça a todos que avistarem. Convoquem todos a agir. Avise que é só uma questão de tempo antes de os inimigos chegarem a suas casas. Eles não pararão na superfície. Vedarão os túneis e deixarão todos aqui morrerem. Reúnam as pessoas das ruas subterrâneas para a luta e depois se juntem a elas. Levem-nas para a superfície. Peça-lhes que protejam esta cidade com cada gota de energia que tiverem. Não é hora de inimizade entre nós. Precisamos lutar como um só ou todos nós morreremos. Avisem que os guardas ficarão com eles. Fume precisa de nós agora. Não iremos decepcioná-la.

Por um instante ninguém falou, e Silas sentiu os dedos horripilantes do negro tomando conta de sua mente. Seus olhos escureceram nas sombras, e o véu aproximou-se do mundo dos vivos, permitindo que Silas visse através da parte de seu corpo que havia sido trancada. O horror jorrou em sua mente como um veneno, mas somente Edgar notou essa mudança. Quando os olhos de Silas escureceram, Edgar sabia que algo estava acontecendo e avançou. Tomou as chaves da mão de Silas como se tivesse recebido ordens para fazê-lo e as entregou aos guardas mais próximos.

– Vocês ouviram o oficial Dane – disse Edgar. – Aqueles que estão conosco fiquem perto da grade das celas ou sentem-se e ergam a mão. Aquele que quiser ficar aqui se afaste quando o oficial se aproximar. Tomem suas posições agora!

A câmara explodiu com o som de vozes desesperadas.

– Eu vou lutar!
– Eu vou!
– Farei tudo o que pedir!

O grito dos prisioneiros ressoou nas paredes. As barras sacudiram. Os pés bateram. Ninguém queria ser deixado para trás.

Os guardas obedeceram Silas e abriram as celas em grupos de dez, permitindo que os prisioneiros transitassem na câmara em números controláveis. Alguns saíram desajeitadamente de suas celas e levaram alguns minutos dando uma última olhada na prisão antes de seguirem para a porta. Outros, antes de saírem com pressa, pegaram minúsculos pertences que os faziam lembrar o passado, e aqueles sem força para andar foram ajudados pelos outros que ainda não estavam fisicamente devastados pelo tempo que passaram na escuridão.

Os guardas escoltaram cada grupo até a escada que levava para os níveis superiores debaixo das ruas de Fume. Um guarda posicionado no topo do poço os direcionou para os túneis que dariam nas ruas subterrâneas mais profundas, mas a maioria foi para o lado oposto, escapando direto para a superfície. Para eles, a promessa de liberdade era forte demais para resistir, mas havia pelo menos duas dúzias daqueles que escolheram fazer o que Silas pediu. Suas palavras lhe deram alguns aliados temporários no lugar mais improvável.

Aqueles homens e mulheres se espalharam pelos túneis, seguindo direções entalhadas no alto das paredes, indo para as áreas mais povoadas da Cidade Inferior. As palavras temerosas de Silas se espalharam por todas as cavernas e postos comerciais, pelo Mercado das Sombras e pelas ruas subterrâneas. Ninguém sabia quem eram os mensageiros, mas o medo da guerra era o suficiente para levarem a notícia a sério. Em menos de uma hora, os segredistas haviam espalhado a notícia tão longe que os líderes das diferentes comunidades das cavernas foram convocados para tomarem as decisões pelo povo. Os guardas que mantinham a ordem dentro dos povoados anunciaram sua disposição para lutar, e logo os mensageiros originais foram esquecidos.

A Cidade Inferior mobilizou-se com a ideia de autopreservação, e as pessoas de Feldeep logo se tornaram tão invisíveis quanto sempre. Suas identidades não seriam lembradas pela história, apesar de suas ações terem organizado tudo o que estava por vir.

Os guardas foram para a superfície para se juntar à batalha no portão do norte, deixando Silas e Edgar sozinhos em Feldeep. Silas teria ido com eles, mas não podia mais confiar em seus olhos. A conexão com seu espírito separado estava durando mais tempo do que da primeira vez nos aposentos do Conselho. Mesmo que confiasse em si para se unir à luta, suas responsabilidades estavam em outro lugar.

– Dê a qualquer homem ou mulher um motivo bom o suficiente para lutar e eles lutarão – disse Silas. Seus olhos estavam distantes, e suas palavras, cortadas como se estivesse sentindo dor.

– Por que não se senta? – Edgar apontou para um beliche em uma das celas. Silas olhou rapidamente para as barras da porta aberta do pequeno quarto.

– Não. Os Dotados estão assumindo seus postos, e os guardas em breve terão os reforços de que precisam. Agora está na hora de executarmos nossa parte. – Ele permaneceu de pé, jogando os ombros para trás, tentando parecer mais temível do que nunca.

– Sabe como encontrar Kate?

Silas, com os olhos ainda enegrecidos pelo véu, virou-se para Edgar.

– Kate está por todo canto – disse ele. – A cidade a escuta e reage a ela. Sabe onde ela está. Agora eu também sei.

Atravessou a prisão como um fantasma. O terror surgia como máscaras ensanguentadas no canto de sua visão, vazando de um lugar onde os pesadelos tornavam-se reais e os horrores sentidos por uma alma poderiam contaminar as que estivessem próximas. Ele reconheceu os gritos de um espírito em especial: sua antiga mestra, Da'ru Marr. Ele havia atraído sua alma para lá e a deixado. Ele era responsável pelos horrores violentos que enredavam sua alma, mas afastou-a, recusando-se a ser distraído por seus gritos.

Ele falava baixo ao chegarem à escada, de forma que Edgar ficou na dúvida se Silas estava falando com ele ou não.

– Ninguém merecia ficar trancado neste lugar – disse Silas. – Ninguém.

14
Alma prateada

O corvo de Silas sacudiu as penas para espantar o frio e olhou para baixo do ponto irregular da torre memorial dos Winters. As paredes externas foram tudo o que restou da velha estrutura, e o piso térreo estava exposto ao céu rodeado por uma parede de pedras tão alta que se equiparava às estruturas mais altas de Fume.

Com o vento frio do inverno e escassos flocos de neve sobre a cidade, aquela torre não era o lugar mais agradável para um pássaro ficar. Ele não estava interessado nos disparos ao longe nem nos sons da batalha humana. Sua atenção estava voltada somente para duas figuras que se aproximavam da torre: uma alta e forte, a outra lenta e indecisa. O corvo arrepiou suas penas ao ver a mulher mais alta e baixou a cabeça, permanecendo parado. Ele conhecia a garota que caminhava atrás, mas havia algo incomum em relação a ela.

A mulher mais alta perturbava o véu ao caminhar, rechaçando qualquer alma que passasse em seu caminho. As energias da garota eram bem diferentes. O véu ao seu redor era geralmente calmo e controlado, atraindo os mortos, ao invés de repeli-los. Naquela noite, as energias de Kate Winters tinham muito em comum com as que o corvo sempre via ao redor de Silas. Ela era um aglomerado extremamente contido de energia esperando para encontrar liberdade. Silas sempre encontrava essa liberdade por meio da agressão, violência e morte. O espírito de Kate parecia pronto para fazer exatamente o mesmo.

O corvo inclinou a cabeça, incerto. Tinha a sensação desconfortável de que seguira a garota errada, mas, por baixo da névoa volátil de fúria e ódio, ele ainda sentia o ser humano que conhecia. Kate preparava-se para algo. Estava se fechando a tudo ao seu redor, perdendo-se no meio dos próprios pensamentos. O corvo tinha visto Silas fazer o mesmo, mas somente durante seus momentos mais difíceis. Não havia nada a fazer até que seu mestre chegasse, então o corvo ficou observando e esperando.

Kate estava a alguns passos atrás da outra mulher. Ela parecia relutante em se aproximar da torre, no entanto manteve um ritmo determinado. O corvo moveu-se um pouco, atraindo a atenção da garota quando viu que a outra mulher não podia ver. Kate olhou para cima. O corvo não tinha motivos para se esconder dela, mas, quando ela o viu, suas energias mudaram. Seu espírito saiu por um instante do lugar sombrio no qual mergulhara e direcionou toda a concentração para o corvo.

Se Kate fosse outra pessoa, o corvo teria voado para o mais longe que conseguisse daqueles olhos. Aquela garota era de grande interesse para seu mestre, uma pessoa que salvara a vida do corvo mais de uma vez, mas algo havia mudado dentro dela. Algo perigoso se escondia na pessoa em que um dia existiu uma alma tranquila. Aquilo não era projeção da mulher ao lado dela. Kate estava criando tudo sozinha. O corvo baixou a cabeça outra vez, escondendo o bico.

Silas empurrou para o lado uma pilha de madeira, abrindo caminho para sair de uma passagem secreta que dava em uma casa dilapidada. Edgar estava logo atrás dele, e os dois entraram em Fume juntos, ambos tendo a mesma sensação de imediato.

— Flechas em chamas — disse Edgar, reconhecendo o cheiro do pó negro. — Madeira queimando. Muita madeira.

— Ali — apontou Silas para um pedaço do céu laranja que aparecia entre um aglomerado de prédios onde faíscas saltavam e perfuravam as nuvens totalmente negras.

— Acha que eles vão romper as muralhas? — perguntou Edgar.

— Eles não teriam atacado se não tivessem certeza da vitória.

Silas afastou-se da batalha em andamento, seguindo um instinto secreto que o atraía para a direção oposta. Seu corvo estava com medo. O medo era a emoção mais forte para se carregar através do véu e alcançou Silas tão claramente como se o corvo tivesse gritado de cima dos telhados. Os olhos de Silas ainda vacilavam entre o mundo dos vivos e a prisão de sua alma, mas, quando ele se concentrou no corvo, notou as duas criaturas vivas que existiam dentro dos dois mundos. A alma de Dalliah Grey estava presa no negro, assim como a sua, e disso ele já sabia. Mas havia outra alma por perto, penetrando cada vez mais na escuridão ao redor de Dalliah à medida que os segundos passavam.

As palmas das mãos de Silas queimaram com a antiga dor, e a cicatriz que Kate curou uma vez voltou a ficar exposta. Sentia as mãos pustulentas, a pele esticada e em carne viva, como se estivesse cortada por facas. Olhou para as mãos cicatrizadas, esperando ver a antiga ferida aberta e inflamada, mas nada tinha mudado. A pele ainda estava intacta; quando se afastou da consciência de Kate, a dor desapareceu.

– Silas?

Silas continuou andando, mas a voz de Edgar veio a alguns passos atrás dele, onde Edgar, parado, olhava para algo em um beco que dava na rua de onde vieram.

Quando Silas seguiu o olhar, viu que Edgar tinha um bom motivo para ter parado. Espectros estavam emanando do beco, centenas deles, movendo-se rapidamente pela rua entre ele e Edgar. Alguns com a forma humana que um dia tiveram em vida, enquanto a maioria se movia como sombras sólidas, os olhos prateados traindo o sofrimento secreto de suas almas desgarradas. Eles se espalhavam em silêncio por entre os prédios, cada um ainda preso na meia-vida, ainda visíveis aos olhos dos vivos. Era um rio de almas fluindo rápido. Uma debandada espiritual.

Edgar não teria se importado de ficar tão perto de tantas almas se elas estivessem somente passando, mas o jeito como seus olhares se demoraram um pouco demais sobre ele o fez sentir-se vulnerável. Não estavam simplesmente cuidando de suas vidas e seguindo em frente. Estavam observando-o. Não continuaram em direção ao centro da cidade, e Silas viu alguns se juntando nos prédios ali perto, ao redor de Edgar.

Silas nunca tinha visto os espectros se comportarem daquele jeito. Edgar não deveria ser do interesse deles, porém estavam perto o suficiente para causar certa preocupação em Silas.

– Fique parado – ordenou ele.

Os espectros estavam se comportando mais como predadores do que almas vagantes. A presença de Silas deveria ter sido suficiente para afastá-los, mas sua atração por Edgar era maior do que qualquer medo que tinham dele.

– O que está acontecendo? – perguntou Edgar. – O que eles estão fazendo?

O fluxo de almas acalmou-se formando uma névoa, formando-se uma pequena distância entre elas e Edgar. Espectros reunidos geralmente mostravam um instinto de matilha, agindo sob a influência dos movimentos das almas mais dominantes entre eles. Bastava apenas que uma alma se movimentasse para que as outras a seguissem.

Silas caminhou em direção a elas, lembrando-se da conversa que tivera com Dalliah durante o tempo em que passou no Continente. Dalliah havia falado de uma conexão entre Kate e Edgar que transcendia o mundo dos vivos passando para o próximo. Se a alma de Kate estivesse sofrendo, enviaria tremores de energia por toda a cidade já altamente carregada. A angústia dela seria ampliada e espalhada para cada alma a quilômetros de distância. Para se salvar, o espírito de Kate procuraria a única pessoa que a mantivera presa ao passado. Edgar. Aquilo o tornava um perigo para Kate e para ele mesmo.

A conexão espiritual de Kate com Edgar estava confundindo os espectros. Centenas de almas estavam sendo atraídas para aquele lugar, e a proximidade com a meia-vida estava reforçando a energia delas, dando-lhes resistência. Se elas sobrepujassem Edgar no desespero de encontrarem liberdade, a alma dele não teria chance.

– Essas almas não podem alcançar Kate – disse Silas. – Elas acreditam que você é a próxima melhor opção.

– Eu? Mas eu nem sou um Dotado! O que elas querem?

– Você está próximo de Kate. Ela usou você para ancorar o espírito dela no mundo dos vivos mais de uma vez. Pode estar tentando fazer o mesmo outra vez.

– O quê? – Edgar esforçou-se para não demonstrar o medo em sua voz. – Ela nunca fez isso. Não consigo sentir nada.

– Só porque está acostumado a isso – explicou Silas. – Pense em você como um círculo de escuta vivo. Os círculos são usados para criar e estabilizar rupturas no véu. Kate pode não ter feito isso conscientemente, mas a mesma coisa está acontecendo dentro de você. Ela está canalizando sua própria energia em você.

– Isso... não me parece nada bom.

– A conexão de Kate com você pode ser a única coisa que a está mantendo racional – disse Silas. – Você é um descendente com nenhuma habilidade natural de uma linhagem de Dotados. Seu sangue sempre esteve pronto para aceitar as energias do véu, mas você nunca soube como fazer a conexão. Kate rompeu o véu muito profundamente dessa vez. Ela fez algo novo.

– Então preciso ficar aqui até ela terminar? – perguntou Edgar. – Não acho que essa gente queira que eu vá a lugar algum.

– A maioria dos espectros está confusa pelo tempo que estão no véu. Eles não veem o mundo dos vivos da mesma forma que você. Na opinião deles, você é um portal em potencial para a morte.

– Mas eu não sou, sou?

– Logo isso não importará.

Silas passou no meio da multidão de almas como se elas não existissem. Somente aquelas que ele ameaçava entrar em contato diretamente se afastaram dele. O restante permaneceu paralisado por Edgar, que continuou parado bem no centro de todas.

Silas olhou para cima. Faixas turbulentas de cor cinza desciam rapidamente sobre os telhados, encobrindo tudo em uma névoa de almas.

Edgar não se atreveu a mover mais que os olhos.

– Não estou num círculo de escuta – explicou ele, reconhecendo o perigo que corria. – Não estou protegido, estou? – Suas palmas começaram a suar de nervoso. – O que devo fazer?

– Precisa romper o elo com Kate.

– Não consigo *sentir* nenhum elo! E se houver um, você disse que estava ajudando Kate.

– Se não romper o elo, aquelas almas farão isso por você. Esqueça-se dela. Concentre-se numa lembrança de seu passado, antes de um dia ter ouvido falar em Kate. Pense em tudo, menos nela.

Não posso fazer isso.

– Se não me ouvir, você morrerá – esclareceu Silas. – A cidade está acordando, e os espectros ainda não tem noção da própria força. Geralmente, não teriam efeito algum, mas as coisas mudaram. Se eles se moverem, irão subjugá-lo e arrancarão sua alma do corpo. Já vi isso acontecer durante os experimentos do Conselho na meia-vida. Não é jeito de morrer.

– Os espectros não podem prejudicar as pessoas – disse Edgar. – Os Dotados sempre disseram isso.

– Os Dotados também mataram seu próprio povo para sugar a energia do sangue deles – disse Silas. – É nesse tipo de gente que você quer confiar?

Dois espectros se aproximaram de Edgar, testando o ar entre eles e atraindo em sua direção os outros que estavam a poucos passos. Silas parou ao lado dele como um lobo guardando uma presa, mas as almas dominantes permaneceram onde estavam.

– Edgar – pediu ele. – Rompa o elo.

– O que acontecerá a Kate se eu fizer isso?

– Muito menos do que acontecerá a você se não o fizer.

Um espectro separou-se dos outros e se arremessou no ar, indo diretamente para Edgar. Ele se movia na velocidade de um raio, mas Silas o viu chegando e empurrou Edgar, tirando-o do caminho e colocando a si próprio em colisão com o espectro. No momento em que o espectro fez contato, a consciência de Silas mergulhou direto no centro do véu, arrastando o espectro com ele.

A escuridão caiu completamente sobre Silas. O espectro se contorceu ao redor dele como uma cobra assustada, e ele viu a cidade tal como aparecia aos olhos do espectro. As muralhas tornaram-se sombras, as janelas, formas cintilantes, e as almas de todos os seres – vivos e mortos – apareciam como partículas de luz prateada no meio do negro. A cidade havia se transformado em uma galáxia e os espíritos eram suas estrelas. Todos estavam ao redor dele, espalhando-se até as muralhas distantes e cobrindo o chão debaixo de seus pés. Milhares e milhares de vidas de Albion, abandonadas e esquecidas em um lugar que os olhos dos vivos não podiam ver.

Ao lado dele, a energia de Edgar era mais fraca que a maioria. Silas podia ver trilhos minúsculos de luz afastando-se do garoto, em direção a uma alma brilhante e distante que se tornava mais escura naquele momento. Olhou para as próprias mãos e as viu assim como eram na vida, com exceção das pontas dos dedos, que foram tocadas pela mesma luz prateada. Suas veias cintilavam com ela.

A energia espalhou-se pelo ar e envolveu Edgar como minúsculas correntes de prata, cercando seu corpo e subindo até seu pescoço, mas com Silas a conexão vivia em seu interior, carregada em seu sangue. A alma de Kate Winters ecoava dentro dele, dividindo o vácuo que sua própria alma havia deixado para trás. Isso agia como um lembrete da presença de Kate, conectando-o a ela quando ela estava em aflição espiritual, mas o elo de Kate com Edgar era muito diferente. Sua alma havia se agarrado à energia da vida dele e o estava sugando.

A única coisa que impedia Silas de perder sua conexão com o mundo dos vivos e cair completamente no negro era o espectro que ele havia levado até lá com ele. O espectro estava puxando-o de volta para os níveis superiores do véu com total determinação, escapando dos terrores estridentes na escuridão. Silas resistiu à tração, pois sabia como era encarar a escuridão pela primeira vez. A alma de Kate estava no limite daquele lugar. Se houvesse alguma chance de o espírito dela ser salvo, Silas precisava tentar.

Mover-se pelos níveis mais inferiores do véu era como se mover por um pesadelo onde tudo era familiar, porém alterado de forma terrível. A mente de Silas impôs o máximo de lógica que pôde sobre suas sensações. Deu forma sólida ao que era disforme, e o vazio tornou-se uma gaiola que queimava a alma. Naquele lugar os pesadelos tinham voz e o mundo dos vivos se tornava uma lembrança duvidosa. Ele acabava com tudo que tornava uma pessoa o que ela era. Kate não pertencia àquele lugar.

A consciência de Silas o conduzia pelas ruas alteradas, testemunhando cada horror que as preencheu durante toda a sua história. Viu pedras manchadas de sangue que fluía feito piche e jorrava gotas no ar como a chuva batendo em uma vidraça. Era como se as ruas estivessem passando diante dele enquanto ele permanecia parado, ancorado pelo espectro cheio de pavor, até que a forma irregular da torre surgiu diante dele. A presença da torre abria caminho por todos os níveis do véu. Suas pedras pareciam vivas. O véu as distorcia, transformando-as em paredes de almas que se contorciam como abelhas fervilhando ao redor da colmeia.

Silas tentou clarear a mente e ver a verdade, mas o medo do espectro estava penetrando no véu, desvirtuando tudo além do alcance da razão. Silas podia ver Kate e Dalliah na base da torre: uma alma brilhando forte, a outra mal aparecendo, envolvida pelo negro. No topo da torre, ele viu o espírito de seu corvo, empoleirado lealmente sobre um prédio cujas pedras pareciam que devorariam tudo que se aproximasse demais. Ele não podia deixar Kate entrar naquele prédio. Ela precisava ser detida a qualquer custo.

Silas parou de resistir à tração desesperada do espectro e permitiu que sua consciência viajasse de volta pelos níveis superiores do véu. As lembranças resplandeceram e oscilaram em sua mente, até que o espectro escapou e a mente de Silas se afastou do véu, retornando ao mundo dos vivos.

Quando Silas voltou a ver com os próprios olhos, a rua voltou a ser o que era, com exceção do persistente grupo de espectros que permanecia ao redor dele. Os dedos de Silas ainda estavam presos ao ombro de Edgar, desde o momento em que ele o puxara para o lado, e o gelo recuou de sua pele quando conseguiu soltar sua mão.

Edgar estava pálido de medo e alívio.

– Eles não se mexeram – disse ele. – Seja lá o que você fez, acho que os deteve.

– Eu não fiz nada – disse Silas. – A conexão entre você e Kate é real e forte. Duvido que você conseguisse rompê-la. Você não pode ficar aqui.

Edgar estava prestes a falar quando a rua inteira sacudiu violentamente. As janelas se espatifaram, os telhados desmoronaram e rachaduras começaram a surgir pelo chão. Os espectros reagiram com medo, gritando e se lançando em direção a Edgar. Silas tentou protegê-lo, mas não adiantou. As almas agarraram os dois, invadindo seus corpos como tinta na água.

Seja lá o que Edgar esperasse, ele não estava preparado para a realidade do que aconteceu. Seu corpo entrou imediatamente em choque quando sua alma foi sobrepujada. Vozes e lembranças explodiram em sua mente, tão altas e fortes que logo só podia ouvir os gritos dos mortos. Ele tentou se mexer, mas seu corpo não lhe obedecia. Tentou gritar, mas nenhum som saiu.

O sangue dormente corria carregado das energias das almas invasoras, e ele caiu no chão, oprimido por vidas de tormenta e agonia. Seu corpo não podia suportar aquilo, e sua alma tentou se separar, libertando-se do ataque, mas, no meio da loucura, Edgar sentiu o elo entre ele e Kate com toda a intensidade pela primeira vez e se recusou a desistir de tudo. Olhava sem expressão para o céu, sofrendo em silêncio quando as almas se lançavam incessantemente dentro dele.

Silas ainda estava parado, seu corpo pesava com o fardo das almas torturadas. Deu dois passos lentos, afastando-se de Edgar. O terceiro foi um pouco mais fácil, e quanto mais ele caminhava, menos as almas estavam interessadas nele. Tudo o que queriam era o garoto.

Silas sentiu o corpo todo dolorido. Seus músculos queimavam a cada passo. Olhou para os telhados, onde a ponta da Torre Viva estava à vista. Um pensamento fez seu corvo sair voando em direção às pedras, para longe do perigo daquele lugar, e as penas brancas de seu peito brilharam quando ele atendeu ao chamado de seu mestre.

O corvo pousou em um telhado próximo, sacudindo sua cauda negra e grasnando agressivamente para os espectros ali perto. Silas apontou para Edgar.

– Vigie o garoto – comandou ele.

Ele se afastou do pássaro e saiu correndo pelas ruas sem olhar para trás. Não havia nada que pudesse fazer por Edgar ali. Kate o havia condenado. Ela podia ter rompido o elo assim que sentiu a dor de Edgar. Em vez disso, permitia que ele sofresse. Ele agiu devagar demais. Permitira que Dalliah levasse Kate muito adiante na escuridão.

O véu tremeu ao redor dele quando Silas se moveu; seu ódio gotejava feito óleo, jorrando terror no ar. Encontrou uma casa vazia da patrulha da guarda e derrubou a porta pouco antes de outro tremor sacudir a terra. Atravessou a sala e foi direto ao local em que as armas estavam escondidas debaixo do chão. O cadeado enferrujado rachou sob seu calcanhar e ele retirou dois itens: uma besta e uma aljava de cintura contendo uma única flecha.

Pendurou a besta no ombro e saiu da casa da patrulha, de olhos atentos e concentrados como um soldado. Não prestou atenção ao fluxo interminável de almas passando por ele ao longo da rua. Ignorou os ecos da voz de Edgar dentro do véu enquanto a alma do garoto lutava para se manter viva. Uma flecha seria o suficiente. Uma flecha acabaria com tudo.

15
A Torre Viva

Kate ficou parada diante da torre memorial de sua família e logo sentiu como se estivesse voltando para casa. As pedras lhe davam boas-vindas. A entrada arqueada era estreita e fina, três vezes a altura de uma porta comum; quando olhou para cima, aquela imagem se deslocou entre o fragmento que estava ali naquele momento e o edifício belo e grandioso que fora no passado.

Suas paredes eram hexagonais, com lados retos que refletiam o símbolo de sua família – o floco de neve –, e o topo era coroado com um parapeito de pedra escura orlado com gárgulas inclinadas. Em comparação com sua beleza do passado, o vazio absoluto da verdadeira imagem diante dela era uma sombra. Outras torres sobreviveram intactas aos séculos. Por que sua família não protegera a deles? Kate passou debaixo da arcada de pedra, e um sopro leve e frio emanou do chão em seu interior.

– Estão esperando por você – disse Dalliah. – Você queria falar com eles. Esta é sua chance.

O chão dentro da torre estava coberto de detritos que caíram das paredes durante séculos de vento e chuva. Dalliah esperou do lado de fora, observando Kate entrar no verdadeiro lar de seus ancestrais, mas ela não era a única de olho na garota. Toda a parede interna da torre estava alinhada com caveiras: fileiras sobre fileiras de órbitas oculares vazias encarando-a. Cada camada estava separada por uma fileira horizontal de ossos, que subia até chegar ao topo despedaçado e exposto da torre, onde espaços vazios indicavam os lugares das caveiras que caíram. Fragmentos de ossos eram triturados debaixo das botas de Kate e ela ficou parada, pois não queria desrespeitar os restos dos mortos.

A expectativa pairava no ar. Kate podia ouvir o vento passando pelas pedras mais altas, trazendo uma chuva fina que brilhava na luz que vazava do chão. Ali, no meio, havia uma roda dos espíritos grande e afundada, com ladrilhos perfeitamente nivelados com o chão. Os símbolos estavam usados. As extremidades lascadas pelos séculos de chuva caindo sobre eles e deixando sua marca, mas a roda em si estava bem preservada.

Debaixo da camada de detritos e poeira, o chão possuía um antigo mosaico de ladrilhos azul-claros e brancos descrevendo de forma perfeita um floco de neve com a roda dos espíritos colocada bem no meio. Os símbolos delicados do desenho apontavam exatamente para os pontos da bússola, mas os ladrilhos pararam perto da parede circundante, deixando a pedra nua no lugar deles. Kate se deu conta de que os ossos que via em outros tempos deviam ter sido trancados por trás de uma parede interna, mas alguém havia arrancado os tijolos, expondo as caveiras ali dentro.

Apesar do ambiente repulsivo, Kate ainda se sentia bem-vinda naquele lugar. Dentro de suas paredes, a vida era simples. Ela não sentia mais a tensão do véu invadindo sua mente ou os gentis sussurros das almas da cidade que a seguiam constantemente aonde quer que fosse. Até mesmo Dalliah, parada lá fora, parecia estar longe. Não estaria mais confortável se voltasse para seu antigo quarto com nada além da previsibilidade tranquila de um dia comum diante dela. Era uma sensação embriagante, mas Kate era sábia o suficiente para ver através das mentiras que cuidadosamente eram colocadas diante dela. A dor na palma das mãos era suficiente para lembrá-la do perigo que corria. Não estava ali para ser aceita por seus ancestrais, mas para ser usada por eles.

Kate parou perto da roda dos espíritos, mas não se aproximaria o suficiente para ser tocada por mais que um vislumbre fraco de sua luz pulsante. Era fácil acreditar que nada existia no mundo lá fora; que não havia cidade, pessoas nem o verde escondido debaixo de uma camada de neve branca.

– Estou aqui para conversar – disse ela em voz alta. – Quero que me escutem.

Os ossos nas paredes tremeram o suficiente para soltarem fragmentos de poeira de seu lugar de descanso.

– Queriam que eu viesse aqui – disse Kate. – Quero saber por quê.

– *Fale conosco...*

A harmonia das vozes juntas parecia gentil, mas a energia por trás de suas palavras tinha traços de malevolência. A sensação de acolhimento que Kate havia sentido diminuiu um pouco.

– Dalliah Grey me trouxe aqui – explicou ela.

– *ela acabou com muitos de nós. Ela nos libertou...*
– Isso não é liberdade.
– *estávamos esperando...*
– *a cidade está preparada...*
– *o véu precisa ceder...*
– Quantos de vocês estão aqui?
– *somos muitos...*
– Deixem que eu os veja.

A torre voltou ao seu estado original, e Kate viu uma escadaria estreita ao redor das paredes intactas que daria em outro mosaico perfeito construído em um teto hexagonal e arqueado. Debaixo dele, centenas de luzes prateadas cintilavam nas paredes: luzes espirituais, cada uma delas uma alma que ouvia Kate.

– Meus pais estão aqui? – Kate não queria fazer a pergunta, mas não podia perder a oportunidade. Ela precisava saber.

– *eles já foram...*
– *levados para a morte...*

Kate ficou aliviada que as almas de seus pais não ficaram presas no véu, mas parte dela estava decepcionada por eles terem ido embora, deixando-a para trás.

– *as gerações mais jovens sucumbiram...*
– *eles não seguem a causa...*
– Que causa?
– *a única causa que importa...*
– *conhecimento. Verdade...*
– Vocês escolheram existir dessa forma?
– *estamos esperando. Sabíamos que você viria...*
– *você será nosso fim e nosso recomeço...*
– Vocês tiveram sua época – disse Kate. – Tiveram suas vidas. Por que não foram para a morte?

– deixaríamos para trás muitas perguntas. Muitos dias não vistos...

– a história precisa de nós.

Dalliah entrou na torre. As paredes voltaram imediatamente ao seu estado decrépito, mas as almas permaneceram.

– Cada pessoa tem seu propósito – disse Dalliah. – O seu era vir aqui comigo e terminar o trabalho dos Vagantes. Não podia resistir a esse destino mais que seus ancestrais podiam resistir ao deles.

– A vida não funciona assim – disse Kate. – Nós fazemos nossas próprias escolhas.

– Eu a trouxe até aqui. Você não veio por vontade própria.

– Eu sabia o que estava fazendo – disse Kate. – Pertenço a este lugar mais do que você.

– Você não tinha escolha, apesar da sua crença – retrucou Dalliah. – Ninguém pode mudar seu destino. A maioria das almas vive e morre exatamente como deve ser. Outras, como você e eu, estão destinados a algo mais.

– E quanto às almas nas rodas? – perguntou Kate. – Estavam destinadas a serem enviadas para o negro, ou o destino delas foi uma escolha *sua*?

– Os fortes devem controlar os fracos, ou o mundo será reduzido ao caos – respondeu Dalliah. – Os Vagantes sempre foram as mentes mais fortes, as almas mais poderosas. Passamos gerações tentando tirar o mundo do abismo no qual as pessoas comuns gostariam de vê-lo abandonado para sempre. O *Wintercraft* representa somente uma pequena fase de nossa história. Nossos ancestrais estavam pensando além deste mundo muito antes da primeira gota de tinta tocar em suas páginas. Estávamos aqui quando o primeiro corpo foi enterrado no chão sobre o qual se ergueria esta cidade. Fume foi construída para explorar os mistérios da morte. Este era nosso laboratório. As pessoas mandavam seus mortos para nós para que encontrassem paz, e em troca aprendíamos com as lembranças deles. A cidade é nossa e nos dará o que precisamos mais uma vez.

Kate deu a volta até o outro lado da roda dos espíritos e sentiu a consciência de centenas deles seguindo-a com os olhos enquanto ela se movia.

– Não – disse ela. – Você não estava lá. Você não fez nada disso.

– Eu sei da minha história – disse Dalliah. – Eu sei o que vi.

– Você sabe o que o véu lhe mostrou – continuou Kate. – Eu vi suas lembranças. Vi os momentos finais dos guardiões de ossos presos dentro dessas rodas e sei que os Vagantes não sabem nem de longe tanto sobre o véu como pensam que sabem. Inclusive você.

Os espíritos na torre tremeluziram agitados.

– Os Vagantes fizeram experiências uns com os outros – disse Kate. – Você pode ter vivido uma vida longa, mas você e todos os outros descobriram tudo o que sabem por acaso. Você roubou isso das almas dos outros à medida que eles morriam. Alguns de vocês cometeram assassinato para guardar seus segredos ou para encobrir seus erros, mas, se todos soubessem tanto sobre o véu, não estariam presos do lado errado da morte, agarrando-se a vidas que já deviam ter acabado há muito tempo. Os Vagantes nem existiam antes da época dos guardiões de ossos, então não finja que esta é sua cidade. Entendo que está presa, mas você não representa todas as almas aqui. Você só representa a si mesma.

– Você não sabe de nada – comentou Dalliah.

– Sei que você não precisava ajudar os guardiões de ossos a consertar o véu na primeira vez que ele começou a ceder.

Podia ter acabado com ele, mas não o fez. Já havia perdido sua alma naquela época. Podia ter deixado o véu ceder e ter recuperado seu espírito há séculos. Em vez disso, o consertou da única maneira que podia. Por que esperou até agora para mudar de ideia?

Dalliah olhou para as almas ao redor. Não tinha por que mentir, então respondeu com sinceridade:

– Eu fui ingênua – explicou ela. – Os guardiões de ossos me pediram ajuda. Eu os ajudei. Eu não tinha a mesma percepção de consciência que a deles naquele momento. Eles nunca me perdoaram por tê-los transformado desse modo. Os que sobreviveram não podiam superar a dor de se voltarem contra o próprio povo, e, quando o Conselho Superior tomou posse de Fume como a capital deles, os guardiões de ossos se recusaram a lutar. Os que aguentaram os ataques dos guardas abandonaram o trabalho e se retiraram, passando a ter uma vida comum. Paguei o preço pelo que fiz, mas nada daquilo teria sido necessário se o véu não tivesse sido testado até o último limite. Isso é algo sobre o qual precisaria perguntar aos seus ancestrais. Terem suas almas atadas a uma torre, as poucas sendo esquecidas pelos próprios parentes, não se compara nem de longe ao mundo que eu vi. Está na hora de um dos Winters saber o que é o verdadeiro sofrimento.

O chão tremeu violentamente, e duas caveiras caíram da parte superior das paredes, transformando-se em pó entre Kate e Dalliah.

– É aqui que isso acontecerá – disse Dalliah. – O véu cederá aqui. Eu vi. Você não pode impedir.

Kate teve tempo o suficiente para pensar no que faria naquela torre durante sua jornada ali, mas, agora que chegara o momento de anunciar sua decisão, estava mais difícil de falar do que ela imaginava.

– Por que eu iria querer impedir? – Ela ficou surpresa com a firmeza de sua voz. – Eu sou uma Winters. Essas almas são minha família. Essa causa é minha agora.

Ela se aproximou da roda dos espíritos, e o ladrilho central chacoalhou de leve sob seus pés. Quando entrou naquela torre, soube que jamais sairia dali. A necessidade de ficar lá era muito forte. Ela não sabia o que Dalliah tinha "visto", mas sabia que sua única defesa era assumir o controle. Silas uma vez lhe disse que a intenção era tudo quando se lidava com o véu. Se Dalliah a obrigasse a manipulá-lo contra sua vontade, sua conexão seria instável e fraca. Ela precisava tomar a iniciativa e enfrentar seja lá o que estivesse por vir com a mente clara e reter o máximo de influência possível sobre aquilo.

Seus olhos enegreceram quando parou sobre a roda. Já podia sentir sua alma desprendendo-se pouco a pouco. Era como adormecer, só que, em vez de exaustão, sentia como se seu corpo estivesse afundando na água gelada, adormecendo seus sentidos dos dedos dos pés até a ponta dos dedos das mãos. Os ladrilhos externos subitamente resplandeceram em um vermelho escuro, e as almas ao redor de Kate se transformaram em um brilho fraco e mínimo. Dalliah observou surpresa. Não esperava que Kate participasse por vontade própria.

– A cidade está sendo atacada – disse ela com o deleite brilhando em seus olhos mortais. – O sangue da batalha atrairá o véu para mais perto ainda.

– Eu sei o que fazer – disse Kate.

– Esta é a última roda a ser quebrada. Os guardiões de ossos e eu *impedimos* o véu de ceder quinhentos anos atrás. Não tem como saber o que acontecerá quando ele realmente ceder.

– Então é melhor continuarmos – constatou Kate. – E descobrirmos.

Ela se certificou de que seus pés estavam firmes sobre o ladrilho central. Sua mente estava acelerada, avisando-a de que não era tarde demais. Ela ainda podia fugir, arriscar-se e libertar-se do medo de que Dalliah na verdade estivesse certa em relação ao rumo de sua vida.

Kate não acreditava no destino. Parada ali, rodeada por almas que um dia compartilharam seu sangue, ela só acreditava no caos. Ninguém podia prever o caminho que uma vida tomaria. Nada era tão simples, ou tão cruel. Todos eram livres para fazer suas escolhas e reagir aos acontecimentos da maneira que quisessem, caso contrário, para que serviria a vida? Enquanto o véu estivesse desordenado, tudo estaria ameaçado. Aquela era sua única chance de impedir que Dalliah destruísse o equilíbrio frágil que existia em Albion havia séculos. Era sua única chance de consertar o que seus ancestrais fizeram totalmente errado.

– Estou pronta – disse ela.

Dalliah abriu sua bolsa contendo papéis e pegou um pacote embrulhado em um tecido. Era o pacote que o agente da Guarda Sombria disfarçado havia lhe dado no portão do oeste, e dentro dele continha uma arma que Kate já tinha visto. Um punhal afiado feito de puro vidro verde. O mesmo que Da'ru Marr usara na Noite das Almas. A lembrança daquela noite assombrou Kate quando o vidro luziu fracamente na luz dos espíritos.

– Dei isto a Da'ru quando ela começou a me servir – explicou Dalliah. – Achei que ela estaria aqui comigo esta noite. Sua presença é muito mais do que eu esperava.

– É óbvio que o véu não mostra tudo da forma correta – disse Kate.

Dalliah deixou a amargura passar.

– Só o seu sangue não será o bastante para esta roda – comentou ela, parando na beira dos ladrilhos segurando a arma em sua mão direita. – O processo requer uma alma viva, poderosa, para focar a queda do véu, bem aqui nesta sala. Para isso acontecer, seu corpo precisa morrer.

– Eu sei – disse Kate. – Faça.

Ela olhou nos olhos de Dalliah e percebeu uma centelha de hesitação. Dalliah estava prestes a realizar a última experiência. Estava se preparando para separar os fios do véu e expor Albion por completo aos segredos dele, mas não fazia ideia do que esperar. Ela vivera com total confiança nas profecias do véu, mas naquele momento Kate viu que Dalliah tinha dúvidas. Era a última chance de recuperar sua alma. Se falhasse, ela não teria nada. Seria obrigada a continuar existindo sem esperança. O sangue de Kate a libertaria ou a condenaria. Tudo o que precisava fazer era atacar.

– Kate!

Kate desviou o olhar do punhal de Dalliah e viu Artemis parado e encurvado na entrada. Suas roupas tinham traços de gelo nas partes onde molharam e congelaram com o ar frio da noite. Estava se apoiando em uma bengala segurando um livro ao lado do corpo.

– Não faça isso, Kate – Artemis estava sem fôlego, mas teve forças o suficiente para atravessar o piso da torre e era alto o suficiente para ficar diante de Dalliah olho no olho.

– Ela não – disse ele para Dalliah. – Não precisa ser ela.

Dalliah analisou o intruso maltrapilho com cuidado.

– Você é o tio – disse ela.

– Artemis Winters, sim. Não precisa ser ela – Ele ergueu o livro e Kate viu que era o *Wintercraft*, seco e intocado pela água que deveria tê-lo destruído. – Ela não é a portadora do livro – disse Artemis. – Sou eu.

Qualquer hesitação que Dalliah poderia ter sentido desapareceu e ela sorriu para o homem.

– Esta tarefa não é dela – disse ele lentamente. – Ela precisa sobreviver.

– Você não é um de nós – retrucou Dalliah, checando os olhos dele à procura de algum sinal dos Dotados.

– Não, mas sou um Winters. Kate é sangue do meu sangue. Ela arriscou muito por mim. Eu é que deveria estar parado ali.

– Não é de você que eu preciso – disse Dalliah.

– Por favor! Ouça-me. Eu sei o que você é. Sei que tem uma conexão com algo que eu jamais entenderei, mas eu tentei proteger Kate a vida inteira. Fiz escolhas erradas. Eu a coloquei em perigo, e isto... – Segurou o *Wintercraft* diante dele como se suas páginas estivessem pegando fogo. – Isto a trouxe até aqui, a este lugar. Para isto... este santuário de tudo que há muito tempo deveria ter sido esquecido. Este é meu fardo, não o dela. Esse punhal é meu.

Kate saiu do círculo e se colocou entre Artemis e Dalliah.

– Não – disse com firmeza. – Eu sei o que estou fazendo.

– Eu vi os guardas atacarem a livraria na noite em que levaram seus pais – explicou Artemis. – Deixei você escondida no porão – uma menina de cinco anos! – e fugi. Fugi quando podia tê-los ajudado. Eu *devia* tê-los ajudado. Devia ter ficado lá para proteger nossa família. Não vou abandoná-la agora.

– Isso foi há anos – disse Kate. – Não importa agora.

– E quando os Dotados quiseram prendê-la, eu não disse nada. Deixei que o fizessem, Kate, e sinto muito. Não sabia o que fazer mais. Deixe-me fazer isso por você. Sei que é o certo.

– Que comovente – ironizou Dalliah.

Kate não tinha ouvido Dalliah se movimentar, mas ela já estava atrás de Artemis. Em um segundo longo e assustador, Kate percebeu que algo terrível havia acontecido.

Artemis deixou cair a bengala e agarrou o braço de Kate quando sua cabeça começou a cair. Kate conseguiu segurá-lo até que seus joelhos se dobraram. Dalliah afastou-se, e gotas de sangue pingando da lâmina de vidro verde foram deixando um rastro no chão.

– Sinto muito – disse Artemis, as palavras agarradas à sua garganta.

Kate buscou as energias de cura do véu para ajudá-lo, mas só encontrou o vazio. A influência de Dalliah e as almas corruptas dentro da torre impediram o véu de respondê-la.

– Ajudem-no! – gritou ela, em parte para Dalliah e em parte para seus ancestrais, que observavam indiferentes enquanto a mulher tirava a vida de outro Winters. – Ele não é um dos Dotados. Ele não acredita em *nada* disso.

– Agora acredita – comentou Dalliah.

As almas da família de Kate sussurravam ao seu redor, distraindo-a, chamando o espírito de Artemis para sua prisão de pedra. Kate tentou desesperadamente parar o sangramento, mas o ferimento era muito profundo. Ele havia perdido muito sangue, e ela podia sentir os últimos batimentos de seu coração agonizante quando ele se deitou de lado, ainda segurando o *Wintercraft*.

Não havia como ajudá-lo, como parar o horror que Dalliah havia causado. O sangue de Artemis penetrou nas rachaduras da roda dos espíritos enquanto Kate repousava a cabeça dele em seu colo, apertando-o de leve enquanto sua alma ascendia.

– O sangue de qualquer Winters pode abrir a roda – disse Dalliah, com a adaga em repouso nas mãos, ainda pingando. – Agora você fará o que prometeu e terminará isso. – Ela se abaixou e puxou Kate pelos cabelos, obrigando a menina a pisar na roda dos espíritos. – Sua família sacrificou um para terminar o trabalho deles; sacrificarão outro com prazer.

Kate procurou o espírito de Artemis entre os outros, mas não tinha como saber para onde ele havia ido. Ela podia sentir o sangue dele serpenteando debaixo das pedras, dissipando-se através da conexão entre a alma na roda e a ligação que a mantinha naquele local. Sombras se elevaram, escurecendo e sufocando a roda debaixo de seus pés e obrigando Kate a se afastar.

Os espíritos dos Winters observavam em silêncio.

O negro estava se aproximando.

16
Coração e pedra

– E a última roda há de ser quebrada – disse Dalliah, recitando em voz alta e com calma as palavras memorizadas. – O sangue dos Winters há de manchar as pedras, e o véu irá se abrir. O trovão ressoará por todas as terras despovoadas. Os mortos deverão caminhar livres, e os perdidos encontrarão seu caminho. Os olhos dos vivos se abrirão. Os mundos da alma e dos ossos deverão se tornar um.

Kate ficou paralisada. Olhou para o corpo de Artemis.

– Por favor – sussurrou para ele. – Por favor, não vá.

A energia destrutiva do negro espalhou-se ao redor da roda dos espíritos, elevando-se para apropriar-se da alma que estava presa dentro dela. Os sentidos de Kate enfraqueceram à medida que ele emergia. Tudo parecia vazio; sua vista ficou embaçada. A fumaça negra serpenteou pelos ladrilhos externos da roda, absorvendo o som e a luz, refletindo apenas o vazio no mundo dos vivos. Mas, em vez de afundar ao terminar com tudo, a nuvem permaneceu ali. A alma estava resistindo.

Dalliah jogou seu casaco para trás e ajoelhou-se sobre a roda.

– Agora não é hora de sua família ser teimosa – disse ela. – A última alma deve morrer! – Ela puxou Kate para baixo e apertou a mão dela no centro da roda, mas nada mudou.

– Você matou Artemis por nada – disse Kate, afastando-se.

– O sangue dele é forte, mas sua alma era fraca – comentou Dalliah. – Ele deu a própria vida por vontade própria.

A tristeza de Kate se transformou em ódio.

– Ele está morto por sua causa. Você pode me ajudar a trazê-lo de volta!

– Eu não farei isso.

– E eu não posso deixá-la fazer isso – disse Kate.

– Você está aqui para me servir – retrucou Dalliah, levantando-se, indiferente à provocação de Kate. – Sua família e eu temos um acordo. Seu espírito libertará todos nós. Eu terei o que quero.

– Essas almas não são minha família – desafiou Kate. – Famílias não abandonam uns aos outros quando mais precisam. Eles lutam uns pelos outros. Eles se protegem. Eles não fazem *isto*. – Apontou para o corpo de Artemis. – Podemos até um dia ter tido o mesmo sangue, mas eles *não* são minha família.

– Cuidado, Kate. Os mortos estão ouvindo.

A força do ódio de Kate penetrou nas paredes. Seu espírito se estendeu e de repente se conectou com a alma que ainda habitava a roda. Uma imagem tremulou por trás de sua vista, e ela viu pelos olhos do espírito o momento de sua morte física. *Ele estava deitado de costas com um guardião de ossos usando um manto marrom, parado em pé ao lado dele, havia uma lâmina cravada em seu peito enquanto a jovem Dalliah observava. Kate sentiu o espírito do homem afundar na roda, mas parte dele estava desconectada. Ele resistiu à ligação total e dividiu a própria alma em duas, enviando uma metade para as pedras e a outra para dentro do livro de capa roxa que seria passado por gerações de sua família. O livro pulsava com energia enquanto seu corpo morria, mas nenhum ali presente sabia o que ele havia feito.*

Kate deixou a lembrança desaparecer e olhou o *Wintercraft* na mão inerte de Artemis. Seu pulso estava sobre uma poça de sangue, e as extremidades das páginas do livro repousavam naquela mancha vermelha, deixando que ela penetrasse lentamente em suas fibras. O sangue dos Winters era a única coisa que poderia afetar aquele livro, e era impossível escapar de sua maldição. Até mesmo Artemis, que se afastara dos métodos dos Dotados a vida inteira, acabou sendo vítima dele no final.

Percebendo o interesse de Kate pelo *Wintercraft*, Dalliah pegou-o e o virou em suas mãos.

– Os livros podem ser poderosos – disse ela. – Os mortos podem falar conosco por meio de suas páginas. Podemos aprender com os sucessos e fracassos do passado lendo o que aconteceu antes de nós. Erros foram cometidos, Kate. Não nego isso. Quando os Vagantes criaram este livro, não tínhamos como saber do caminho sangrento que nosso futuro tomaria. Demos tudo pelo conhecimento. Procuramos nos lugares mais obscuros, e alguns de nós não voltaram, mas o sacrifício é uma parte essencial de tudo o que fazemos. A alma é infinitamente mais preciosa do que a vida física. Nós entendemos isso. Silas Dane entende, e eu creio que você também está começando a enxergar a verdade.

A mão de Dalliah cintilou com o gelo quando bateu com a unha na capa do livro. Kate agora sabia que ele era mais do que apenas um monte de folhas e tinta. Uma alma estava viva dentro de suas páginas. Se a energia do véu podia restaurar um corpo rompido quando ele era ferido, as páginas de um livro atado a um espírito poderiam facilmente ser protegidas da mesma forma.

– Tudo aqui tem um papel a cumprir – disse Dalliah, entregando o *Wintercraft* para Kate. – Se você não tivesse abandonado isto, seu tio não teria sido chamado para trazê-lo aqui. A morte dele está em suas mãos, não nas minhas.

Kate pegou o livro e sentiu o toque gélido do espírito oculto dentro dele. Ele havia protegido o livro, mesmo após a morte. Resistira a Dalliah, dividiu-se em dois e deixou parte de si mesmo para guardar o conhecimento pelo qual havia trabalhado em vida. Quando Kate tocou no *Wintercraft*, pôde sentir sua presença cercando-a em segredo. Ele estivera sozinho durante muito tempo para ainda odiar Dalliah pelo que ela havia feito. Era uma alma forte e decente, bem diferente dos espectros mais sombrios que se deixaram ficar naquela torre. Havia vivido há muito tempo antes deles e não gostava de ficar na presença daqueles espectros mais que Kate.

As páginas se agitaram em suas mãos, e Kate sentiu a necessidade da alma presa de se reconectar com sua outra metade ainda na roda dos espíritos.

– O espírito nestas pedras deve ser destruído – disse Dalliah. – Se quiser que seu tio entre na morte e encontre a paz, irá me ajudar agora. A morte não pode buscar as almas quando o véu está instável. Destrua o espírito. Chame o véu e receba o legado que sua família abandonou.

Kate não podia deixar Artemis preso para sempre dentro do véu. A última coisa que ele fez foi levar o livro para ela. Devia ter tido um motivo. Ela não podia abandoná-lo quando ele havia feito tanto para tentar salvá-la, mas ela não sabia como agir. As almas na torre silenciaram-se, com exceção de uma. A alma que tinha sido dividida entre o livro e a roda passou um pensamento claro, como um murmúrio em sua mente:

– *O que está quebrado pode ser reconstruído. O antigo deve morrer para o que o novo possa nascer.*

Com aquelas palavras, todas as dúvidas de Kate desapareceram. Ela tomou sua decisão, subiu na roda dos espíritos e colocou o livro com cuidado sobre a pedra central. As tachas prateadas de sua capa encaixaram com perfeição dentro dos buracos secretos do floco de neve entalhado, o sangue nas páginas se uniu ao sangue na roda, e o título folheado de prata resplandeceu quando a luz tomou conta da escuridão.

A torre retumbou com a força da alma em movimento dentro dela. O livro sacudiu e se abriu quando o espírito da roda surgiu da escuridão como um fio prateado, entrelaçando-se com o papel e tornando-se inteiro novamente. A tinta reluziu com a nova vida à medida que a presença da alma restaurou o livro, tornando a enchê-lo com seu esplendor e absorvendo o sangue de Artemis. As páginas folhearam suavemente, e o livro se fechou, suas tachas prateadas brilhando com a centelha da vida escondida.

Dalliah observou as páginas se assentarem. A última roda dos espíritos estava vazia. A barreira final retendo o véu havia cedido.

– Estamos prontas – disse ela ouvindo algo no fundo do véu que Kate não conseguia ouvir. – Ele está vindo.

– Quem? – perguntou Kate.
– Um homem que tem um país para salvar.

O olhar de Dalliah tornou-se insensível, e seu sorriso ficou cheio de malícia. Agarrou Kate pela garganta, levando-a de volta para a roda e chutando o *Wintercraft* para o lado.

– Silas Dane está aqui na cidade – disse ela. – Ele viu os inimigos se aproximarem dos portões e espectros emergindo no meio das ruas. Ele sabe que não posso destruir o véu sozinha, porém presenciou partes dele se fragmentando enquanto você se libertava. Cada vez que uma alma foi tirada dessas rodas, ele sentiu o centro do véu puxar com mais força a alma dele. Quem você acha que ele culpa por isso?

Kate não podia responder. Dalliah a segurava com tanta força que ela mal conseguia respirar.

– Silas viu os horrores que se escondem na escuridão – disse Dalliah. – Não deixará o país dele compartilhar os pesadelos que ele conhece. Silas acha que pode impedir tudo, bem aqui, com um simples gesto. Silas é um soldado formidável, Kate, e identificou um novo inimigo. *Você*.

Do lado de fora, na cidade, Silas aproximou-se do grupo de pequenas torres ao redor da torre dos Winters e entrou na primeira que conseguiu. Forçou a porta empurrando-a para abrir e subiu a escada interna com a besta pendurada nas costas. As janelas ofereciam vários pontos de vantagem, e ele continuou subindo até chegar a uma posição na qual podia ver claramente Dalliah e Kate.

Abriu a janela e tirou a besta das costas, concentrando-se no que devia fazer. Segurou a flecha entre os dentes, apontou a arma para o chão e puxou a corda, prendendo-a na posição para atirar. Colocou devagar a flecha no lugar, depois ergueu a arma e segurou-a com firmeza. Mirava na direção da janela aberta em uma arcada estreita do vitral ao lado da torre dos Winters.

Como um dos homens do Conselho Superior, ele havia cumprido muitas execuções. Afastou sua mente de qualquer distração. Nada importava além do dever a seguir. Suas mãos estavam firmes como pedra, seu coração tranquilo, seus pulmões parados. O dedo tocou o gatilho. Esperando.

Por fim, Dalliah soltou Kate e deu um passo para trás, deixando a garota exposta. Silas viu sua oportunidade. Sua visão do alvo era perfeita. Apertou o dedo. A besta foi acionada. A flecha foi lançada.

Silas observou-a voar. Sua ponta prateada cintilou enquanto voava, e naquele segundo Kate olhou para cima. Seus olhos encontraram os de Silas, e a conexão de sangue entre os dois queimou fortemente nas veias dele. Ele sentiu o sofrimento puro dentro dela: a lembrança de testemunhar a morte de Artemis e o ódio pela mulher que havia tirado a vida dele. Viu a luz cintilante da alma de Kate, ferida, mas forte.

A flecha bateu com toda força na janela arqueada, espatifou o vidro e penetrou no peito de Kate. Ela continuou de pé por alguns segundos, fechando os olhos diante da dor, e Silas cambaleou para trás, surpreso. Ele sentira a flecha penetrar o corpo de Kate como se estivesse penetrando o dele. Levou a mão ao peito, e ela ficou molhada. Seu coração lento bateu duas vezes, jorrando sangue de uma ferida impossível.

A conexão entre Silas e Kate era o suficiente para dilacerar a pele dele em empatia pela garota cuja alma estava mais próxima dele do que a própria, e sua consciência viu o mundo pelos olhos de Kate enquanto o corpo dela caía sobre a roda dos espíritos. Dalliah, parada ao lado dela, esperava que ela desse o último suspiro de vida. Ergueu a cabeça olhando para a janela de onde Silas havia atirado e, quando voltou a olhar para o rosto de Kate, viu algo bem diferente por trás de seus olhos.

– Silas – disse ela. – Você chegou mais tarde do que eu esperava. Quase que eu mesma tive de matar a garota. – Dalliah colocou a mão sobre o peito de Kate, e Silas a sentiu manipulando o véu enquanto ele se retirava.

Silas cortou seu elo com Kate e, quando abriu os olhos, viu-se encurvado na parte superior da torre, lutando para controlar o sangramento de seu peito. Aquilo não fazia sentido. Seu elo com o véu deveria estar mais forte do que nunca na cidade, mas agora o elo que sustentara seu corpo durante doze anos o estava dilacerando.

Ele foi em direção à escada, cambaleando, enquanto descia, sacando a espada antes de chegar ao ar livre da noite. Se seu corpo estava se recusando a se curar, havia uma boa chance de o de Dalliah estar enfraquecendo também. Seja qual fosse o destino que o aguardasse, ele não deixaria passar aquela oportunidade.

Silas curvou-se batendo contra a porta do andar interior, com a dor de Kate perfurando profundamente seu coração. O véu estava em desordem. A barreira entre a meia-vida e o mundo dos vivos estava mais fina do que nunca, mas ainda permanecia ali. Com esforço, saiu para o ar livre e cambaleou até a torre dos Winters. Dalliah não venceria. Enquanto o véu se mantivesse, ele ainda teria tempo de terminar essa batalha.

Kate podia sentir a flecha incrustada dentro dela, mas estava fria e distante. Seus pensamentos passeavam entre os diferentes níveis do véu enquanto ela permanecia ali deitada, sangrando e inerte.

Dalliah se afastou, e o corpo de Kate não se movia. Kate concentrou-se então nas luzes dos espíritos da torre, em seus ancestrais e na roda dos espíritos, iluminada pela energia de sua própria alma entrelaçando-se nela como uma agulha perfurando o negro.

– Não é fácil enganar o destino – disse Dalliah, chutando o braço de Kate e aumentando a dor da ferida em seu peito e fazendo-a gritar. – É melhor não tentar. – Olhou acima pela torre quebrada e observou o céu com olhos aguçados, esperando que a primeira fenda se abrisse e a primeira alma caísse. – Seu espírito perfurou o mundo – disse ela. – Albion logo verá a verdade que há tanto tempo negou.

A escuridão das profundezas do véu pulsou dentro da roda dos espíritos. Kate podia senti-la se arrastando em sua consciência, arrancando pedaços de sua alma. Ela já tivera vislumbres dos terrores que ali estavam. Tinha visto os horrores que levaram os Dotados à loucura e que atormentaram Silas a vida inteira. Sabia o que esperava por ela.

– *Artemis!* – chamou Kate em desespero. Achou que estava gritando, mas, enquanto sua garganta mal soltava um ruído, seu grito atravessou o véu com toda força.

Todas as pessoas vivas dentro das muralhas de Fume sentiram o grito de Kate como uma onda de tristeza. O irmão de Edgar tremeu, escondido na rua, ainda esperando Artemis, que nunca voltaria, enquanto Silas pressionava sua mão suja de sangue na porta da torre.

Fume ecoou com a tormenta. Os espectros gritaram com Kate, preenchendo o ar com a angústia dos mortos e dos que estavam morrendo. Soldados lutavam e morriam no portão do leste. Guardas eram derrubados ao defenderem a cidade, e cada alma perdida ficava presa no espaço entre os dois mundos. A corrente da morte não era vista em lugar algum.

Quem não estava lutando por sua vida parou o que fazia e olhou para a torre. Até os que não eram Dotados podiam ver uma mudança na atmosfera ao redor dela. Um amontoado de almas comprimia o ar da cidade, como fumaça no vidro.

O espírito de Kate sangrava para dentro das pedras, descendo para a terra quente abaixo, espalhando-se pela cidade até que ela pôde sentir cada alma, cada batimento cardíaco e cada espectro dentro das muralhas. A ruas de distância, largado para morrer no frio, Edgar parou de lutar contra os espectros. Deixou que penetrassem em seu corpo, libertando sua alma, enquanto se concentrava somente em Kate, ajudando-a a continuar firme.

Kate sentia-se como se estivesse parada sobre um tambor gigante e bem-amarrado. Cada movimento na cidade criava vibrações que se transformavam em um mapa na sua mente. Ela podia ver o exército continental ao longo da muralha do leste, e os habitantes assustados fugindo da cidade da maneira que pudessem. Podia sentir a agitação em direção ao centro da cidade, onde o véu inesperadamente se deslocava acima da praça.

Um pequeno grupo de Dotados tentava manipular o enorme círculo de escuta que Kate havia usado na Noite das Almas, mas demoravam demais. Eles sabiam que estavam sobre o centro do maior círculo de escuta que havia sido ativado na memória dos vivos, e Kate podia sentir o medo deles, tanto do círculo quanto de estarem na superfície, expostos ao ar livre. A maioria estava ajoelhada no chão, traduzindo os símbolos das pedras, tentando decifrar seus significados e procurando uma forma de destrancar o poder do círculo. Não estavam trabalhando há muito tempo quando o círculo ressoou com energia debaixo deles, e os símbolos começaram a brilhar.

– Parem – comandou Greta imediatamente. – Parem agora. Chegamos tarde demais.

A magistrada olhou pela praça da cidade, observando os símbolos ganharem vida. Contanto que permanecessem no centro do círculo, estariam a salvo, mas não havia garantia de que ele agiria da mesma forma que qualquer um dos círculos que ela havia usado em sua época. Aquele estava sendo manipulado por um espírito, não pelos vivos. Se ela e os outros Dotados o atravessassem, o risco de serem capturados em sua influência era grande demais.

– Sentem-se! – ordenou ela, enquanto veios de energia branca riscavam a praça vazia. – Afastem-se das extremidades. Fiquem o mais baixo possível.

Os Dotados seguraram-se uns nos outros e, com um som parecido a metal sendo arranhado, a energia de repente emergiu das pedras, agitando seus cabelos e derrubando as fileiras de bancos de madeira ao redor da praça como se fossem peças de dominó caindo.

Os Dotados gritaram, e as grandes portas que davam para o anfiteatro fecharam-se com uma batida trovejante. Os espectros estavam comprimindo tudo ao redor deles, esperando que se formasse a primeira fenda no cemitério da cidade. Greta era a única que se atreveu a ficar ali de pé observando e sussurrou para si mesma:

– O que fizemos?

17
Recordação

Kate permanecia deitada no chão da torre, em silêncio e inerte. Tinha perdido muito de si mesma. Sua mente fora atraída para os cantos mais profundos do negro. Não conseguia ouvir nada, exceto seus pensamentos se tornando mais estranhos e desconhecidos a cada momento. As lembranças de seu passado se entrelaçavam. Sonhos, medos e pesadelos, todos lutando para dominar sua mente, portanto era difícil discernir o que era real e o que era imaginário.

O *Wintercraft* ainda estava ao seu lado. O livro, tão frio e perigoso para ela há tão pouco tempo, agora a única coisa da qual podia ter certeza no mundo. Parecia sólido e seguro. Ela repousou seus dedos sobre ele e sentiu o toque suave de uma mão invisível sobre a dela. Artemis ainda estava ali. Sentia o cheiro familiar de tinta e papel que sempre exalou da pele dele e o toque de dedos ásperos desgastados depois de anos de trabalho com livros antigos. Podia sentir o espírito dele tão forte como se ele ainda estivesse ao seu lado.

– Sinto muito – disse ela.

Artemis não respondeu, mas, quanto mais tempo sua mão permanecia sobre a dela, mais nítido seu espírito se tornava. Ele conduziu os pensamentos de Kate para uma lembrança de dentro da cidade, levando sua consciência em direção a uma estrada de chão afastada das ruas principais. Lápides antigas e quebradas foram abandonadas sobre túmulos esquecidos e cobertos de hera, e trilhas de arbustos espinhentos se espalhavam pelo chão. Qualquer caminho naquele local há muito tempo fora dominado pela mão horripilante da natureza, e ela encontrou Artemis parado ao lado de duas figuras escuras inclinadas sobre um túmulo e cavando a terra debaixo dele.

Artemis parecia tão real para ela quanto em vida, mas não estava usando as roupas rasgadas de viajante com as quais morrera. Estava usando sua calça favorita manchada de tinta e um casaco de lã sempre grande demais para ele. Era o tio que ela conhecera antes dos guardas e do *Wintercraft* aparecerem em suas vidas, o tio que a protegeu e confiou nela para que em troca também o protegesse. Houve momentos em que foram felizes na livraria e, durante todos eles, Artemis parecia estar exatamente como ali naquele instante.

A lápide sobre o túmulo aberto estava rachada e quebrada no mundo dos vivos, mas Kate podia vê-la intacta e nova dentro do véu enquanto o tempo se sobrepunha para deixá-la ver o que Artemis precisava que ela visse. Kate reconheceu as pessoas para as quais olhavam: a mulher do Conselho, Da'ru Marr, e Kalen, o guarda cuja alma ela havia visto vagando pelas ruas de Fume. Eles estavam conversando e olhando para o túmulo, retirando pás cheias de terra dali.

– É aqui que o *Wintercraft* ficava escondido – disse Artemis. – Ficou naquele túmulo por mais de um século, até que aquela mulher o retirou de lá. Ela devia tê-lo deixado apodrecer. Ele devia ter sido esquecido. – Pela primeira vez Artemis não estava disposto a medir suas palavras. – De acordo com a história da família, seu bisavô reconheceu o perigo do *Wintercraft* e quis se livrar dele. Tentou vendê-lo, mas ele sempre retornava à família, e suas páginas não podiam ser destruídas. Enterrá-lo com ele foi a única saída para garantir que ele ficasse fora de alcance. Meu pai me contou histórias sobre nossa família e o livro, mas a meia-vida não é meu mundo. Eu não a compreendo da mesma forma que você.

O olhar de Artemis parecia inquieto, mas determinado.

– Quis afastá-la de tudo isso – continuou ele. – Achei que o *Wintercraft* fosse apenas um livro, mas tinha ouvido o suficiente para saber que bastava segurá-lo para destruir vidas. – Ele olhou para as figuras que estavam tirando o livro do túmulo aberto. – Ele contamina as pessoas. Ele as faz esquecer sobre o que é importante, mas eu nunca esqueci. Alguns de nossa família quiseram seguir o caminho dos Dotados, outros se desviaram dele. Eu não devia ter tentado fazer essa escolha por você.

A visão de Da'ru e Kalen desapareceu quando eles largaram suas ferramentas e levaram o livro de volta para a cidade. Artemis foi em direção ao túmulo e leu as inscrições da pedra:

Na Morte – Sabedoria
Na Recordação – Vida

– Não percebi o quanto essas palavras eram importantes – disse ele, enquanto Kate olhava para um caixão esmagado onde os ossos de um de seus ancestrais estavam expostos. – Este ditado era um dos favoritos de seu bisavô. Ele sempre dizia: 'A morte é a pergunta final. É a única peça do conhecimento que ninguém pode ter até que seja a sua hora, e a recordação é como mantemos vivo o passado.' Mesmo que as pessoas nos deixem, nos lembramos delas, compartilhamos suas histórias e acreditamos que estão em paz.

Kate aproximou-se de Artemis o máximo que teve coragem, e o espírito dele deslizou sua mão sobre a dela. Ela sentiu o calor de seu toque, e a tristeza a invadiu.

– Tudo o que você sofreu começou neste lugar – explicou Artemis. – Se seu tivesse feito as coisas de forma diferente... se eu tivesse trazido você aqui e deixado você viver com os Dotados desde o início, talvez estivesse a salvo.

– Você fez a coisa certa – disse Kate, finalmente adquirindo confiança para encontrar sua voz e mantê-la firme. – Eu não teria mudado nada.

A lápide voltou ao seu estado danificado quando Artemis deixou a lembrança se afastar.

– Estou orgulhoso de você, Kate – disse ele. – Alguma coisa mudou dentro de você. Você pode sentir. Você não vai morrer hoje.

Kate pensou que Artemis podia não ter visto a flecha cravada nem percebido o quanto a sobrinha estava perigosamente perto da morte. Kate sentia o coração parado.

– Você não terminou – disse Artemis, apertando um pouco mais a mão da sobrinha. – Você precisa sobreviver. Este lugar... ele deixa você ver o que não viu na vida. Nada disso aconteceu por acaso. Você e o guarda. É nisso que precisa se concentrar agora. Ele é a resposta.

– Silas? – a mão de Kate correu para o peito onde a flecha estava.

– Sei que ele fez isso com você, mas há mais coisas em risco aqui do que você viu. O véu não vai parar aqui na cidade. Os Dotados permaneceram em Fume por um motivo.

Deve haver pessoas aqui que possam equilibrar os mundos dos vivos e dos mortos. Fume não pode funcionar sem eles. A maioria dos Dotados está morta, Kate. Sem o número suficiente deles para canalizar o véu, ninguém sobreviverá. Milhares de vidas terminarão antes da hora. Não haverá nada para o Continente tomar. Albion será um país de fantasmas.

– Eu não posso impedir isso – disse Kate. – Não agora.

– Você precisa assumir o controle de tudo, Kate. Há pessoas que se importam com você. Confie nelas. Existiram pessoas más em nossa família. Muito sangue foi derramado durante um longo tempo, mas nem todos os Winters são tão maus como a história os faz parecer. Confie em si mesma para fazer o que é correto.

Kate sentia o véu atraindo-a. Ela queria ficar livre da preocupação e da dor e não queria ser deixada sozinha.

– Leve-me com você – pediu ela. – Eu não quero ficar aqui.

Artemis puxou-a para perto dele, e ela sentiu a delicadeza suave do espírito de seu tio abraçando-a.

– Esta é a minha hora – disse ele. – Você ainda não terminou aqui.

Kate agarrou o tio com força, seu coração sobrecarregado de dor.

– Não se preocupe comigo – disse Artemis. – Contanto que você esteja segura, é só o que importa. Pense em Edgar agora. Ele é uma alma boa. Ele irá ajudá-la a encontrar o caminho de casa.

Kate sentiu a presença de Edgar por perto e sentiu um puxão forte dentro dela. O espírito de Artemis desapareceu, sua visão da cidade sumiu e sua consciência voltou para seu corpo na torre.

– Não – sussurrou ela, abrindo os olhos sob o olhar atento das caveiras e mergulhando de volta na dor de um corpo à beira da morte. Tentou desesperadamente se reconectar com Artemis. Tentou tocar o corpo dele, mas seus dedos mal alcançavam a mão do tio.

– *Adeus, Kate.* – A voz de Artemis espalhou-se como um sussurro ao lado da sobrinha, e ela deixou a mão fraca cair no chão.

– Adeus – disse ela com a voz tremendo e suspirando no meio das lágrimas.

Permaneceu ali parada. O último de sua família se fora. Silas voltara-se contra ela, e sua conexão com Edgar só causava dor a ele. Tudo que Dalliah queria era usá-la como fez com todos. Tudo que lhe era precioso estava sendo tirado dela. Kate poderia simplesmente ficar ali deitada e desistir ou lutar. Todo o seu sofrimento, toda a sua dor cristalizou-se dentro de si. Não podia deixar Dalliah ter o que queria. Artemis tinha razão. Precisava assumir o controle.

Cada movimento provocava pontadas de agonia que corriam por seu corpo, mas ela conseguiu agarrar a flecha, e antes que pudesse pensar no que estava fazendo, puxou-a com força. Uma dor torturante rasgou-a por dentro quando a arma de ponta prateada saiu limpa de seu peito. Soltou um grito. O cabo da arma estava manchado de sangue. Podia sentir a ferida gotejando debaixo de seu casaco e seu corpo tremia de frio à medida que o sangue escoava.

Ela devia estar morta. Somente a dor deveria ter sido o suficiente para acabar com ela assim que a flecha a atingiu, mas algo mais estava acontecendo. Seu sangue parecia rios de gelo, e quando ergueu o olhar e viu Dalliah, sentiu Silas parado na porta. Sentiu-o ali, mesmo antes de a porta se abrir e Silas irromper.

Dalliah voltou-se para ele assim que ele entrou na torre.

– Ainda duvida de mim, Silas? – indagou a mulher. – Olhe para ela! A alma de um Winters foi rompida sobre a última roda. É o início de tudo que vi e do que ainda está por vir.

– Não – disse Silas, apontando sua espada para Kate. – Ela devia estar morta. A morte deveria tê-la levado.

– De que ela me adiantaria então? – questionou Dalliah. – A garota já está unida a você pelo sangue. Você fez metade do meu trabalho para mim, Silas. Ela não é a única preparada para o *Wintercraft*. – Dalliah estendeu a mão coberta de gelo do véu. – Eu precisava partir o espírito dela, mas suas ações deram o último impulso para a alma dela. Achei que fosse gostar disso. Bem-vindo a um novo mundo.

Kate estava com a respiração curta, e sua alma partida afundou na roda, prendendo-se bem no centro do véu. Ela sentiu a escuridão movendo-se devagar em sua mente, mas se recusou a deixar que ela a engolisse. Fechou seus pensamentos para a escuridão como se tentasse esquecer um pesadelo, nunca deixando que eles focassem por muito tempo na tortura que esperava para agarrá-la.

Dalliah levantou a mão, e a energia do véu se espalhou rapidamente pelo corpo de Kate quando seu uso do *Wintercraft* assumiu o controle. Seus músculos dilacerados se uniram, sua pele curou-se, e o sangue ao redor do ferimento secou e se transformou em um pó fino, preservando sua vida física para a pequena parte de sua alma que ainda não havia sido reivindicada pelo negro.

Silas, acostumado com a influência do véu, mal notou seu próprio ferimento cicatrizando ao mesmo tempo. Observou Kate lutando para se levantar. Seus olhos manchados de prata estavam inundados com o cinza turvo da morte, mas seu rosto estava firme e focado. Dalliah esperava que ela agisse como canal passivo quando o véu desceu, mas nunca tinha visto Kate manipular o véu. Silas presenciara as habilidades de Kate em primeira mão, e ela não era uma fonte de energia para ser vazada. Ela era instintiva e forte. Sua conexão com o véu era mais poderosa do que Dalliah podia imaginar. Dalliah tinha subestimado a capacidade de Kate.

Kate juntou a energia ao redor de si e concentrou-se na roda dos espíritos sob seus pés. A alma do Winters presa ali há séculos foi suficiente para reter a queda do véu; agora ela veria se outra poderia trazê-lo de volta ao controle.

As caveiras nas paredes começaram a tremer. Os ladrilhos externos da roda dos espíritos viravam-se, e a torre dos Winters de repente sacudiu em seus alicerces. O chão rachou e estremeceu. O ar ficou denso e pesado, como a calmaria antes de uma tempestade. Os tremores eram como a pulsação de um coração subterrâneo, e a superfície do Lago Submerso reverberava, lançando ondas finas e sobrepostas rolando em direção às encostas.

Um barulho agudo retumbou nas distantes muralhas da cidade e espalhou-se dentro dela, aumentado cada vez mais, até que alcançou a torre com uma poderosa erupção de som. A torre o difundiu como uma explosão, como se alguém tivesse atingido o centro da cidade com um peso, enviando uma onda sonora profunda vociferando pelas ruas.

Silas e Dalliah foram jogados contra a parede quando a energia explodiu direto do chão. A roda incendiou-se de luz, seu ladrilho central estava incandescente com o símbolo entalhado da família Winters, e as paredes romperam-se na escuridão, deixando que a meia-vida jorrasse pelo mundo dos vivos. Fileiras de espíritos moviam-se por Fume como a fumaça rolando pelo chão, mas não eram formadas somente pelas almas dos mortos sem descanso que habitavam a superfície. Entre elas, moviam-se as almas sombrias e torturadas reivindicadas pelo negro. Todas estavam surgindo, e todas estavam ouvindo Kate.

O colapso do véu espalhou-se feito uma camada de gelo despedaçando-se no céu de Albion. A energia difundiu-se como um raio violeta, arrebatando as nuvens e se deslocando pelas torres memoriais da cidade. Fume era o ponto central do impacto, abrindo os olhos dos vivos para o mundo dos espíritos que existia muito próximo ao mundo deles. No momento em que o véu caiu ali, seguiu direto por Albion inteiro, crepitando até as longínquas praias do Mar Taegar e os declives das distantes montanhas no Norte Superior.

Em Morvane, cidade natal de Kate, espectros que vagavam invisíveis pelas ruas agora se moviam nitidamente na escuridão, provocando gritos de medo nos mercadores que acordavam cedo para trabalhar na praça do mercado. Vielas e ruas cintilavam com as luzes dos espíritos envolvidos na sombra, e almas que geralmente seriam percebidas num vislumbre, como se fossem um movimento no canto dos olhos de uma pessoa, agora se mantinham como reflexos frágeis perceptíveis na luz da lareira. As pessoas se trancavam em suas casas, espiando por trás da segurança de suas janelas as figuras em movimento, mas os mortos não tinham interesse nos vivos. Os fantasmas moviam-se rapidamente pelas ruas, passando impetuosamente pelas barricadas da cidade e indo para as extensas regiões despovoadas em direção a Fume.

Kate estava atraindo todos os que morreram no sofrimento, movendo milhares de almas fantasmagóricas por florestas, rios e vales esquecidos. Os espectros passaram por regiões de Albion invisíveis aos olhos humanos durante gerações, correndo em direção ao cemitério da cidade como uma avalanche. Os vilarejos iluminados por fogueiras foram preenchidos de massas cinza e pretas. Os animais corriam, uivavam e latiam. Lanternas se apagavam, e os que eram acordados pelo barulho olhavam de suas portas, presenciando uma parede de almas retumbando pelas ruas. Os gritos dos mortos eram ouvidos por todos, acordados ou dormindo, à medida que seus ancestrais finalmente se faziam presentes.

O grupo de Baltin atravessou Fume e chegou ao Museu de História pouco antes de o círculo de escuta na sala principal ser ativado com mais potência do que nunca. Os Dotados subiam as escadas externas do museu em direção à porta quando a energia dos espíritos reverberou nas paredes, estilhaçando as janelas verdes e fazendo com que eles voltassem cambaleantes para a rua. Baltin deu um grito de advertência ao seu grupo e cobriu o rosto com o casaco quando as almas emanaram do museu feito um enxame de abelhas, oscilando sobre suas cabeças e se espalhando entre as casas.

– Não olhem para elas! – gritou ele. – Deixem-nas irem! Deixem-nas irem!

Muito abaixo dos pés deles, as cavernas mortuárias retumbavam com vida, provocando uma chuva de fragmentos de terra de seus tetos gigantescos. Ossos antigos chacoalhavam em seus túmulos e almas primitivas percorriam as ruas curvas do subterrâneo, reunindo-se e subindo, irrompendo para a superfície à procura do céu aberto.

– Funcionou – disse Dalliah com calma.

Kate concentrou tudo o que tinha na cidade, mas o véu era forte demais para ela o dominar por completo. Os prédios trincavam, ruas inteiras fendiam-se enquanto partes enormes da cidade se dividiam. As pessoas mais próximas da praça da cidade fugiam tentando se salvar enquanto casas desmoronavam e abismos se abriam nas ruas. As torres memoriais permaneciam firmes. Os prédios antigos, as gárgulas e as estátuas que foram colocados em homenagem aos mortos permaneciam intactos pela devastação, mas tudo que era novo – tudo que tinha sido construído somente para o conforto dos vivos – desabou.

Dalliah olhou para cima, e Silas abriu com violência a porta da torre, observando enquanto o caos se espalhava pela cidade. Fume estava coberta pela devastação. A poeira abafava o ar, e os escombros cobriam tudo como um manto cinza. Os níveis superiores da Cidade Inferior eram banhados pela luz do luar à medida que as ruas construídas sobre eles desmoronavam, revelando passagens, caminhos de carruagens e lares enterrados que não eram vistos desde a época dos guardiões de ossos. As pessoas que fugiam ficavam encobertas com a poeira das pedras e algumas precisavam segurar umas às outras para não caírem nos enormes abismos que surgiam ao redor delas.

Fume estava se livrando do legado dos vivos. Enquanto a superfície da cidade era eliminada, mais círculos de escuta eram revelados no interior das ruas, enterrados e esquecidos: pedras amplas e intrincadamente entalhadas – algumas de vários metros – que um dia foram essenciais para o trabalho da cidade com os mortos. Ninguém via aqueles círculos funcionando havia séculos. Agora, sob o controle de Kate, todos estrondearam ganhando vida, varrendo as camadas de terra que os cobriram durante muito tempo. Ruas inteiras estremeciam, suas pedras crepitavam enquanto os símbolos antigos debaixo delas se enchiam de luz.

– Kate – gritou Silas no meio do barulho. – Pare com isso.

Kate não ouviu. Sua alma injetava fogo no coração de Fume. A cidade antiga ganhara vida.

Enquanto a energia dos círculos se propagava, os espectros emanavam de cada pedra, prédio e túmulo na cidade. A influência de Kate se espalhava em cada centímetro de suas ruas em combate, extraindo as almas que estavam presas dentro dos círculos e libertando-as.

Dalliah encostou-se à parede da torre, esperando que sua própria alma emergisse.

– É isso que estávamos esperando, Silas! – gritou Dalliah. – Vai me agradecer pelo que fiz.

Com o desaparecimento do véu, a meia-vida dominou o mundo dos vivos. Por Albion inteiro, os pesadelos caminhavam livremente. Almas das maiores profundezas, modificadas para sempre durante séculos, perdidas no horror e na insanidade, gritavam sob a luz do mundo dos vivos, enquanto as dos níveis superiores se reuniam onde houvesse pessoas, à procura dos entes queridos que um dia perderam, circulando os prédios como aranhas fantasmas tecendo suas teias ao redor das moscas. Albion foi alterado pelas lembranças dos mortos sem descanso, e o passado se misturou com o presente. Não havia escapatória. O medo, o vazio e o arrependimento dos espectros eram contagiosos. Logo ninguém poderia ter certeza de que seus pensamentos eram mesmo seus.

Dentro da praça da cidade de Fume, os Dotados gritaram assustados quando o chão debaixo deles começou a revirar. As pedras rangiam umas nas outras, e canais antigos apareciam em lugares onde jamais foram visíveis. Greta tentou manter todos calmos, esforçando-se para esconder o próprio medo. Ali, sob um céu iluminado por um raio, ela percebeu a extensão de sua ignorância sobre as coisas que julgava entender. Ela havia aprendido somente o suficiente sobre os métodos dos Dotados para trabalhar entre eles, mas não havia se preparado para nada daquilo. Nenhum dos Dotados ousara olhar fundo o suficiente no véu para compreender os extremos que um dia poderiam ter de enfrentar. Devido a toda a sua confiança, Greta e os outros se encontrarram totalmente à mercê do desejo do círculo.

A magistrada se ajoelhou para tocar um dos minúsculos traços de palavras entalhadas que serpenteavam no chão. Seus dedos brilharam com energia, e ela reconheceu a influência de Kate imediatamente. Um vislumbre do sofrimento espiritual de Kate a consumiu por um instante, mas aquela breve conexão foi o suficiente para fazê-la se arrepender de tudo o que havia dito ou feito para a garota Winters. Greta não conhecia ninguém que pudesse sobreviver, até mesmo segundos, no lugar onde a alma de Kate estava sem perder a noção total de quem era.

Aquele minúsculo vislumbre no espírito de Kate a incentivou a olhar na direção da distante torre dos Winters, e o que ela viu a fez levantar-se e prestar atenção, sem saber ao certo se o que via era real.

– Fiquem longe dos entalhes – ordenou ela, gesticulando para os outros Dotados que estavam ao seu lado. – E olhem para cima.

Fios finos de nuvem juntavam-se acima da cidade, enrolando-se e formando uma espiral nas cores violeta e prata. O céu de repente foi recoberto por uma guinada de nuvens e sombras girando em sentido horário que se estendiam por um perímetro de vários quilômetros.

– O que é aquilo? – perguntou um dos garotos mais velhos.

– Um redemoinho de almas – respondeu Greta. – Nunca pensei que veria um desses na minha vida.

– O que vamos fazer?

As palavras do garoto foram arrebatadas pelo ruído de um jato de ar que tomou conta da praça da cidade, e uma parede de almas movendo-se rapidamente surgiu sobre suas cabeças, encobrindo a luz. O círculo protegia os Dotados da influência delas, mas ficar perto de tantos espectros livres era mesmo uma experiência de tirar o fôlego.

– Esta luta não é nossa – disse Greta, enquanto as almas oscilavam em direção ao leste. – Não mais.

18
Redemoinho

O exército continental havia se preparado para um ataque rápido e decisivo à capital de Albion. Recebeu informações confirmando que a maior parte do exército de Albion estava fora de alcance e esperava pegar de surpresa o grupo principal de guardas vigiando a cidade.

A informação do conselheiro Gorrett provou ser inestimável para o planejamento e a execução do ataque, mas tudo dependia do resultado rápido da batalha com guardas mortos, pessoas assustadas e um Conselho Superior capturado para ser entregue aos seus líderes do outro lado do mar. Os inimigos pretendiam devastar as defesas de Fume em poucas horas, mas o que viram foi uma defesa municipal bem treinada e guardas confiantes o suficiente para montar contra-ataques coordenados, obrigando-os a ficarem em um cerco.

O rompimento das muralhas tinha sido tranquilo como planejado, mas, assim que entraram, os soldados continentais ficaram em desvantagem imediata. As ruas além dos portões faziam parte da vida dos guardas, que empregavam estratégias mortais desconhecidas pelo informante do Continente no Conselho. Os líderes do exército ofensivo estavam perdendo mais homens do que gostariam com as emboscadas, armadilhas e arqueiros escondidos, posicionados em lugares que nem mesmo o observador mais atento poderia descobrir.

Era tudo ou nada para tomar Fume. Vitória ou morte. Ninguém contava que as chances se voltassem tão drasticamente contra eles.

Os mensageiros receberam ordens para explorar o perímetro da cidade à procura de entradas secretas, mas nenhum deles voltou. Havia relatórios de figuras fantasmagóricas posicionadas sobre as muralhas, fazendo com que os arqueiros desperdiçassem suas flechas, atirando em um alvo que logo depois desaparecia. Alguns soldados comunicaram que a terra tremeu debaixo deles, mas o líder do exército relacionou tais fatos ao cansaço, bem como às superstições comuns a qualquer estranho se aproximando da cidade que continha a maior parcela dos mortos do país.

As pessoas do Continente sabiam respeitar aqueles que morreram diante deles. Histórias das almas sem descanso de Fume espalharam-se muito além das fronteiras de Albion e até mesmo do próprio Continente. Não era novidade os soldados acharem que tinham visões, mas cada erro que cometiam era um erro para muitos. Cada história falsa e flecha perdida tinha o potencial de custar a vida de um homem; então, quando um dos observadores ficou totalmente pálido ao lado dele, o general achou que ele estava prestes a perder seu tempo mais uma vez.

O observador não disse nada. Não precisava. Apontou para as muralhas da cidade, e nem ele ou seu líder tinham palavras para descrever o que viam.

Primeiro, o general achou que fossem pássaros, mas pássaros não planavam sobre telhados de forma tão fluida, inundando torres como um líquido, escurecendo tudo o que cobriam enquanto ondulavam em direção ao portão da cidade. Tinha de ser uma arma, mas não era igual a nada que ele jamais tinha visto. Quanto mais se aproximava, mais detalhes eram vistos, e, apesar de seu ceticismo, ele podia jurar que havia olhos na escuridão. Seriam de alguma espécie de animal?

– Ordens, senhor?

Uma voz ao seu lado o fez lembrar que tinha um trabalho a fazer.

Que ordens poderia dar? Não havia nada para combater, e recuar não era uma opção, mas eles tinham ido longe demais para perder a oportunidade agora.

– Mantenham suas posições!

Quando o exército continental pressionou novamente, uma luz fria e azul cruzou a escuridão em direção ao norte de Fume. O Trem Noturno havia retornado de seu trabalho no Norte Superior, chegando tarde, mas trazendo guardas suficientes para reforçar a guarda municipal de Fume. A enorme locomotiva acelerava nos trilhos, avançando com sua poderosa grade de ferro na dianteira enquanto seus vagões de metal remendado rangiam e sacudiam. As jaulas e correntes amarradas dentro deles deveriam estar cheias de pessoas trazidas das cidades distantes, mas a ordem para voltar havia chegado antes de os guardas terem tempo de começar seu horrível trabalho.

A estrutura de ferro torcido do trem chegou ao alcance dos olhos da cidade, vindo a toda velocidade. As rodas ressoavam debaixo de uma gigantesca nuvem de vapor, abrindo caminho debaixo de uma fileira de arcos altos de pedras que marcavam a chegada do trem a Fume. As chamas ardentes da cidade iluminavam o céu noturno em alguns trechos diante deles, e os guardas a bordo prepararam suas armas, prontos para defender a capital assim que o trem parasse na estação.

Esse momento não chegou.

O general do Continente examinou a escuridão asfixiante que se espalhava sobre a cidade. Poderia ser um embuste criado para o ataque, aproveitando-se das superstições dos invasores, mas, dentro das muralhas, os guardas de Fume foram igualmente pegos de surpresa quando uma onda de espectros tomou conta das ruas. Com medo, os homens atacavam os espectros como se fossem inimigos humanos, mas suas espadas não penetravam em nada além do ar, obrigando-os a recuar. Um bando de espectros enxameou as fileiras avançadas de guardas e acometeram contra as muralhas externas, fazendo Fume ecoar com um som trovejante quando o redemoinho de espíritos atingiu as pedras.

O impacto criou uma onda de choque que perfurou o véu e atravessou o mundo dos vivos. Os cavalos fugiram. As armas do cerco despedaçaram-se. Os soldados fora das muralhas de Fume foram derrubados, ficando pasmos e desorientados. Até as cidades e os povoados espalhados pela região sentiram a vibração, forte o suficiente para fazer os cavalos se inquietarem em seus estábulos e despertar os que dormiam.

O maquinista grisalho do Trem Noturno foi o único a bordo que testemunhou os espectros tomando conta dos telhados mais altos de Fume e rompendo dentro das muralhas, antes que dois arcos de pedra caíssem sobre os trilhos diante dele. Com os olhos brancos de terror, ele puxou a alavanca do freio e, quando a onda de choque atingiu a poderosa locomotiva, o efeito foi inevitável e devastador.

A força da meia-vida bateu na estrutura de ferro, obrigando as rodas a travarem e produzirem fagulhas quando o enorme trem encontrou a resistência do véu. Os vagões se sacudiram, até que um deles perto do centro do trem perdeu o suporte e descarrilou. Bateu direto em um dos arcos, fazendo com que as pedras se soltassem e caíssem sobre seu teto aberto, arrastando todos os outros para a esquerda e puxando a locomotiva que lutava para reduzir a velocidade.

A locomotiva chiou e chocou-se contra os escombros do primeiro arco. Pedras se espalharam. Faíscas saltaram das rodas como se fosse um líquido flamejante, e a intensa luz azul que tinha sido uma fonte de terror em Albion durante tanto tempo tremeluziu e morreu. A fornalha esparramou o carvão na cabine do maquinista, formando um nevoeiro de fagulhas quentes, iluminando o rosto dele pela última vez, e as enormes rodas racharam, chiando e saindo dos trilhos. O impulso ainda carregou a locomotiva defeituosa por alguns metros sobre o chão irregular, depois ela caiu de lado e derrapou sobre o chão congelado.

Os guardas a bordo ainda vivos se agarraram aos vagões, que se arrastavam deixando sua marca pelo chão, remexendo a terra até que a locomotiva cavou fundo o suficiente para contrapor sua própria força; e lentamente, numa parada tortuosa e bruta, o Trem Noturno viu o fim de sua última viagem.

O trem ficou arqueado e amassado no meio de uma névoa asfixiante de fumaça e poeira. Alguns dos vagões centrais se transformaram por completo em uma massa de metal mutilada, e o vapor chiava, escapando dos veios mecânicos quebrados da locomotiva. Os guardas saíam dos destroços com braços e pernas ensanguentados, puxando os amigos feridos, colocando-os em um lugar seguro e se reunindo na sombra do trem destruído. O maquinista não sobrevivera para contar a história, então a única suspeita dos guardas era a de sabotagem inimiga.

Os oficiais fortes o suficiente para andar reagruparam-se para retirar seus cavalos do vagão-estábulo perto da parte traseira das ferragens. A respiração dos animais enevoou o ar frio. Estavam com os olhos arregalados, mas todos eram cavalos de batalha altamente treinados, prontos para ficar sob a proteção de seus donos assim que o perigo imediato tivesse passado.

Sem nenhuma informação sobre a situação da cidade além do que estava diante de seus olhos, os guardas montaram seus cavalos, abandonaram o Trem Noturno e cavalgaram em direção ao campo de batalha, ignorando o caos que assolava o interior das muralhas de Fume.

No meio de uma rua destruída, longe da luta, Edgar respirava trêmulo. Não conseguia mais sentir Kate. Os espectros que o tinham cercado se afastaram, atraídos para dentro da massa de almas agitadas acima dele. Ele ficou totalmente parado, mas seus olhos inspecionaram cada sombra, cada movimento, cada brisa. O vazio repentino de sua mente era desorientador. Assim que teve total certeza de que estava sozinho, deixou que seus dedos tocassem as pedras, desesperado para sentir a solidez do mundo dos vivos.

As vibrações da cidade devastada ecoaram, mas Edgar não conseguia ouvir nada além do pulsar de seu coração. Sua cabeça zunia com a pressão, e sentia como se seu corpo tivesse sido jogado escadaria abaixo. Apoiou-se nas pedras e sentou-se, tentando se reorientar. As sombras o abandonaram, mas deixaram partes de suas lembranças. Edgar podia se lembrar de lugares que nunca tinha visto e de pessoas que nunca conhecera. Tentou se levantar, mas logo desistiu e voltou a se sentar.

O corvo de Silas pousou sobre um poste de rua destruído e ficou olhando o garoto. Se um pássaro pudesse sorrir, Edgar estava certo de que o animal emplumado estaria com um sorriso de desdém no rosto, o que o deixou mais determinado a se levantar. Precisava de um plano, mas até então era difícil pensar em algo além da própria respiração. Não queria olhar para as almas acima dele.

Decidiu tentar mais uma vez se apoiar nas pedras, mas algo o deteve quando já estava se ajoelhando. Olhos estavam observando-o de dentro de um dos prédios: olhos profundos e amarelados que não eram de um espectro nem de humanos. Edgar ficou parado, consciente de que não tinha forças para correr. Os olhos moveram-se para a rua, tinha um focinho longo e pontudo, ouvidos alertas e patas poderosas que suportariam fácil um animal grande.

Edgar estava agachado a poucos centímetros de um lobo. Uma fera esbelta e musculosa que caminhava pomposa sobre as pedras, olhando diretamente para ele. O garoto tinha ouvido falar que as pessoas da Cidade Inferior possuíam lobos, mas nunca tinha visto um tão de perto. O animal desviou o olhar, desinteressado nele, antes de um segundo lobo segui-lo acompanhado de perto por um homem magro e debilitado, como uma planta abandonada para crescer no escuro.

– Então, rapazes – disse ele. – Vamos ver o que temos aqui.

O prédio do qual estavam saindo era o mesmo que Edgar e Silas usaram para sair das ruas subterrâneas, e uma multidão seguia os lobos e seu mestre. Todos imediatamente olharam para o céu, fascinados com os espectros que ali se reuniram. Alguns tiveram de ser empurrados para saírem da frente dos que vinham atrás deles, até que pelo menos cem pessoas juntaram-se a Edgar na rua.

Edgar reconheceu um homem e uma mulher que tinha visto na Prisão Feldeep acompanhando o grupo mais próximo dele, prontos para lutar, mas todos tomaram um tempo e pararam na frente do prédio, respirando ar puro pela primeira vez em anos. Só quando um dos lobos se aproximou de Edgar, fazendo-o se arrastar debilmente para trás, alguém notou sua presença.

– Parece que está ferido – comentou o dono do lobo. – Para onde eles foram, garoto? Onde está o inimigo?

Edgar tentou falar, mas sentia a garganta seca queimando. Então apontou, mal erguendo um dedo em direção ao leste.

– Está certo. – O homem assobiou para que os lobos voltassem para perto dele e guiou o grupo da milícia subterrânea na direção que Edgar indicara.

Para as pessoas que viviam na superfície, era fácil esquecer o bando que tinha construído suas casas nos túneis debaixo da cidade. Assim que ficaram convencidos de que seu país estava sob ameaça, muitos deles se mostraram dispostos a deixar de lado a desconfiança do povo acima e se reuniram sob o comando de um homem cujo nome um dia causou medo. O chamado de Silas para a luta havia se espalhado entre as pessoas da Cidade Inferior, e elas estavam respondendo. Centenas de homens e mulheres saíam das passagens escondidas por toda a cidade, armados com qualquer instrumento de luta que pudessem encontrar, prontos para proteger sua terra.

As ruas abandonadas de Fume se encheram de novo. Em suas estradas desoladas caminhavam cidadãos esquecidos que já haviam provado serem guerreiros e sobreviventes.

Se a cidade precisava de ajuda, estavam mais que prontos para ajudar. Onde há apenas algumas semanas os ricos habitantes desfilavam pelas ruas comemorando a Noite das Almas, usando máscaras e roupas elegantes, agora um desfile bem diferente seguia rumo ao leste. As pessoas das ruas subterrâneas passaram a vida inteira trancadas no silêncio, e passavam pela cidade em chamas da mesma maneira, despercebidas do inimigo. Viveram na escuridão por tanto tempo que ficar ao ar livre as fazia permanecerem grudadas umas nos outras, sentindo falta da proximidade das paredes dos túneis que as cercavam.

A maioria dos espectros agora estava concentrada ao redor da muralha do leste, onde a leva seguinte de soldados inimigos estava pensando duas vezes antes de atacar. Todos os invasores que já estavam dentro da cidade eram obrigados a fugir para salvar suas vidas à medida que os espectros se aproximavam cercando-os e inundando suas memórias com tanto terror a ponto de compelir muitos deles a voltarem para o portão.

Logo, somente os oficiais robustos da Guarda Sombria continuaram lutando. Seus grupos tinham se infiltrado para mais adiante na cidade que os soldados comuns, e se moviam furtivamente atrás da ação principal, pegando os guardas um por um. Não permitiam que os espectros influenciassem suas mentes. A Guarda Sombria havia ajudado Dalliah a entrar na cidade, e ela colocou-se mais do que disposta a retribuir compartilhando conhecimento tático. Ensinou aos oficias a fechar suas mentes contra a influência dos espectros, assim, quando as almas passassem, a Guarda Sombria não se distrairia.

Cada inimigo abatido por uma espada da Guarda Sombria era uma barreira a menos entre seus líderes e o sucesso. Aos poucos, a Guarda ameaçava virar o jogo contra os guardas, recuperando o território que seu exército derrotado perdera. Dalliah tinha preparado aqueles oficiais da Guarda Sombria para tudo, exceto para as pessoas da Cidade Inferior.

A primeira imagem que o dono do lobo viu do inimigo foi um agente da Guarda Sombria arrancando a espada do peito de um guarda morto. Ele acompanhava os lobos que rondavam ao seu lado, e, quando o agente da Guarda Sombria olhou para cima, as flechas de dois arqueiros escondidos atingiram o inimigo diretamente no peito. Mais agentes foram combatidos da mesma maneira, enquanto os habitantes dos túneis se moviam em grupos de forma imprevisível, terminando o trabalho que os espectros já tinham começado.

O exército continental estava paralisado pelo medo do desconhecido. Nenhuma ordem poderia persuadir os soldados a atacar as muralhas repletas de almas dos mortos, e os habitantes que esperavam ser fracos e indefesos rapidamente eliminaram uma quantidade de inimigos tão grande quanto a dos guardas. Os guardas do Trem Noturno avançaram e pegaram o flanco direito do Continente de surpresa. A maioria já estava ensanguentada e ferida com o acidente, de forma que era difícil o inimigo saber se eles eram homens de verdade ou fantasmas percorrendo a região. O perigo mortal de suas flechas e espadas logo afastou qualquer dúvida.

Fume não era uma relíquia de uma civilização decadente pronta para a captura. Era o que muitas das pessoas do Continente temiam que fosse. Um lugar de segredos. Uma fortaleza de poder.

– Recuem! – O general que liderava a invasão gritou a única ordem que todos os seus homens obedeceram com prazer.

Todos os homens com uniformes do Continente se retiraram das muralhas de Fume, seguindo seus cavalos afugentados de volta para as regiões despovoadas, em direção à costa longínqua e ao país com o qual fracassaram. Deixaram seus mortos e seu orgulho para trás, e nenhum deles que havia presenciado os acontecimentos daquele dia jamais quis ver aquelas muralhas outra vez.

As pessoas da Cidade Inferior ficaram lado a lado com os guardas que haviam protegido as muralhas, mas nenhum deles comemorou vitória. Os espectros ainda estavam presentes, cercando-os feito lobos. Cada ser vivo observava as almas com cautela enquanto os sobreviventes cuidavam dos feridos e contavam os mortos, mas ninguém sentia ter obtido de fato sucesso. O véu cedido deu às torres uma presença viva, e cada rua seguia um curso um pouco diferente do dia anterior. Os habitantes de Fume sentiam-se como insetos cavalgando nas costas de uma fera gigante que poderia jogá-los bem longe com o simples balançar do rabo. Tinham repelido uma ameaça, mas a maior delas ainda precisava apresentar suas intenções.

Os habitantes da Cidade Inferior, já sob um céu desconhecido, sentiram-se afrontados nas ruas, e os guardas – que uma vez dominaram cada movimento e cada vida dentro das muralhas de Fume –sentiram-se impotentes pela primeira vez. Albion estava controlado por algo contra o qual não possuía defesa. Uma nuvem ainda pairava sobre a capital assolada. A noite ainda estava longe de acabar.

19
Do negro

Kate permaneceu sobre a roda dos espíritos, vendo o ressurgimento dos círculos de escuta através dos olhos da meia-vida. Os construtores de Fume sabiam como trabalhar com o véu. Ergueram a cidade em uma época em que o corpo e o espírito eram vistos como dois aspectos separados de um todo. Uma época antes da superstição: antes de as pessoas aprenderem a fechar suas mentes para toda a verdade ao redor. Fume pertencia aos mortos. Eles eram tudo o que importava ali. Tudo de que realmente precisavam era que os vivos ficassem longe do caminho deles.

Os espectros se assentaram acima da cidade, formando uma ampla massa em espiral, mas nem todas as almas ali tinham sido presas contra sua vontade. Havia algumas em Fume desde muito antes de a primeira pedra ser colocada, e permaneceriam ali muito depois de a última pedra virar pó. Aquelas almas antigas mantinham-se tranquilamente ao redor das águas do Lago Submerso, reunidas perto das poucas lanternas ainda acesas nas ruas e congregadas nos cemitérios mais antigos e rasos, onde grandes pedaços de terra ainda estavam expostos. Eram os guardiões mais antigos da cidade, negligenciados pelos registros e pelo tempo, cujas histórias tiveram início muito antes da palavra escrita. Observadores silenciosos que ansiavam ver a história se desdobrar.

Kate sentiu aquelas almas atentas a ela, assim como a forte presença do espírito do Winters dentro do livro, esperando que ela terminasse o que havia começado.

Silas virou-se de costas para a cidade destruída e olhou para Kate, que o encarou com um olhar perigoso e sombrio. Ela estendeu a mão, convidando-o para a roda dos espíritos, mas ele não se mexeu. Temia que a garota estivesse corrompida pelo véu. O trabalho de Dalliah já havia dilacerado a alma dela. Não tinha como saber o quanto de Kate ainda restara dentro da casca que ela abandonara.

Kate continuou com a mão estendida. Sua pele estava branca como o gelo e, apesar do medo, Silas teve certeza de que teve um vislumbre de algo familiar nos olhos dela. A conexão sanguínea entre eles havia sido suprimida pelo tumulto no véu, mas ela ainda estava lá. Silas precisava escolher entre ficar parado e assistir a Fume ser destruída diante dele ou pegar na mão de uma garota poderosa que ele havia acabado de tentar matar. Sua necessidade de agir foi maior do que tudo. Atravessou a sala em quatro passos largos. Kate agarrou sua mão, suas energias se mesclaram e seus corações cansados bateram como se fossem um só.

Kate podia registrar a vida de cada alma ao seu redor. Poderia ter compartilhado suas histórias e recontado suas mortes. Conexões tão poderosas assim a haviam subjugado no passado, mas aprendera a ouvir os espectros sem sacrificar a mente e – assim como Silas e seu corvo – ela descobriu que podia se comunicar com eles sem palavras.

Ela pediu ajuda pela meia-vida, reunindo os espectros com um único propósito. Estava faltando um aspecto vital da manifestação da meia-vida em seu caminho por Albion. Era a única coisa que toda alma perdida procurava mais do que tudo, e Kate tinha a habilidade de dá-la. Ela estudara o *Wintercraft*. Lera o livro e aprendera com ele. Agora estava colocando seu conhecimento à prova em um teste perigoso. Kate pediu ajuda. Os espectros ecoaram seus pensamentos. E a morte respondeu.

Um jato de ar quente espalhou-se pela torre quando um brilho leve de cor prata surgiu no chão, preenchendo o local e serpenteando para cima como uma criatura procurando seu caminho até a luz. A corrente da morte se formou da mesma maneira que um relâmpago, sugando energia da terra e da atmosfera, antes de envolver a torre com uma energia incandescente que podia ser vista há quilômetros dali.

A corrente passou pelo corpo de Kate e seguiu para o telhado destruído. Ela podia sentir cada alma sendo atraída pela força da corrente, e a alegria que compartilhavam ao passarem ansiosas por sua onda oscilante. Estar dentro da corrente era como perder a gravidade. A pressão de seu corpo desapareceu, sua mente ficou livre dos problemas da vida física, e ela queria mais do que tudo se deixar levar pela corrente.

No entanto, a morte não veio atrás de Kate. Passou direto por ela e Silas, incapaz de apropriar-se de almas ancoradas tão profundamente no negro. Kate viu que a morte a ignorou ao invés de aceitá-la e se sentiu esquecida. Milhares de espectros se canalizaram na corrente, fluindo cuidadosamente ao redor dela e de Silas, como se tocar os dois pudesse envenenar a morte contra eles também.

Dalliah se afastou com medo da violenta corrente, encostando-se às caveiras alinhadas na parede. Não precisava temer a morte, mas Silas sabia por que ela estava tão desesperada para ficar longe daquela influência. Se sua alma voltasse para ela, a corrente a sugaria no mesmo instante. Se quisesse sobreviver àquela noite, não poderia arriscar ser pega no momento em que ela e sua alma se reunissem.

De mãos dadas com Kate, Silas estava parado bem no meio da corrente. Se o plano de Dalliah tivesse dado certo, ele seria atraído para a morte com facilidade se não saísse do caminho. Seria a liberdade pela qual estava esperando: a culminação de doze anos de espera, procurando e estudando o véu, quando tudo o que queria era ficar livre dele. Havia caçado, atraído e cobiçado a morte. Em segredo, invejou cada alma que mandou para ela com sua espada. Agora era a sua vez.

Dalliah não parecia mais tão confiante em seu plano como antes. Silas podia ver o desespero dela para recuperar o que havia perdido, e o medo de que sua única chance para encontrá-lo pudesse escapar de suas mãos para sempre. O véu estava fora do controle de Dalliah, mas ela confiou esperançosa nas palavras e imagens que o véu lhe havia mostrado. Murmurou aquelas palavras para si mesma, confortando-se com elas, e Silas ouviu sua voz nitidamente no meio da corrente.

– Os perdidos encontrarão seu caminho – disse ela. – Para todos os que aguardam, o fim chegará.

Além do fluxo constante de almas passando rapidamente por Kate e ele, Silas sentiu duas presenças mais fortes se movendo pela cidade mais devagar que as outras. Dentro daquela torre havia as únicas três pessoas na história cujas almas tinham sido separadas, e agora duas delas estavam voltando.

Dois espectros atravessaram as paredes da torre e aos poucos circundaram o chão. A alma de Dalliah aproximou-se e ficou vagando ao lado dela. Com seu espírito tão perto, Silas podia ver a verdadeira natureza da mulher. Viu o fio distorcido de uma alma que existia dentro dela e a desolação de centenas de anos de correções que o véu havia feito ao seu corpo físico.

As experiências de Dalliah dentro do véu não envolveram somente almas relutantes. Ela frequentemente usava a própria alma, ferindo-se, na tentativa de tirar sua vida e procurando atar várias almas à sua existência fragmentada. Cada ferida deixou uma marca prateada onde o véu a curou. Cada gota de sangue que lhe foi devolvida era menos potente do que o sangue que ela havia perdido. Seu corpo era uma miríade de muitos consertos e mal restava qualquer coisa que não tivesse sido tocada pelo véu. Era como olhar para uma versão viva do Trem Noturno. Dalliah tinha sido remendada e fortalecida durante tanto tempo que passara a ser somente uma sombra da mulher viva que um dia fora.

Sua alma penetrou em seu corpo como um sopro de cura. Sua pele ruborizou com vida, e Dalliah aproveitou aquele momento, tornando-se restaurada, rejuvenescida e completa mais uma vez. Seus olhos não eram mais cinza e sem vida, mas estavam inundados pela escuridão carregada pelos Dotados, com apenas uma circunferência azul indicando como eles um dia foram.

– Deu certo – disse ela com serenidade enquanto sua alma se assentava, mal acreditando em si mesma.

Silas não queria se importar com o destino de Dalliah Grey. A vida inteira ela trouxe sofrimento para as pessoas que cruzaram seu caminho, mas seu espírito distorcido e o estrago que era seu corpo contavam sua história terrível. Dalliah sofrera muito mais que qualquer alma que encontrou. Havia destruído muitas vidas, mas fora induzida pela necessidade mais primordial que uma criatura viva poderia ter: tornar-se inteira outra vez. Agora ela finalmente havia se encontrado, e Silas não podia se ressentir da liberdade dela. Não podia imaginar passar quinhentos anos da maneira que ela passou: todos os dias trabalhando para alcançar um objetivo impossível e mesmo assim oferecendo cada parte de si completamente para isso. Levaram séculos, mas as visões dela foram precisas. O véu havia mostrado a verdade.

Dalliah estendeu a mão, entrando na corrente da morte, hipnotizada por seu chamado, mas a retirou rapidamente. Tinha visto sua situação pelos olhos de somente uma parte de sua alma durante muito tempo. Agora estava restaurada, podia ver os dois lados de seu sofrimento. Seu espírito não queria continuar vivendo. Estava exausto pelo tempo que passara no negro. Estava pronto para a morte. Dalliah não tinha previsto isso, e verificou a corrente, confusa com sua compulsão repentina por entrar no fluxo.

– Entre – disse Silas. – Não perca sua chance.

Dalliah olhou para ele, dividida entre os anos que lhe restavam para viver e o chamado do reino desconhecido no qual deveria ter entrado há séculos.

Silas viu o corpo de Dalliah relaxar quando ela fez sua escolha. Não podia mais resistir ao chamado. Deu um passo à frente e permitiu que seu espírito inteiro se elevasse e fosse aceito pela corrente. Sorriu quando sua alma juntou-se às outras. Seu corpo caiu suavemente no chão, e ela se foi.

Parado ali, a alguns passos do corpo desfalecido de uma mulher que não deveria poder morrer, Silas reconheceu a finalidade do que estava prestes a acontecer. Não viver...

partir para sempre do mundo era uma possibilidade mais assustadora do que ele imaginara.

Sentia o impulso de boas-vindas de sua alma se preparando para assentar em seus ossos e viu a iminência de seu fim. O instinto profundo de sobrevivência ao qual havia rejeitado por tanto tempo se agitava dentro dele, começando a se reafirmar.

Kate segurou a mão dele um pouco mais forte.

– Era isto que você queria – disse ela à medida que o espírito dele se aproximava, quase dentro do alcance. – Valeu a pena?

As palavras de Kate imediatamente chamaram a atenção de Silas. Quando ele a olhou naquele momento, viu uma alma partida. Dalliah jamais a teria encontrado se ele não tivesse ido procurar um Dotado com habilidade suficiente para desfazer o que havia sido feito a ele. Da'ru Marr havia separado a alma dele para ajudar mais adiante no plano de Dalliah; agora suas ações tinham conduzido Kate Winters a ter o mesmo destino. O espírito da garota não voltaria para ela. Seria esquecida, sofrendo da mesma maneira que ele sofreu por muito mais tempo. Silas pagara o preço da liberdade de Dalliah, e agora Kate pagaria o preço pela dele.

Silas sentiu seu espírito pressionando seu corpo e emanando por sua pele, impregnando seu sangue e seus ossos com a centelha da vida a qual lhe foi negada. Seus pulmões respiraram livremente. Podia sentir a pulsação em seus músculos, e a corrente da morte roçou como penas macias em sua pele, estimulando cada centímetro como se fossem picadas leves de um raio.

Kate soltou sua mão, e os olhos de Silas escureceram. Suas pupilas cinza voltaram à cor preta natural, e suas íris ficaram inundadas com o azul-escuro iridescente. Era uma sensação perfeita. À medida que sua alma retornava para ele, parecia ser impossível ficar sem ela outra vez, mas a pergunta de Kate ainda consumia sua mente. Valeu a pena? Dalliah tinha aprendido a viver com o prejuízo que causara em nome do interesse próprio. Cada perda valeu o sucesso de seu objetivo final. Silas um dia acreditou que qualquer preço seria justo para recuperar o que ele havia perdido.

Ele dera as ordens aos guardas para que fossem à casa de Kate antes da Noite das Almas. Ele expusera a mente dela para partes do véu as quais não estava preparada para ver e colocou a garota e todos os seus entes queridos em perigo. O último de sua família estava morto por causa do mundo no qual Silas obrigou Kate a entrar. Por causa dele, até mesmo os Dotados voltaram-se contra ela, os agentes da Guarda Sombria a carregaram pelo mar, e uma das mulheres mais perigosas de Albion havia roubado as lembranças dela e lhe obrigado a enviar almas presas para dentro do vazio do negro. A flecha da besta de Silas terminara com a antiga vida de Kate. Seu elo de sangue com ela havia atado sua alma nas profundezas do véu, e agora, apesar de tudo, Kate estava permitindo que ele entrasse na morte.

Silas foi um veneno na vida de Kate. Sua busca pela paz não tinha sido melhor do que a de Dalliah. Ele deixara seu próprio rastro de destruição. Ateou fogo em muitas vidas. Não iria embora as deixando queimar.

Sentia sua alma se assentando em seu sangue. A morte começou a envolver sua luz de boas-vindas ao redor dele, mas, apesar de seu toque suave, sua calma e beleza, ele resistiu. Parou diante de Kate, pressionou suas mãos nas laterais da cabeça dela e olhou fixo em seus olhos, exatamente da mesma maneira que havia feito na primeira vez que a ajudou a enxergar além do véu. A conexão sanguínea entre eles resplandeceu, e ele pode sentir a corrente segurando Kate no negro. Silas era capaz de participar dos pensamentos dela, passando pelas páginas do *Wintercraft*, relembrando tudo o que ela precisava fazer para restaurar o véu.

– Ele precisa de uma alma – disse Silas, repetindo o que havia visto nas páginas do livro. – O véu precisa de uma âncora. Uma alma, amarrada entre as profundezas e o mundo dos vivos. Dê-lhe a minha.

– Não – negou Kate, obrigando Silas a sair de sua mente. – Já está feito.

– Este fardo não é seu! – exclamou Silas. – Esta luta é minha, não sua.

– Você fez com que fosse minha luta! Você tentou me matar, Silas. Agora tem o que queria. A morte está aqui para buscá-lo. Por que não vai?

Os olhos de Kate encheram-se de ódio, o qual foi moderado com lágrimas pelas coisas que ela havia visto. Silas sabia que ela estava usando tudo o que tinha só para manter o véu sob controle. Discutir com ele era uma distração. Ele não podia mais deixá-la se arriscar.

– Você já me deu tudo de que eu precisava – disse ele. – Achei que meu futuro pertencia a este lugar, mas me enganei. Não estou pronto para a morte. Use-me. Ofereça minha alma ao véu. É o certo a fazer, Kate. É o melhor. Eu escolho isso. Deixe-me lutar.

Kate não estava preparada para deixar Silas largar o espírito dele. Ele não era uma alma naturalmente Dotada. Poderia nem mesmo ser capaz de assumir o lugar dela no negro. Ela não podia se arriscar. Artemis dera a vida por ela, Edgar arriscara sua alma, e até mesmo os espectros na cidade tinham atrasado sua passagem para a morte, só para ajudá-la a defender a cidade. Não iria arriscar tudo que o sacrifício deles conquistou para salvar a própria vida, mas, durante o breve momento em que passou considerando isso, Silas aproveitou sua chance.

A alma dele sobrepujou a dela. Kate sentiu o espírito dele fluir dentro dela, esfriando seu sangue e se espalhando dentro da pedra circular abaixo. No negro, suas almas rompidas se juntaram, lado a lado, até que o espírito de Silas entrou mais profundamente na escuridão, danificando a conexão entre Kate e o véu, fazendo com que a alma dela corresse de volta para seu corpo físico. Kate deu um suspiro de vida completa e empurrou Silas. Ele caiu para trás, inconsciente, no chão da torre, e a corrente da morte se dissipou, deixando a sala em silêncio e escura.

Fume mergulhou na escuridão. Os espectros que ainda estavam na cidade sumiram de vista quando o véu se estendeu como uma cortina invisível, cobrindo a meia-vida em Albion inteira, das montanhas até os mares ao redor. As almas dos Winters dentro da torre gritaram frustradas até que suas vozes desapareceram. Kate não as ouviu. Sua alma tinha sido libertada do tormento do negro, mas a tristeza abateu seu coração.

Ajoelhou-se ao lado de Artemis, parte dela ainda com esperanças de que ele pudesse respirar outra vez numa última tentativa de chamar o espírito dele de volta à vida. Mesmo com o véu recuperado, ele não respondeu. Já havia entrado na morte. Estava em paz.

Kate levantou-se e pegou a espada de Silas no chão. Segurando-a com a ponta pressionada ao chão, ficou ao lado dele quando ele abriu os olhos. Silas olhou para a lâmina, seus olhos haviam voltado ao antigo e frio cinza.

– Você me trouxe de volta – disse Kate. – Podia ter se libertado, mas me trouxe de volta.

Silas levantou-se. Kate entregou-lhe a espada e ele a colocou de volta na bainha.

– Algumas coisas são mais importantes do que um homem – disse ele.

– Não sei como você sobrevive naquele lugar – disse Kate. – A cada dia. A cada segundo. O medo, a dor e a escuridão. Por que não partiu?

– Meus erros a enviaram para o negro, mas tenho convivido com o véu tempo suficiente para entendê-lo. Posso suportá-lo. Já tirei muito de você. Este fardo é meu. Você já tem o seu para suportar.

Ela segurou a mão dele.

– Obrigada – disse ela com sinceridade. – Jamais esquecerei o que fez e descobrirei uma maneira de ajudá-lo. Um dia, você ficará livre.

Silas cobriu a mão de Kate com a sua e depois a retirou devagar. Poucas pessoas tinham tocado as mãos de Silas em amizade. As mãos de Kate eram as ferramentas delicadas de um curandeiro, nascidas para restaurar a vida, enquanto as dele estavam manchadas com o sangue de muitas mortes: treinadas para segurar uma espada e nada mais.

Silas caminhou para a entrada da torre, e assim que o véu se fortificou mais uma vez por Albion, ele e Kate puderam sentir as energias das pessoas na cidade passando de medo para alívio.

– As pessoas precisam de algo mais que as palavras vazias do Conselho Superior para superarem esta noite – disse ele. – Se estiver disposta, há um último inimigo para enfrentarmos hoje.

20

Ruína

Edgar continuou seu caminho pelas ruas devastadas que aos poucos eram envolvidas pela luz da alvorada. Ele ia para o local onde tinha sentido Kate pela última vez enquanto o véu estava baixo. A rua estava crivada de rachaduras. As paredes da frente das casas por onde passava tinham sido estragadas pela força dos tremores, mas os prédios mais antigos continuavam fortes e firmes. Como os prédios mais novos foram destruídos, os antigos se revelaram como baleias saltando na água, construídos sobre plataformas escalonadas de pedra que um dia os sustentaram acima do nível das ruas subterrâneas.

Qualquer espectro que permanecera na cidade sumiu, e qualquer lembrança gravada na mente pelo véu rapidamente se desfez. As torres que pareciam intactas voltaram ao seu estado envelhecido. As casas destruídas caíam umas sobre as outras pelas ruas, e os canos subterrâneos jorravam água à medida que a devastação da noite ia se revelando. O movimento das rodas dos espíritos permitiu que o esplendor noturno de Fume cobrisse as camadas da história recente e deixasse o passado dominar de novo.

Edgar cambaleava pelos lugares antigos esquecidos há tempos. Passava por caminhos um dia intactos, mas que agora estavam repletos de escombros dos prédios, de pertences pessoais e valas escancaradas onde antigos caminhos foram desenterrados.

Tossia a poeira das pedras, apoiando-se nas paredes caídas enquanto passava por cima delas, indo em direção à torre dos Winters. O corvo de Silas sobrevoava por perto, sempre de olho nele enquanto se movia sem esforço pelo ar. Quando Edgar passou por uma rua relativamente intocada pela devastação, uma voz o chamou:

– Ed?

Tom espiou pela porta de seu esconderijo dentro de uma casa vazia. Edgar levou um tempo para reconhecer seu rosto e depois correu para encontrá-lo. Pegou seu irmão nos braços enquanto ele reclamava, sem se importar com seus músculos doloridos ou o inútil pedido de Tom para que o colocasse no chão. Emaranhou os cabelos do irmão e o abraçou apertado.

– Não sabia se um dia iria revê-lo – disse ele, por fim soltando-o. – O que está fazendo aqui? Onde está Artemis?

– Ele foi para lá – respondeu Tom, apontando para a torre dos Winters. – Não consigo mais senti-lo, Ed.

– Ele vai ficar bem – disse Edgar. – É mais forte do que parece. – Viu a dúvida nos olhos do irmão.

– A morte foi até a torre – explicou Tom. – E o levou. Eu senti.

Edgar repousou as mãos nos ombros de Tom.

– Artemis cuidou de você por mim – disse ele. – Seja lá o que aconteceu, ele o manteve a salvo.

– Não preciso que cuidem de mim – retrucou Tom. – É você que parece que foi pisoteado por uma matilha.

– Concordo. – Edgar não podia negar que o estado de Tom era bem melhor do que o dele. Sorriu e olhou para a rua, onde as pessoas que tinham se escondido da loucura da noite aos poucos saíam de suas casas.

Eram os criados que os ricos haviam deixado para trás; os mecanismos invisíveis que faziam a cidade funcionar sem percalços. A maioria tinha sido roubada de seus lares pelos guardas havia anos, mas assim que Fume foi ameaçada, seus patrões os abandonaram. Agora caminhavam pelas ruas, muitos segurando armas provisórias para se defenderem, enquanto a curiosidade os atraía para um lugar onde os acontecimentos da noite começaram.

No leste, os restos em combustão das armas inimigas ainda estavam incrustados nos telhados e nas paredes dos prédios atacados pelo exército continental. Edgar podia ouvir as pessoas gritando umas com as outras enquanto tentavam se reunir no escuro, e, apenas visíveis pela luz do fogo no topo de sua torre, os aposentos do Conselho Superior queimavam em uma coroa abrasadora de chamas.

O corvo perambulou pela saliência de um telhado próximo, depois saltou para o chão e caminhou cheio de orgulho pelo monte íngreme que levava até a torre, sentindo seu mestre por perto.

– Para onde aquele pássaro está indo? – perguntou Tom.

– Consegue ver Kate no véu? – perguntou Edgar. – Ou Silas? Eles ainda estão na torre?

– Eu não funciono assim – respondeu Tom. – Acontece de repente.

Edgar avaliou o perigo de deixar Tom perto de uma multidão de criados confusos ou de levá-lo para a torre, antes de aceitar que seu irmão obviamente podia cuidar de si mesmo. Seguiu o corvo até os degraus da torre, onde a porta já estava aberta. Havia vozes lá dentro, e ele imediatamente reconheceu a de Kate.

Olhando pela rachadura da porta, pôde ver o corpo de uma mulher tombado na sombra. Fez sinal para Tom ficar do lado de fora e depois entrou, pronto para enfrentar seja lá o que estivesse ali dentro.

– Kate? – Ele reconheceu que a mulher no chão era Dalliah e viu Kate parada no centro da sala com o corpo de Artemis atrás dela. – O que aconteceu? – Sua voz era tão baixa e sua expressão tão devastadora que Kate atravessou a torre e o abraçou bem apertado.

– Artemis se foi – respondeu ela. – Ele... – Não conseguia dizer a palavra, mas Edgar podia ver. Ele não sabia o que dizer.

– Senti você no véu – disse Kate, afastando o rosto da jaqueta suja dele. – Você estava lá e ficou comigo.

Edgar a abraçou delicadamente. Seus olhos encheram-se de lágrimas. Assustado pelo quanto esteve perto de perdê-la, não queria soltá-la. Seu irmão e Kate sobreviveram à noite mais assustadora de Albion. Aquilo era bom o suficiente para ele.

Silas saiu em silêncio, e o corvo pousou em seu ombro. Quando Kate e Edgar o seguiram, Kate viu as ruas como eram pela primeira vez. Dalliah Grey havia trazido sua própria visão do futuro de Fume. Tanta destruição, tantas vidas ameaçadas, tudo pelo bem de uma só alma.

Kate não era a mesma garota que foi separada de Edgar e Silas no Continente dias antes. Seu espírito estava forte, mas mudado. Havia algo errado na maneira com que seus sentidos agora viam o mundo. As cores estavam diferentes – tudo parecia mais pálido que antes –, e a cura do véu em seu corpo não parecia tão forte como ela gostaria. Sua respiração era curta, e seu coração batia mais lento do que deveria.

Ela ainda segurava o *Wintercraft* e sentia o espírito dentro dele tão forte quanto o de Edgar ao seu lado. Artemis não tinha nenhuma escolha a não ser passar em segurança para a morte, mas um de seus ancestrais nunca tinha saído do lado dela. O homem de olhos prateados ainda estava com ela, sua energia viva dentro das páginas. Kate protegeria o livro dele. Manteria o espírito a salvo.

– Isso não era para acontecer – disse Kate. – As pessoas estão com medo.

– Incêndios podem ser extintos – disse Silas. – Construções podem ser restauradas. Às vezes, a maior luta é simplesmente sobreviver. Essas pessoas ainda têm suas vidas. Serão gratas por isso.

O grupo desceu para a rua onde um pequeno número de pessoas se reunia. Abriram caminho quando Silas passou direto por elas.

– Ainda tem um trabalho a fazer aqui, senhor Rill – voltou-se para Edgar. – Precisamos de transporte. O mais rápido que conseguir.

– Aonde vamos? – perguntou Edgar.

Silas virou-se, seu olhar combinando com o do corvo.

– Fazer história – respondeu ele.

Os criados nas ruas ficaram felizes em ajudá-los a encontrar o que precisavam. Sob o olhar atento de Edgar, dois cavalos negros foram trazidos e arreados em uma antiga carruagem de aluguel exibindo o selo azul do Conselho Superior na porta.

Silas não havia encontrado a paz que procurava, mas sua experiência dentro do véu oferecera a ele um novo caminho.

O Conselho Superior não merecia o serviço das pessoas que foram roubadas de seus lares, a assistência dos habitantes da Cidade Inferior ou a lealdade dos guardas que deram suas vidas em seu nome. A cidade fora atacada da maneira mais destrutiva e devastadora que Silas podia imaginar, mas aqueles que se ergueram para protegê-la mereciam seu lugar naquelas ruas.

O Conselho Superior jamais reconheceria o que aquelas pessoas fizeram. No tempo apropriado, iria expulsá-las e chamaria de volta os covardes que fugiram. Transformariam a vitória daquela noite em uma que lhes pertencesse, e não aos homens e às mulheres que enfrentaram as terríveis invasões a suas vidas corriqueiras.

Silas não deixou ordens para os guardas prenderem os conselheiros. Eles teriam permissão de continuar com seus deveres normais, e, na esteira de uma crise tão séria, Silas sabia onde eles estariam. Era a hora de Albion ouvir algo mais que as trivialidades e mentiras de sempre dos conselheiros.

O governo do Conselho Superior não sobreviveria àquele dia. Era hora de o país mudar.

Ele subiu no assento do condutor e pegou as rédeas da carruagem enquanto Kate, Tom e Edgar se sentaram atrás.

– Estas ruas são suas – disse ele. – O que aconteceu aqui trará uma grande mudança a Albion. Ninguém prenderá vocês outra vez.

Ouviu-se uma grande aclamação na região que cercava o Lago Submerso. Os antigos espectros parados em suas margens voltaram a se estabelecer em seus papéis de vigilantes, e logo se espalhou pela cidade a notícia de que Silas Dane e Kate Winters haviam ajudado a acabar com o pesadelo que dominara seu povo e seus mortos.

Enquanto Silas conduzia a carruagem pelas ruas destruídas e entre prédios rachados, passou por pessoas chorando, confortando e ajudando umas às outras. Algumas formaram grupos exaltados e estavam olhando para os círculos de escuta expostos. A maioria deles parecia inativa, mas Silas podia ver a energia de Kate ainda ondulando em suas palavras entalhadas. Mesmo com todo o seu sacrifício, a alma de Kate não tinha se separado completamente da meia-vida. O espírito dele assumira o lugar dela no negro, mas ela ainda estava conectada da sua maneira ao véu. Os limites de sua alma foram tocados pelos níveis superiores, e enquanto Silas não soubesse que efeito aquela conexão teria sobre ela, contanto que ela fosse poupada da tormenta das profundezas, ele considerava sua alma uma troca bem-vinda.

As rodas da carruagem esmagaram os cartazes de "procurado" no chão com os rostos de Silas e Kate e chacoalharam com barulho sobre os blocos de pedras caídos. Ao se aproximarem dos muros ao redor da praça da cidade, Silas viu que as grandes carruagens negras pertencentes ao Conselho Superior já estavam do lado de fora, e todas as portas que levaram ao anfiteatro estavam abertas. As pessoas estavam enchendo a praça, atraídas pela notícia de que os conselheiros falariam com elas. Silas, Kate, Edgar e Tom desceram da carruagem e juntaram-se aos outros que queriam ouvir o que o Conselho Superior tinha a dizer.

A maioria dos bancos de madeira tinha sido arrumada, mas a praça estava cheia pela metade, e o olhar de todos por perto mudou de rumo quando sentiram a presença fria de Silas. Eles o reconheceram de imediato, e muitos lembraram o rosto de Kate dos cartazes do conselho. O grupo de Kate sentou-se enquanto os murmúrios sobre sua chegada se espalhavam pela praça.

Um conselheiro já estava sobre um pódio no meio do círculo central, falando sobre a batalha que acontecera na cidade. Era o conselheiro falante: aquele que Silas mandara para testemunhar o interrogatório de Edwin Gorrett. Parecia menor agora, e muito menos confiante. Sua voz vacilava enquanto ele retransmitia as versões editadas dos relatórios dos guardas para as pessoas ao redor. Com a ausência dos habitantes ricos, os únicos que restaram para ouvi-lo eram os mercadores e os criados e um grande número de representantes da Cidade Inferior que decidiram ficar e fazer com que fossem ouvidos.

– e devemos ser gratos – continuou o conselheiro – por todo o, uh... todo o sacrifício que o respeitado Conselho Superior fez para trazer uma solução final a esse conflito.

– Mentiroso!

– Os conselheiros são covardes!

– Queremos a verdade!

A multidão entrou em discórdia. Ninguém queria ouvir as mentiras do conselheiro. Eles foram estimulados por suas experiências. Tinham encarado os olhos da morte, lutado contra os inimigos do Continente e vencido. As sentinelas protegendo o Conselho observaram em silêncio, recusando-se a acalmar a multidão, mas algumas estavam de guarda, controlando um pequeno grupo de prisioneiros que fora pego dentro da praça. Greta e seu grupo de Dotados estavam ajoelhados no círculo central com as mãos amarradas nas costas. Prisioneiros do Conselho.

– E devemos... devemos todos nos lembrar dos atos de bravura do finado conselheiro Edwin Gorrett – disse o conselheiro, assustado até mesmo ao falar aquele nome –, pois se não fosse por suas ações altruístas e seu sacrifício, Fume não teria, uh... Fume não teria sobrevivido a este dia.

– Voltem para seus aposentos!

– Escondam-se feito ratos!

– Onde está Silas Dane? Deixem-no falar!

A multidão silenciou-se. Ninguém sabia quem tinha falado aquelas últimas palavras, mas um número suficiente percebera que Silas estava presente entre eles. Muitos olharam nervosos ao redor, incertos se o ex-guarda e atual "traidor" de Albion poderia realmente tê-los ajudado naquela noite.

Silas não se mexeu, mas algumas pessoas na multidão não desistiram.

– Como *exatamente* o Conselho Superior salvou a cidade? – indagou alguém na frente. – Como que *eles* acalmaram as almas de nossos ancestrais? Como eles expulsaram o inimigo e limparam o céu das almas?

O conselheiro baixou a cabeça sem saber o que responder.

– Obviamente... – disse ele depois de pensar. – Obviamente os ataques sobre a cidade foram graves o bastante para fazer com que certos habitantes vissem coisas que, talvez, não estivessem realmente ali.

– Está *nos* chamando de mentirosos?

– Eu sei o que vi!

– Os Dotados tinham razão!

O conselheiro ergueu a mão pedindo paz.

– Ninguém pode ter certeza do que aconteceu aqui esta noite. Tudo o que podemos fazer é consertar os estragos da cidade. Há muito o que fazer antes que nossos habitantes possam voltar.

– Nós *somos* habitantes!

– A capital precisa voltar às suas atividades normais – disse o conselheiro. – Como símbolo de resistência e perseverança em Albion. Vamos garantir que nossas terras fiquem livres dos invasores continentais. Que nossos inimigos vejam que podemos reconstruir Fume para ser tão majestosa quanto antes.

Ouviram-se mais gritos. O nome de Silas foi mencionado outra vez, e Kate ouviu seu nome no meio do clamor da multidão. Uma mulher na fileira da frente avançou para desafiar o conselheiro, e os guardas não a impediram. Estava usando um bonito vestido vermelho, um que Kate tinha visto alguns dias antes, durante o tempo que passou na Cidade Inferior, e a mulher falou com a autoridade de uma líder:

– Meu nome é Laina – apresentou-se. – Represento uma comunidade que vive bem abaixo destas ruas. Silas Dane enviou mensageiros para minhas cavernas, procurando ajuda para esta cidade. Suas palavras trouxeram meu povo até aqui. Viemos para cá enquanto muitos do seu povo fugiram, e vocês esperam que a cidade volte a ser o lugar de privilégios, ganância e mentiras que era antes?

– É claro que agradecemos a ajuda dos habitantes do subterrâneo, mas...

– Meu povo derramou o sangue do inimigo junto com o de nossos homens e nossas mulheres – disse Laina. – Viemos aqui em confiança. A Cidade Inferior tem seus próprios interesses. Nossos túneis estão sendo inundados e nosso povo foi obrigado a se esconder dos guardas que deveriam servir a todos os cidadãos de Albion, não só àqueles com dinheiro para pagar pelo serviço. Vocês provaram que Fume não pode viver sem ajuda. Nenhum de nós pode viver sem ajuda. Somos mais fortes juntos. Silas Dane viu isso. Acusaram-no de traidor, porém ouço o nome dele sendo citado como herói.

– Silas Dane tem agido de acordo com os termos do Conselho Superior nesse assunto – disse o conselheiro.

– Acho difícil de acreditar – contestou Laina. – E onde está Kate Winters? A garota que também chamaram de traidora? Ouvi falarem seu nome aqui esta noite. Quero ouvir das pessoas que não se esconderam atrás das armas de seus protetores. Está perdendo seu fôlego oferecendo mentiras nas quais ninguém acredita. Afaste-se e deixe falar aqueles que realmente sabem de alguma coisa.

21
Um novo caminho

A multidão pediu a presença de Silas. O conselheiro protestou, mas suas palavras foram abafadas pelos gritos. Na última vez que Kate havia estado naquela praça com pessoas gritando tão alto, muitas instigavam Da'ru Marr para que derramasse o sangue de Artemis, mas aquela multidão era muito diferente.

Silas esperou em seu banco. Não apareceria tão facilmente. Deu tempo para que o Conselho Superior ponderasse sobre a gravidade do que estava acontecendo ao redor deles. Logo, o conselheiro foi obrigado a voltar ao seu banco como um rato à sua toca, e Laina esperou pacientemente ao lado do pódio a resposta de Silas e Kate ao seu chamado. Quando Silas se levantou, algumas pessoas aplaudiram, mas a maioria ficou observando em silêncio enquanto ele se posicionava na escada da praça da cidade, tão forte e imóvel quanto qualquer estátua de Fume, deixando Kate descer os degraus na frente dele.

Todos os guardas presentes ficaram em posição de sentido quando Kate e Silas se aproximaram. A última coisa que Silas se lembrava daquele lugar era de combater os guardas que o atacaram sob o comando de Da'ru Marr. A recepção deles desta vez não poderia ser mais diferente, mas ele não assumiu seu lugar no pódio; em vez disso, ficou ao lado dele. Silas era um soldado, não um político. Não precisava jogar o jogo do Conselho Superior. Tudo o que tinha a fazer era mudar as regras.

– O sangue ainda não secou em nossas espadas – disse ele, deixando a voz ressoar nos muros distantes da praça –, e o Conselho Superior já está mentindo para nós. Esta noite, Albion vislumbrou um segredo que não se via há séculos. O véu foi escondido de vocês por muito tempo. Estes homens usaram o conhecimento dele como isca para instigar os líderes continentais a fazer um ataque mais violento e ousado, culminando na batalha que testemunhamos hoje. Eles mentirão para vocês. Incentivarão vocês a seguir o mesmo caminho que sempre os serviu bem no passado, mas eles não servirão a vocês como os líderes deveriam. Fume nunca foi destinada a nós. Nós a construímos sobre uma terra reservada aos mortos, e aquelas fundações desabaram hoje.

– As almas que viram não são suas inimigas. São nossos ancestrais. São aqueles que nos ajudaram a salvar a cidade. Eles, juntamente com os guardas que enfrentaram as armas inimigas, com as pessoas da Cidade Inferior que ouviram nosso chamado e com a coragem de cada um de vocês que permaneceu aqui ao lado deles. Até mesmo os prisioneiros de Feldeep, que não devem nada a este país além de ódio, cumpriram sua parte. Edwin Gorrett não é um herói. Ele forneceu informações ao inimigo porque era um deles. É um agente da Guarda Sombria, que conseguiu enganar a todos nós. Mas estas pessoas... – Silas aproximou-se do grupo de Dotados ajoelhado no chão. – Não fizeram nada contra vocês. Vieram aqui para ajudá-los. Não deveriam ser presas por sua desordem. Cada um de nós sofreu do seu jeito, e alguns fizeram coisas das quais não se orgulham. – Lançou um olhar penetrante sobre Greta. – E, por isso, viveremos para sermos castigados por nossas consciências.

Virou-se para falar diretamente com o Conselho Superior:
– Vocês assassinaram este país. Suas ações e seus predecessores o destruíram. Os invasores em nossas terras estão recuando. Fume está queimando, e ainda estamos aqui. Albion ainda não acabou, mas vocês sim.

Acenou para que os guardas soltassem os Dotados. Suas mãos foram desamarradas, e eles se levantaram, enfrentando uma multidão que não sabia o que fazer com eles. A maioria jamais tinha se encontrado com um Dotado na vida, mas Greta e seu grupo mantiveram a cabeça erguida, recusando-se a parecer vulneráveis ou fracos.

– Estou aqui para apelar a todos os presentes que permitam que isso seja um novo começo – continuou Silas. – Mostramos o que pode ser feito quando nos unimos. Agora sabemos do que esta cidade precisa. Precisa de pessoas que não tenham medo de fazer o que é certo. Pessoas como esta garota. – Apontou para Kate. – Kate Winters sacrificou muito mais do que qualquer um de nós para proteger Albion. Ela e as pessoas iguais a ela são o futuro desta cidade. Podemos reconstruir Fume, não para os ricos e suas vidas opulentas, mas em homenagem aos mortos que ainda existem dentro destas muralhas. O Conselho Superior nos trouxe até este ponto da nossa história; agora devemos continuar sozinhos no resto do caminho. Albion será forte outra vez, mas ele precisa de pessoas melhores do que estes homens para dar o exemplo.

Ninguém do Conselho Superior falou. Os guardas não estavam mais sob o controle deles, e eles não tinham como se defender do argumento de Silas. A multidão já estava contra eles. As pessoas aclamavam as palavras de Silas. Só o que os conselheiros podiam fazer era ver tudo o que haviam esquematizado, subornado e conquistado ser reduzido a pó a cada palavra de Silas.

– Proponho que criemos um novo Conselho – disse ele. – Um cujos membros realmente representem todo o povo de Albion. Nosso exército deve ser formado por soldados que queiram defender nosso país e sejam treinados para defendê-lo, em vez daqueles que foram roubados de seus lares e enviados sem preparação para a morte. Esta é a nossa chance. Hoje, podemos aprender com nosso passado e construir um novo futuro. Eu não irei mais disponibilizar minha mão e minha espada à vontade destes homens.

Sacou a espada, colocou-a no chão e deu um passo para trás.

Minha arma é de vocês – disse ele. – Este país está acabado, mas podemos reconstruí-lo outra vez, juntos. Lutarei por vocês e por Albion. Este país precisa que vocês fiquem comigo.

Alguém na multidão começou a aplaudir, e Kate viu Edgar levantando-se do banco, aplaudindo com entusiasmo. Tom levantou-se ao lado dele, e logo quase todos ali presentes se levantaram aclamando, comemorando a sobrevivência de Fume e dividindo a esperança de que a vida poderia ser diferente. O som passou pelos ouvidos de cada pessoa e cada espírito nas ruas da cidade. Ressoou nas torres e ecoou debaixo da superfície do Lago Submerso, mas ninguém estava presente para ver as águas do lago voltarem ao seu antigo nível. Ninguém testemunhou os espectros em sua margem voltarem para os prédios ao redor dele e desaparecerem dentro das antigas paredes.

Quando o barulho diminuiu, todos esperaram Silas falar novamente. Quando falou, foi para dar uma ordem:

– Há incêndios para extinguir e prédios para salvar. Fume nos protegeu. Vamos retribuir o favor.

Ao ouvirem aquelas palavras, as pessoas começaram a deixar a praça, preenchidas com um propósito renovado depois dos acontecimentos exaustivos da noite, enquanto os guardas reuniam os conselheiros desonrados, prontos para transportá-los para um lugar seguro até que o futuro deles fosse decidido formalmente. Laina e Greta se aproximaram de Kate e Silas assim que os bancos perto deles ficaram vazios.

– Você não deve me conhecer, mas ouvi falar de você – disse Laina para Kate, segurando a mão da garota entre as suas. – O que aconteceu aqui foi trágico, mas se for para permitir que meu povo conviva livremente com a Cidade Superior, com prazer recebo isso como uma oportunidade. – Olhou diretamente nos olhos de Kate. – Posso ver que você sofreu. Espero que com o tempo seu fardo seja tirado de você. De vocês dois. Espero que encontrem a paz.

– Que o mesmo aconteça a todos nós – disse Greta com certa impaciência.

– Apoiarei seu plano para um novo Conselho – disse Laina para Silas. – Mas meu povo não pode permanecer aqui até que sejamos bem recebidos com sinceridade na superfície. Temos nossos reparos para fazer. Voltaremos quando formos convidados para falar como iguais mais uma vez. Tenho certeza de que entende.

– É claro – comentou Silas. – Fume foi construída sobre o que está debaixo de nós.

– Isso é verdade demais para o Conselho Superior apreciar – disse Laina. – Vamos torcer para que a credibilidade entre o Superior e o Inferior não morra quando o sol nascer. Muitas boas intenções podem definhar com a luz do dia.

Dirigiu-se a um pequeno grupo de guardas ensanguentados que esperavam por ela, e Kate notou que Greta estava apertando a boca, como se estivesse fazendo um esforço enorme para não dividir o que realmente achava daquela mulher.

– Com o devido tempo, os túneis vão secar totalmente – comentou Greta. – As ruas ficarão livres dos destroços, e esta noite será uma história que contaremos para nossos netos, mas as pessoas esquecerão. Elas sempre se esquecem dos avisos do véu, e nós esquecemos como 'ver' da maneira que nossos ancestrais um dia viram. *Você* se lembrou – disse ela para Kate. – Fez mais em algumas semanas do que eu jamais poderia esperar alcançar em toda a minha vida. Estou ciente de que houve alguns... mal-entendidos entre nós no passado. A desconfiança era dos dois lados. Talvez, agora, possamos recomeçar.

– Não vou voltar para a caverna com você – disse Kate, sentindo a intenção oculta nas palavras de Greta.

– Seu lugar é com nosso povo – insistiu Greta. – Pode trabalhar conosco. Talvez possamos ensinar uma à outra.

– Não. Eu não vou voltar pra lá.

– Mas pelo menos ficará na cidade?

– Enquanto o museu continuar de pé, Kate sempre será bem-vinda para ficar comigo – disse Silas.

Greta franziu a testa.

– Já vi o que você pode fazer – disse ela para Kate. – Um dom como esse não deveria ser desperdiçado. Deveria ser passado adiante.

– Quem decide isso sou eu, não você – retrucou Kate. – Se qualquer um dos Dotados quiser falar comigo, poderá falar. Mas ainda não. Hoje não.

Greta olhou amargurada, mas não tinha outra escolha a não ser aceitar a decisão de Kate.

– Conversaremos outra vez. Posso não ter sua habilidade, mas reconheço uma alma tocada pelo véu quando vejo uma. Espero que isso não a conduza para um caminho perverso.

– Acho que já descobrimos para onde esses caminhos perversos podem conduzir – disse Silas. – A vida de Dalliah Grey terminou esta noite. É nossa responsabilidade nunca mais andar no caminho que ela escolheu.

– Quando estiver pronta, Kate, os Dotados a receberão – disse Greta. – Mas devo perguntar: você ainda tem o livro?

Kate sentiu o *Wintercraft* em seu bolso e deslocou-se inconscientemente para mantê-lo longe do alcance de Greta.

– Está comigo. – Kate não sabia dizer se Greta ficou aliviada ou incomodada ao ouvir a notícia, mas sua resposta foi o suficiente para fazê-la se afastar e terminar a conversa.

– Então aguardo ansiosamente nosso futuro – disse Greta de forma breve. – Vamos torcer para que seja melhor que nosso passado.

Os outros Dotados seguiram Greta para o meio da multidão que se dispersava, e só quando sumiram de vista Kate ousou relaxar um pouco.

– Não sei o que dizer a eles – admitiu ela. – Não confio em nenhum deles.

– E isso é tudo o que precisa dizer – comentou Silas. – Os Dotados encontrarão seu caminho. Esta é sua vida. Você não deve nada a eles.

Enquanto Kate foi se encontrar com Edgar e Tom na carruagem, Silas parou para falar com um pequeno grupo de guardas e ordenou que o Conselho Superior fosse detido. Ninguém que estivesse ali observando poderia saber do sofrimento que ainda atormentava sua alma. Ninguém, com exceção de Kate.

Ela sabia o verdadeiro custo do sacrifício de Silas. Conhecia o lugar frio e escuro onde sua alma fora trancada, e ainda podia ver uma sombra daquele sofrimento nos olhos dele. Silas reanimara a cidade quando ninguém mais conseguiu. Ele a protegeu, mesmo tachado de traidor, e deu a parte mais preciosa de si para proteger seu povo. Não contou nada disso para a multidão. Estava feliz por colocar em ação a roda da mudança e por ter outros a conduzindo pelo caminho.

Enquanto a carruagem chacoalhava em direção ao museu que era o lar dele, Kate podia ouvir os espectros de Fume sussurrando entre si, como o vento serpenteando entre as pedras antigas da cidade. Podia sentir o movimento da vida adormecida entre as árvores e o esvoaçar das aves afugentadas de seus poleiros, à procura de um lugar nos telhados para se estabelecerem. Até mesmo em seus piores dias, Albion era cheio de vida. O ar estremecia com isso. A energia ressoava da terra e movia-se pela fumaça: a essência do mundo dos vivos que nenhuma outra alma poderia ver.

Kate devia tudo a Silas, que jamais veria o mundo da maneira bela que ela via. Ele teria uma vida interminável, com a alma presa nos horrores do negro, para sempre lutando contra o terror e a loucura. Somente ela conhecia toda a verdade do que ele havia desistido por ela e por Albion, e ela nunca se esqueceria daquele sacrifício. Kate podia sentir os ecos longínquos da tormenta girando por trás dos olhos cinza de Silas enquanto ele conduzia os cavalos. Ela vislumbrara o verdadeiro espírito dele naquele dia. Agora ele estava corrompido para sempre. Kate o deixara sozinho no escuro.

* * *

Os acontecimentos nas semanas e nos meses seguintes foram de definição no curso da história de Albion. O país estava prestes a iniciar uma nova era, juntamente com toda a incerteza, as dificuldades e os triunfos que isso carregava. Ele perdera um dia inteiro com a atemporalidade do véu. Aos olhos de qualquer um além da praia, todo o país havia parado durante muitas horas quando seu povo foi dominado pelas sombras. O amanhecer que surgiu depois da queda do véu era o de um dia totalmente novo, mas ninguém reconheceria aquelas horas que desapareceram durante os muitos dias que ainda estavam por vir.

Os espíritos antigos de Fume assistiriam à reconstrução. As ruas subterrâneas começariam a ser restauradas e as torres destruídas seriam consertadas. Haveria o enterro de todos aqueles que não sobreviveram, inclusive Artemis Winters, que Kate sepultou no mesmo túmulo de seu avô. Não achou que seria correto enterrar o tio na cripta da família que ela descobrira debaixo da torre dos Winters. Artemis teria preferido ficar perto do céu.

Kate e Edgar limparam os quartos nos andares superiores do antigo museu para tomarem posse deles, enquanto Silas continuava vivendo em seu espaço sombrio bem abaixo dos andares principais, deixando seu corvo voar livremente pelos corredores e pelas ruas, tomando conta do povo de Fume. O irmão de Edgar voltou para os Dotados para continuar seu treinamento anterior, e Laina e Greta tornaram-se visitas constantes no museu, onde as discussões sobre a criação do novo Conselho continuariam durante meses.

Sob o comando direto de Silas, os guardas logo restabeleceriam rotas seguras entre Fume e as cidades mais próximas e começariam a reconectar os povoados de Albion assim como no passado. O trabalho na cidade continuaria durante muitos anos, mas consertar o estilo de vida em ruínas de um país demoraria muito mais. Os habitantes de Albion cresceram suspeitando uns dos outros por gerações, mas como as convocações dos guardas terminaram e o Trem Noturno foi abandonado para enferrujar e ser esquecido, a guerra com o Continente aos poucos terminaria e as cidades começariam a estabelecer contato umas com as outras novamente.

Kate veria Edgar se tornar um oficial formal da nova guarda em uma cerimônia realizada no pátio parcialmente queimado do local que um dia foi os aposentos do Conselho Superior, enquanto os homens que criaram aquele Conselho deixaram a cidade e desapareceram da memória dos vivos, deixando somente uma marca obscura nas páginas da história da qual fizeram parte.

Kate não sabia o que a aguardava no futuro. Passou as primeiras semanas em seu quarto dentro do museu restaurando o *Wintercraft*, da mesma maneira que havia restaurado dezenas de outros livros durante sua vida antiga na livraria com Artemis. O rejuvenescimento das páginas do espírito somente o levara ao seu estado original, mas – com permissão dele – Kate prendeu novamente a capa, reforçou a lombada e colou novamente as páginas soltas que não podiam ser restauradas sozinhas.

Tom contou a ela sobre o bilhete que Artemis tinha encontrado dentro do livro. Quando Kate o encontrou, sentou-se e o leu pela primeira vez. Não queria acreditar que o curso de sua vida estava traçado, mas aquelas palavras, escritas há quase um século, haviam mudado vidas muito tempo depois da morte de quem as escreveu. Se Ravik não as tivesse escrito, Kate não teria encontrado o bilhete escondido no espelho e Artemis ainda poderia estar vivo. Se Dalliah não tivesse incentivado Da'ru Marr a fazer experiências com Silas, ele jamais teria ido procurar Kate. E, se o livro nunca tivesse sido escrito, a história de Albion certamente teria seguido um curso bem diferente.

Era impossível saber se os fatos que Kate havia presenciado foram predeterminados e profetizados por videntes investigando o véu, ou se a crença das pessoas no que tinham "visto" as induziu a criar situações que, de outra maneira, jamais teriam acontecido sozinhas. Ela queria acreditar no livre-arbítrio. Precisava saber que o destino podia ser mudado, que não estava simplesmente representando uma vida cujo curso já havia sido testemunhado por pessoas mortas muito tempo antes.

A família de seu pai fora consumida por sua busca pelo conhecimento a qualquer preço. A de sua mãe confiara no véu para mostrar-lhes o caminho, colocando suas vidas nas mãos de forças que ninguém poderia entender de verdade. Kate não se posicionou com facilidade em nenhum dos caminhos. Tinha a própria vida para levar e a própria história para construir.

Guardou o bilhete de Ravik dentro da contracapa do *Wintercraft* junto com as páginas que ela mesma escrevera de maneira impecável, detalhando como o livro recuperara o espírito que agora permanecia trancado dentro dele. Leu o aviso escrito do lado de dentro da capa e depois o fechou com calma, sentindo a alma de Winters passando suavemente pelas letras e páginas. Kate tinha sua própria história para acrescentar ao conhecimento dentro do livro, mas aquilo podia esperar. A jornada do *Wintercraft* havia terminado, por enquanto, mas o futuro de Kate apenas estava começando.

Impresso na Gráfica JPA Ltda., Rio de Janeiro – RJ.